HEINRICH MANN

Künstlernovellen

Pippo Spano
Schauspielerin
Die Branzilla

NACHWORT VON
HEIDE EILERT

PHILIPP RECLAM JUN. STUTTGART

Die Texte folgen: Heinrich Mann: Gesammelte Werke in Einzelausgaben. Band 7: Novellen. Hamburg: Claassen, 1963. Zweite Auflage. Düsseldorf: Claassen, 1982.

Universal-Bibliothek Nr. 8381

Gesamtherstellung: Reclam, Ditzingen. Printed in Germany 1998

ISBN 3-15-008381-8

Pippo Spano

Die Komödie

»Und verratet mich nicht«, sagte Mario Malvolto zu seinen zwei Freunden. »Laßt sie glauben, ich käme zurück.«
»Du kommst nicht?«
»Ich muß nach Hause. Ich habe Kopfschmerzen ... Nein, ich will euch gestehen, ich muß allein sein.«
»Deinen Triumph überdecken. Gute Nacht, glücklicher Dichter.«
»Schlafen wirst du kaum.«
»Wer weiß. Gute Nacht.«
Die andern gingen hinein. Mario Malvolto stand noch einen Augenblick oben an der Treppe. Hinter ihm verhallte das Bankett zu seinen Ehren. Links und rechts neigten sich tief zwei Lakaien voll goldener Schnüre. Er hielt seine schmächtige Gestalt ganz steif und schritt hinab, über den blassen, dicken Teppich zwischen den vergoldeten Geländern.
›Diese Eitelkeit muß ausgekostet werden‹, dachte er dabei. ›Drinnen arbeitete ich zu sehr an meiner Rolle. Jetzt beherrsche ich das Erlebnis.‹
»Wohin fahren wir, Herr Malvolto?« fragte der Kutscher.
»Nach Settignano.«
›Warum fragte denn der? Meinte er, ich fahre jetzt noch zu Mimi? O Mimi, du hin und her wehendes Seidenfähnchen! Bald flattert es dem um den Hals, bald jenem. Ich hab es geküßt, sooft an mir die Reihe war, habe sogar Abenteuer hineingestickt. Ja, Mimi, kleine Kokotte mit flüchtigen Impulsen, aber ohne Spur von Größe in deiner Sinnlichkeit, ich habe dir Leidenschaften angedichtet, habe sie zu meiner eigenen Genugtuung, aus Eitelkeit, aus Sehnsucht, deinen ganzen Lebenslauf entlang aufgestellt, wie Puppen, die große Gebärden schleudern. Du warst nur ein Mädel. Adieu, Mimi.
Wir wünschen mehr, wünschen Stärkeres. So etwas wie Mimi läßt sich noch neben einer Tragödie her lieben. Es nimmt sowenig Herz ein. Meine Tragödie hat heute abend gesiegt.

Ja, ich werde stark. Aber es heißt, von den kleinen Genugtuungen ganz frei bleiben, die schwach erhalten und die der verbietet, der in meinem Zimmer über seine eiserne Schulter hinweg mich herausfordert!‹
Nahm dieses enge Florenz kein Ende? Ihn verlangte es auf einmal heftig nach der Luft von seinen Hügeln, nach der vom Öllaub durchschimmerten, von Lorbeer gewürzten Luft, die ihn bitter und sanft auf den Mund küßte. Die Gassen ließen noch immer ihr nächtliches Echo klappern. Der Schatten von Pferd und Kutscher stieg die Mauern hinauf und hinab. Dann lichteten sich die Vorstadthäuser. In die ersten Gärten tauchte das Mondlicht.
›Ich habe den Hügel dort hinten erobert, der mein Haus trägt. Und nicht bloß ihn – alle diese Hügel habe ich erobert.‹
Seine Hand formte in der Luft einen Halbkreis; sie glitt über das entfernte Bild eines Hügels, wie über eine Frauenbrust.
›Dies ganze Land, alle seine Städte, jedes Haus, bis auf das letzte, hab ich erobern müssen. Denn mir gehörte keines. Kein heimlicher Feldweg in keinem Winkel des Landes kennt mich von meinem Anfang an. Bedenke das heute. Du bist auf dem Meer geboren, von einer Mutter aus fremdem Volk. Deine tragische Kunst hat um dieses Land, um jede seiner Ackerfurchen geworben wie ein sehnsüchtiger Pilger im Kettenhemd, der aus Inbrunst Blut vergießt.
Jetzt hab ich Fuß gefaßt. Jeder in Italien weiß, in welchem Dorf und auf welchem Tisch das Blatt Papier liegt, das ich mit Zeichen bedecke. Heute nacht sind die Besiegten an mir vorübergezogen, ein ganzer Theatersaal, von mir unterworfen. Was habe ich zu vermerken? Elf Hervorrufe. Die Worte der Königin. Den Händedruck des Grafen von Turin. Dann das Bankett. Die beiden Deputierten, das Telegramm des Ministers. Der Bürgermeister redet. Die Kollegen helfen sich mit Ironie. Was noch? Nichts; keine Frauen beim Bankett. Keine Frauen – was bleibt von allem also übrig.‹
Aus dem Wagen gelehnt, das Kinn in der Hand, sah Mario Malvolto zu, wie die Blütenbäume weithin in bleichem Lichte

schwammen. Vor Ponto a Mensola meinte er einen Augenblick einen zweiten Wagen zu entdecken, dem seinigen voraus, in der Höhe. Er war gleich wieder verschwunden. Das Verdeck war aufgestellt gewesen. Der Kutscher hatte nichts gesehen, und wer sollte die Nacht auf der Landstraße verbringen.

›Ob sie es eigentlich wissen, die Frauen, daß alles im Grunde nur für sie geschieht? Manche tun, als ob sie an den Geist glaubten – an den Geist, das hilflose Kind, das ohne unsere Sinne nicht stehen und gehen kann. Wir haben nur unsere Sinnlichkeit; und wem gilt die, wie heißt ihr höchster Preis? Oh, eine Sitzung am Schreibtisch ist verschwendetes Werben um die Frau, eine durchdichtete Nacht ist eine fruchtlose Liebesnacht. Ob sie's wissen? Was frag ich. Ihr Mißtrauen gegen das Talent lehrt mich genug, und ihre Vorliebe für den Dummkopf, der nur ihnen gehört und nicht dem Buch. Die Frau und das Buch, das sind Feinde.

Ein Dichter von zwanzig Jahren, ich kann mich entsinnen, hat ihnen zu viel zu sagen – darum schweigt er linkisch; sucht zu viel Leidenschaft – das ist den Wesen unbequem, die keinen Rausch kennen als den der Eitelkeit. Ich habe damals von jeder einzelnen geträumt, so viele in einem Salon saßen oder in den Wagen beim Korso. Mit fanatischer Entschlossenheit und fürs Leben würde ich mich der zu Füßen geworfen haben, die mich erkannt hätte. Sie sind nicht so dumm. Keine einzige fühlt sich berufen, unsere neurasthenischen Überreiztheiten zu trösten. Sie gesellen sich niemals unsern einsamen Verfeinerungen, sondern unfehlbar dem wohlgelungenen Typus. Den erhalten sie, das ist ihre Bestimmung. Sie lassen es, unwissend über ihre Funktion, geschehen, daß wir schönen Krankhaftigkeiten uns an ihnen zugrunde richten. Sie aber sind von der Menschheit das Unverwüstliche. Und ich bete sie an, weil ich die Kraft anbete!

Mitten aus meinen Schüchternheiten heraus entführte ich mich damals plötzlich – mich und die kleine Prinzessin Nora. Was für eine Überraschung! Ein Hauslehrer von unbedeuten-

der Gestalt, dem die Damen nicht einmal ein Paket zu tragen gaben! ... Ich hatte sie durch eine Tat der Verzweiflung alle auf einmal erniedrigt. Eine entführte Prinzessin Gallipoli – wer war die, vor der ich noch die Lider zu senken brauchte. Ach, ich behielt trotzdem immer die Neigung, zu Boden zu sehen. Jede Frechheit bei Frauen ist mir seither gelungen; aber zu jeder habe ich mich zwingen müssen.
Man wirft mir Unzartheiten vor, etwas Schlimmeres als Frechheiten. Ein Klubmann hat sich geweigert, sich mit mir zu schlagen, und ein Ehrenrat hat ihm recht gegeben. Die Toren, wie könnten sie ahnen, daß meine Unzartheiten aus meiner Furcht vor der eigenen Zartheit stammen. Ich leide an zu viel Verstehen, zu viel Bedenken, zu viel Voraussicht des Jammers der andern. Ich habe ganz das Zeug, als Besiegter zu enden. Welche Selbstvergewaltigung hat es mich gekostet, die kleine Prinzessin Nora sitzenzulassen, entehrt, deklassiert. Noch heute, wenn ich ihr in Rom in der hohen Halbwelt begegne – ich spüre etwas wie Angst ...
Hab ich nicht oftmals Angst wegen Tina, der großen Tragödin, die an mir leidet?‹
Mario Malvolto warf sich in den Wagen zurück, er spähte erregt nach der Höhe des fernen Berges, wo dem Mondgrau weiter Laubwellen mondgrau ein Schloß entstieg. Ein Licht, ein kleines, bohrendes, schwelendes Licht stak, ähnlich einem Gedanken, hinter einer Baumkrone und verwandelte sie in eine rötliche Wolke.
›Wo in der Welt wacht sie jetzt? Wie lange schon bin ich ohne Nachricht. Es ist schlimm diesmal, da sie sich geweigert hat, heute abend die Schöpferin meiner Arachne zu sein. Habe ich ihr einen Schmerz zugefügt, den ich nicht von ihr empfangen hätte? Wer ist so kundig im Leiden und im Leidenmachen als wir beide. Wir wissen, daß wir nirgends so arbeiten, daß wir nie so große Künstler sind, wie beieinander, durch einander. Und trotz aller Verwünschungen, aller Erschlaffung und allem Haß stürzen wir immer wieder aufeinander zu. Es gibt in der Welt keine Komödie wie unsere Liebe. Hinter

allen unseren Leidenschaften, wilden Gestalten, die von unserm Leben brennen, lauert die Kunst, ein zweifelhaft lächelnder Kulissenmensch, gierig nach Wirkungen für eine neue Rolle.
Von Zeit zu Zeit ertappt einer den andern darauf, daß er nur Komödie spielt. Und plötzlich bricht bei beiden der Ekel aus, und wir prallen auseinander. Aber vier Monate später erscheinen wir wieder bei der Probe. Das ist Berufsangelegenheit. Von Liebe hat dies nichts – nichts von der Liebe, für die man als Jüngling die arbeitsamen Nächte durchwacht, um derentwillen man den Ruhm ersehnt. Denn ich möchte wissen, wozu der Ruhm dient, wenn er nicht Liebe einträgt ... Ach, er ist Phantom wie sie. Er entweicht immer weiter, je hastiger man auf ihn zuläuft. Als ich ganz unbekannt war, hatte er Körper; ein König, der den goldenen Kranz schwang. Seit ich ihn Fetzen um Fetzen erkauft habe und genau weiß, wie er hergestellt wird – was kann er mich noch fühlen lassen. Der Ruhm ist ein von mir weithin ausgestreuter, glänzender Irrtum über meine Person. Er gilt einem, der nicht ich bin. Über mich darf die Wahrheit keiner wissen.
Man muß sagen: Dieser Malvolto behandelt Weiber und Leben mit einer Entschlossenheit – etwas anrüchig ist er. Er ist ein stählerner Daseinskämpfer, das ist auch die Seele seiner Kunst. Die Größe und die Kraft der Rasse ist auferstanden in einem Dichter. Man sieht, auch in einer schmalen Brust können sie sich erheben. Die Renaissance ist, zum Angriff bereit, zurückgekehrt ... Das muß man sagen und darf nichts ahnen von meinen schwarzen Ängsten, von der Demütigung, die mir jede Frau, jedes große Kunstwerk, jeder gesunde Mann zufügt; nichts davon, daß ich für eine meiner Seiten, worin das Leben rauscht mit reichem Blut, halbe Tage seelischen Jammers und hygienischer Übungen bezahle. Ich will nicht, daß man es ahne. Wohl steht hinter jeder vollendeten Schönheit der Schmerz und hat noch den Meißel in der Hand. Sollte ich nicht stolz sein?

Ich fühle den melancholischen Stolz auf ein Werk, das nicht die Kraft schuf, sondern nur der Wille zu ihr; auf ein Leben ohne wahre Stärke, das nur sehnsüchtiger Drang in die Höhe reckt, wie eine Niobe ihre Arme. Ich sehne mich am Schluß von allen, die ich gehabt habe, noch heute nach der Frau. Ich träume noch von ihr wie mit zwanzig Jahren – nur hoffnungsloser. Denn ich habe sie inzwischen erprobt, und daß sie nie die Gefährtin des Komödianten ist. Sie ist mir zu ähnlich, was hätte sie mir zu bieten, oder ich ihr. Sie will selbst Applaus. Sie will mit Leidenschaften bezahlt werden – mir ist sie zu teuer. Ich brauche meine Gefühle, um sie den Leuten vorzuspielen. Ich muß an meiner Seele sparen, damit andere sich mit ihr berauschen können. Je mehr ich Leben austeile, desto ärmer muß mein eigenes werden.

Die seltene Frau aber und die wahre – sie, die sich einfach hingibt, in unbedachter Leidenschaft; die an nichts zweifelt, nichts verlangt, keinen Beifall, kein Martyrium; die all ihr Leben zusammenrafft, um es ohne ein Zaudern, ohne ein Besinnen auf Welt, Ruf, Zukunft in meines zu werfen, mich reich zu machen, durch mich zu atmen und mit mir unterzugehen: sie natürlich gibt es für mich nicht. Träte sie auch leibhaftig in meine Tür, das Wunder wäre unvollständig. Denn in mir, in meinen Tagen, hätte sie nicht Raum: nicht sie selbst, die zu groß, zu stark wäre; nur die Sehnsucht nach ihr!

Hab ich sie heute abend wieder begehrt, auf der Bühne, durch das Loch im Vorhang, hinter dem mein Platz ist! Hab ich alle begehrt!‹

Mario Malvolto legte den Kopf in den Nacken, stöhnte und schaute tief in den bleichen Fluß der Sterne.

›Ich kannte fast alle. Ein paar hatte ich besessen, einige andere könnte ich haben. Wozu. Soll ich sie zu meiner sentimentalen Erziehung und zu meinem gesellschaftlichen Fortkommen benutzen, wie die kleine Prinzessin Nora, oder zum Studium von zwanzig verschiedenen Rollen, wie Tina, die Tragödin? Oder sollen sie arme, leere Gliederpuppen sein wie Mimi, und ich behänge sie im Traum mit Leidenschaften, die weder sie erleben werden noch ich? Sollen sie zum Schluß dahinterkommen, wer ich bin, und mich beleidigt und voll Verachtung wegschicken? ... Man wird müde, die Sterne dort oben mit den Augen zu pflücken, einen nach dem andern, und am Ende nichts in den Händen zu halten ... So glänzten sie auf den Rängen heute abend.‹

Er betrachtete einen großen, reifen Stern.

›Die Linozzo. Ägyptisch platte, lange Nase, lange Augen eng beieinander. Die Brauen dicht unter der fettschwarzen Haarwelle. Weiter weicher Mund, feucht, tief gefärbt, beweglich. Sie ist am begehrenswertesten, wenn sie einen hellglitzernden Fächer an den Mundwinkel hält oder wenn sie über die Schulter weg, den Kopf zurückgelegt, aus den Ecken ihrer Augen lächelt ... Solange ich in der Loge der Königin war, hat sie immerfort hingesehen. Sie ist ehrgeizig, ich könnte sie haben.‹

Seine Augen hängten sich an andere Gestirne.

›Die Borgofinale. Ein fettes Profil mit hängendem Kinn, wildäugig aus einem heftigen Wulst braunroter Haare hervor, über einem mächtigen Hermelinkragen. Das war eine der ersten, die mich hinaufgehißt haben. Auf ihrem zerstörten Gesicht treffe ich meine Erinnerungen an so viele erlogene Aufregungen. Sie aber war vielleicht ehrlich?

Eine Unmögliche: die Lancredoni. Magere Prinzessin von bräunlicher Haut. Ein steiler Hals trägt den kleinen starren Kopf, mit der entweichenden Linie von Nase und Stirn. Der Spitzenärmel entfaltet sich sehr tief unter der nackten Schulter, die abfällt, zerbrechlich, rein. Unter den kalten Blitzen ihres Diadems gähnt die Prinzessin ... Und heute abend, hinter meinem Vorhang, hab ich sie vergewaltigt! Ich habe zu ihr hinauf triumphiert, wissend, daß ich mehr von ihr schmecke als der, der sie jede Nacht in den Armen hielte! Was bleibt davon übrig. Vielleicht ein paar Zeilen, die ich drucken lasse. Aber für mich, in der Seele? ...

Die jungen Mädchen! Da saßen sie, ganz nah, und spähten

helläugig aus einer Welt hervor, in die kein Weg führt. Die Cantoggi traf einmal mein Auge, im Loch des Vorhangs. Ich erschrak tief über diesen Blick, den sie aussandte, ohne zu ahnen wohin.
Welche von ihnen kommt und nimmt mich bei der Hand und führt mich heimwärts in ihr Land, wo man stark und mit Unschuld empfindet!
Keine. Denn sie haben selbst nichts Eiligeres zu tun, als die Komödie zu erlernen. Gemma Cantoggi, das Kind, frisch vom Lande, heiratet den Lanti, einen Viveur auf dem Abmarsch. Sauber ist das.
Verlangt man von einer, sie solle machen, daß man sich selbst vergißt – wahrscheinlich darf man auch von ihr nichts wissen? Im Parkett saß eine Fremde, ein schönes, starkes Profil unter der Samtschleife des großen Hutes. Eine wehende Krawatte hüllte sie bis an den Mund in rosige Gaze ...‹
Mario Malvolto träumte noch, als er auf den Platz von Settignano einbog. Der niedrige, flach geschweifte Kirchengiebel war vom Mond bläulich gepudert. Eine einsame Laterne erblindete in der weiten Sternennacht, in deren Mitte auf seinem Hügel das Städtchen schlief.
Ein Geräusch verlor sich irgendwie. Mario Malvolto sah dahinten in der langen Gasse etwas Dunkles sich bewegen. Gewiß, es war der Wagen von vorhin; das Verdeck war aufgestellt. Mondstreif fiel plötzlich darüber; etwas Weißes hatte sich herausgebeugt. Wo in der Umgegend war dieses Gefährt zu Hause? Nirgends, sagte der Kutscher. Es verschwand im Schatten.
Sie verließen die Gasse und fuhren ein Stück bergab. Mario Malvolto stieg aus, machte einige Schritte zwischen Hecken, elf Stufen hinan; da stand er vor seiner Tür. Sie war offen. Sein Diener lag schlafend davor.
Mario Malvolto stieg über ihn weg, er nahm im Vestibül die Lampe vom Tisch, ging die Treppe hinauf und betrat sein Arbeitszimmer. Auf der Bibliothek die Frauenbüsten in ihrer schmalen alten Tracht lächelten weiß, verschlossen, aus stei-

len Träumen; und auf ihren Stirnen die große Perle schien im Mondlicht an ihrer Kette zu schwanken.
Das Zimmer war so hell, daß Malvolto die Lampe löschte. Er lehnte sich in die offene Terrassentür. Wie weiß der Garten! All dies schwere dunkle Laub über den ganzen Hügelrücken hin und bis unter die Mauer mit ihrem Baldachin von Steineichen, alles blitzte in bleicher und kostbarer Verzauberung. Als ein silberner Mantel hingen die Glyzinen um die starre, tote Zypresse. Und die Kamelien selbst bluteten nur wie Geister.
Er sah ins Zimmer zurück, und er erschrak. Einen Augenblick hatte es ihm geschienen, der überlebensgroße Mensch dort auf der grellen Wand reiße sein Schwert in die Höhe. Mario Malvolto sagte in Gedanken zu ihm, zu diesem Bilde, dem einzigen, das täglich auf seine Arbeit herniedersah:
›So finden wir uns wieder. Als ich dich heute abend verließ, war ich kampfesfroh, gespannt auf einen lauten Sieg oder eine derbe Niederlage. Es ist Sieg gewesen. Bei Wein und Reden ist er angeschwollen. Ich gehe, seiner sicher, davon. Ich brauche ihn nur aus der Brust zu ziehen und zu betrachten, nicht wahr? Und unterwegs, in einer Mondnacht voll gespenstischen Besinnens, wird eine Niederlage daraus – oh, eine stille, blasse Niederlage, und eine schlimmere, als wäre ich lärmend ausgepfiffen.
Hast auch du einmal einen Sieg, wenn er am lautesten scholl, plötzlich umwenden und davonfahren gesehen? Krieg und Kunst, das ist dieselbe übermenschliche Ausschweifung. Kennst du den Ekel nach der Orgie? Antwort, Pippo Spano!
Da stehst du, aufgereckt, die eisernen Beine gespreizt, das riesige Schwert quer darüber in Händen, die aus Bronze sind. Du hast schmale Gelenke, bist leicht, bereit zu Sprung, Jagd, hitzigen Umarmungen und kalten Dolchstößen, zu Wein und zu Blut. In den Lauten deines Namens selbst geschieht ein Pfeifen von geschwungener Waffe und dann ein breiter Schlag. Über deiner breiten Brust wölbt sich Eisen,

um deine feinen Hüften kreist ein goldener Gürtel aus dem fröhlichen Blau des Röckchens. Du hast einen kurzen, zweigespitzten Bart, dein Mund steht gewalttätig heraus aus deinem mageren Gesicht, und düsterblonde Locken umzotteln es. Es blickt zurückgeworfen über die Schulter, mit aufgerissenen Augen, wach und furchtbar. Wenn man länger hinsieht, lächelt es. Das Übermaß von grausamer Selbstsicherheit bringt dieses Lächeln hervor, das sich nicht nachweisen läßt, das man nur ahnt, das tief verwirrt, in Grauen stürzt, fesselt, dem man sich widersetzt und das man schließlich verehrt!
Da du ungeheuerlich zu triumphieren verstehst – wie entsetzlich warest du wohl manchmal geschlagen! Ja! wie mußt du gelitten haben, du und dein Maler, der so stark war wie du. Große Kunstwerke – dein Leben oder dein Bild – haben so leuchtende Höhen nur, weil sie so grausige Tiefen haben. Ach, du Türkensieger, verstell dich nicht – ich höre dennoch deinen tollen Aufschrei, wenn ein Schlag dich traf. Ich seh dich bluten, wenn ein Freund dich verriet. Ich versuche den Rausch von Schmerz zu ahnen, den du erlebt hast, sooft eine Frau ihre spitzen Finger in dein Herz grub!‹
Mario Malvolto verschränkte die Arme. Er kam näher, die Augen auf dem Gesicht des Condottiere. Er flüsterte:
»Siehst du, nach solchem Rausche schmachte nun ich! Ich bin zu zerbrechlich dafür und zu nüchtern; darum erdichte ich Menschen, die anders sind. Darum stehst du hier, als mein Gewissen, als mein Zwang zur Größe. Du sollst mir Überdruß machen an der mäßigen Lust und dem haushälterischen Leiden, womit wir unzulänglichen Spätgeborenen uns bescheiden. Unsere Kunst vertritt den seelischen Mittelstand. Belanglose Neurasthenikergeschicke dehnen sich aus über ein bürgerliches Dasein von siebzig Jahren, währenddessen man täglich für einige Kupfermünzen Leid verzehrt und für einen Nickel Behagen. Der Künstler gräbt umständlich in seiner verstopften Seele, immer nur in seiner eigenen, und fördert Traurigkeiten zutage, die er eitel umherzeigt. Mit feindseliger

Ironie blinzelt er über alles weg, was stark ist und in ganzen Farben lebt.
So aber will ich leben! Ich will verschwenden; innerhalb meiner kurzen Jahre soll meine Kunst mir ein zweites, mächtigeres Leben schaffen. Nichts will ich wissen von mir, dem Schwachen; er lehrt mich immer noch genug von sich. Ich will fremde Schönheiten erleben, fremde Schmerzen. Recht fremde. Geopferte Frauen; Vornehme, die zuviel begehren; Meister, die einen vollen Schmerz an einem Stück Marmor austoben. Sie schlagen die Gestalten der Hölle aus dem Block heraus, und ihr Schmerz ist der Wirbelwind, der die Seelen durch purpurne Finsternis treibt ... Zu denen will ich auswandern, in die hinein, die noch nicht auf die Launen ihrer Nerven lauschen; deren Schicksal noch nicht in ihrem armen Blut gefangen sitzt. Nein, draußen in freier Welt erwartet es sie zum Kampf, und sie dürfen hinstürmen!
In ihr Leben dringe ich ein, wie in eine mit Dornenhecken umstellte, üppigere und jähere Welt, wo Gewalt geübt wird und trunkene Hingabe; wo namenlose Untergänge ausgekostet werden und unfaßbare Herrlichkeiten; wo man ganz lebt und auf einmal stirbt.
Und die Frau, die du lieben könntest, Pippo Spano, die ist der Preis aller meiner Sehnsucht. Die tritt mir als die letzte aus der von mir entzauberten Welt entgegen. Nicht wahr –«
Und Mario Malvolto vergaß sich, er redete lauter.
»Nicht wahr, sie tritt mir entgegen? Glaubst du es, Pippo Spano? Sie tritt –«
Er brach ab: da stand sie.
Sie stand auf der Schwelle des kleinen weißen Salons, den Mondstrahlen plötzlich aus seinem Schatten hoben. Sie war selber weiß und bedeckt mit Mondlicht. Ihr bleiches, kurznasiges Gesicht mit starken Lippen umrahmten schwere schwarze Flechten. Von ihrer kleinen, schmalen Gestalt, von Schultern und Nacken lösten sich gestickte Silberblumen bei jedem ihrer Atemzüge; sie lebten mit ihrem Atem. Sie hob ihren Arm zum Vorhang an der Tür – und der Ärmel aus

lauter Blumenkelchen fiel auseinander in viele blasse Blätter. Ihr Arm stand darin als Blütenstempel, schimmernd von Mond.
Mario Malvolto war zurückgewichen. Er griff sich an die Stirn. Eine Sinnestäuschung? Er hatte viel getrunken und noch mehr geschwärmt. Aber sein Herz ging ruhig und stark, er fühlte sich helleren, freieren Geistes als gewöhnlich. Wollte das da noch immer nicht verschwinden? ... Er machte zwei rasche Schritte darauf zu. Aber es blieb da, es sprach sogar.
Das junge Mädchen sagte leise und einfach:
»Mario Malvolto, ich liebe dich. Ich bin hergekommen, damit wir uns lieben.«

Das Wunder

Da erkannte er Gemma Cantoggi.
»Sie hier? Aber ein Wort, Contessa, hätte genügt«, stammelte er. »Ich wäre zu Ihnen geeilt.«
»Nun bin ich schon da«, erwiderte sie.
»Aber Sie kompromittieren sich!«
»Nein, nein. Wir haben ein Landhaus ganz nahe. Man glaubt, daß ich dort übernachte. Ich verlasse manchmal nachts unser Stadthaus, ich habe solche Launen. Meine Gesellschafterin ist mit mir gefahren, sie ist eingeweiht.«
Er sah sie zweifelnd an. Das war die Cantoggi, die den Lanti heiraten sollte, einen Viveur auf dem Abmarsch; eine der sehr schönen Frauen, die eine Zeitlang von allen Männern begehrt, von allen Frauen gehaßt werden; um die ein Knabe Selbstmord begeht; die zwanzig Jahre lang an der Spitze der Mode tänzeln, und wenn sie vorüber sind, Unzähligen Glück versprochen, ein paar Geliebten ihr Versprechen gehalten und in dem Gedächtnis einiger Alten den Rest eines berauschenden Duftes hinterlassen haben. Was waren sie selbst?

Was erlebten sie? Er wußte es: Ihre Wirkung, das Martyrium des Mannes und den Applaus der Menge.
Kam diese da als Kollegin, als Komödiantin zum Künstler? Wollte sie Rat holen, wie man nach ganz hohen Erfolgen greift? Er hatte von ihren Worten nichts erfaßt, glaubte keines; er fragte erregt:
»Aber, was führt Sie her?«
»Die Liebe zu Ihnen, Mario Malvolto«, wiederholte sie, und ihre Stimme zitterte leicht.
»Contessina, Sie sind ein Kind. Wenn Sie mich liebten, warum haben Sie nicht einen Ihrer Freunde beauftragt, mich Ihnen vorzustellen? Ich hätte mich Ihnen zu Füßen gelegt.«
»Zu Hause wären wir nicht frei gewesen. Um uns lieben zu dürfen, hätten wir uns heiraten müssen.«
»Ah!«
Er empfand eine böse Genugtuung.
»Die Contessina Cantoggi würde mich nicht zum Mann wollen!«
Und sie, ohne zu verstehen:
»Sie würden sich mir versprochen haben, Mario, ohne zu wissen, wer ich bin. Sie würden versichert haben, mich zu lieben, und hätten vielleicht geheuchelt. Wenn ich das merkte, wäre alles aus. Ich will, daß wir uns lieben, ohne daß jemand darum weiß. Sie können sich nicht ausmalen: ich werde von der schönen Cantoggi geliebt, und ganz Florenz weiß es. Hören Sie? Das können Sie nicht.«
Er murmelte:
»Glaubst du, ich sei so niedrig eitel?«
»Nein, ich glaub es nicht! Verzeih! Ich bin eifersüchtig im voraus. Ich möchte dich einschließen hier.«
Sie trat lebhaft auf ihn zu, in sein Zimmer hinein.
»Und ich könnte nicht ertragen, daß wir uns vor Fremden sehen, uns mit Zurückhaltung sprechen müßten. Ich möchte vor dir immer – du, ich liebe dich!«

Sie öffnete, über eine letzte Schüchternheit hinwegspringend, rasch die Arme:
»Ich möchte vor dir immer nackt sein!«
Ihn überkam eine Wallung; er griff nach ihr.
»Wenn ich glauben könnte, daß du wirklich da in meinen Armen liegst!«
Den Mund auf ihrem Haar, stöhnte er. Die seltene Frau, die mit unbedachter Leidenschaft ihn reich machen wollte: da war sie, da war das Wunder. Eins der jungen Mädchen, klaräugig hervorspähend aus ihrer Welt, in die kein Weg führte, da war es, da war das Wunder.
»Wenn ich es glauben könnte!«
»Du fühlst mich«, sagte sie bebend. »Und daß ich dich liebe, das mußt du doch fühlen.«
»Ich fühle«, sagte er, mitleidig mehr mit sich als mit ihr.
»Und du willst mich lieben?«
»Ich will. Ob ich will?« rief er schmerzlich. Sie fragte, das Gesicht versteckt an seinem Halse:
»Hast du mich schon einmal schön gefunden? Hättest du mich haben wollen?«
»Immer dich!«
Und er wußte, daß er lüge und dennoch aufrichtig sei. Er hatte alle begehrt, würde immer alle begehren. Aber hielt er nicht alle in dieser? Vielleicht, vielleicht.
»Auch ich«, sagte sie und sah groß auf. »Immer dich!«
»Dann wußtest du, daß du heute abend durch das Loch im Vorhang ein Auge trafst, und wessen Auge?«
»Nein.«
»Nicht? Hast du mich nicht viele Male in den Logen bemerkt? Und heute auf der Bühne, als gerufen ward?«
»Nein. Ich wußte noch immer kaum, wie du aussahst. Als du eintratest, zögerte ich. Es konnte auch ein Fremder, ein Freund von dir sein.«
Er war sprachlos.
»Wir haben so lange in San Gimignano gewohnt«, erklärte

sie. »Erst seit Papa tot ist und mein Bruder in Florenz in Garnison steht, wohne ich hier.«
»Also kommst du, weil ich berühmt bin.«
»Berühmt? Ich weiß nicht. Vielleicht hat man in meiner Gegenwart einiges dummes Zeug über dich geredet; ich wußte aber nicht, daß du gemeint seiest. Ich hatte deine Bücher gelesen, aber ohne nach deinem Namen zu sehen.«
Mario Malvolto dachte: ›Das ist der Ruhm.‹
»Es waren Menschen darin, die ich verstand. Ich sagte mir: so hätte ich gehandelt, so würde ich fühlen, wenn –«
»Wenn –«
»Wenn ich diesen Mann fände. Bei meinem Verlobten, das wußte ich, konnte ich davon nichts erleben.«
»Ja, Sie sind verlobt.«
»Ich war es. Ich habe, bevor ich zu dir kam, ihm abgeschrieben.«
»Ich fasse das alles nicht.«
»Es ist so einfach. Heute abend, in deinem Stück, sah ich dieselben Menschen leben und sterben, die ich aus deinen Büchern kannte. Sie waren heftiger als die Leute, mit denen ich diniere und Korso fahre. Sie lächelten nicht soviel, und ich konnte ihnen glauben – weil sie ja starben!«
»Weil sie starben.«
»Zu Hause sah ich nach dem Namen des Verfassers auf den Romanen. Es war deiner, da fuhr ich her.«
Er war entzückt. Welche vertrauensvolle, entschlossene Leidenschaft! Daß man dem zusehen, ihm nachtasten durfte! Aber er besann sich: sie wollte von ihm mehr. Er hatte plötzlich Angst zu unterdrücken.
»Glaubst du denn, daß ich bin wie meine Geschöpfe? Ich habe sie vielleicht geschaffen, weil ich nicht so bin.«
»Aber du hast sie geschaffen. Du mußt sie doch im Herzen getragen haben ... Das ist so einfach, es ist mir heute nacht auf einmal klargeworden. Wenn die Menschen, die wir lieben könnten, in unsrer Welt nicht leben, wenn sie nirgends leben – suchen wir sie doch im Herzen dessen, der sie erträumt hat!

Warum tun die Frauen das nicht? Es wäre zu töricht gewesen, nicht zu dir zu kommen.«

»Ich bin nicht so stark ...«

Es war ihm, als ringe er mit dieser Siebzehnjährigen, als gelte es seine Selbsterhaltung.

»Ihr Verlobter, Contessina, ist ein Held gegen mich. Er hat mehr künstliche Kraft als wirkliche, ich weiß es, mehr Fechteranspannung und Duschenlebendigkeit als Muskeln und Nerven. Aber wenigstens das Äußere deutet auf einen unternehmenden Kavalier. Sie haben von ihm immerhin vieles zu erwarten.«

»Ich weiß so ziemlich, was ich zu erwarten hätte«, versetzte sie und schüttelte die Schultern. Sie ließ sich an seinem Tisch nieder, in seinem Arbeitssessel. Sie spielte mit dem Schreibgerät, warf ein Heft mit Notizen zu Boden und stützte den Kopf in die Hand.

»Als er mich in San Gimignano besuchte, als ich mit ihm im Garten auf dem bröckeligen Aussichtsturm stand, hoch im Efeu, und unter uns das blaue Land – weißt du, wie er mir vorkam? So fremd wie ein Engländer, der das photographiert. Was ich alles dort gefühlt hatte, was man in sechzehn Jahren alles fühlen kann am Grunde dieser Nester von Efeu und auf diesen durchlöcherten, warmen Mauern, bei den Eidechsen – meinst du, er hätte davon etwas geahnt? Ich würde mich geschämt haben, ihm ein Wort zu verraten ... Dir –«

»Mir?« fragte Mario Malvolto und griff mit schlechtem Gewissen nach dem Geschenk, das sie hinhielt.

»Dir sag ich's!«

Und sie sprang auf.

»Vielmehr, du weißt es schon. Auch du hast so gefühlt, von dir selbst hab ich es erfahren!«

Er sträubte sich.

»Wir treiben ein verdächtiges Gewerbe, wir Dichter. Wir führen euch Freuden zu, darum sind es aber noch nicht unsere ...«

»Du willst den Bescheidenen spielen. Du bist kokett.«
Und da er eine Bewegung machte:
»Oder glaubst du mir nicht?«
Sie streckten gleichzeitig nacheinander die Arme aus.
»Dir nicht glauben!«
Das war unmöglich. Ihr Atem, ihr Blick, die Linien ihres Körpers selbst verkündeten Wahrheit. Die Linien dieses zarten Körpers, dieser Seele aus Fleisch, überfluteten ihn, singend vor Leidenschaft. Er bebte unter ihnen, er wünschte heftig, sie möchten sein Herz umschlingen, es zerbrechen mit all dem Künstlichen darin, es auf immer vergewaltigen und knechten. Nichts mehr fühlen als sie! Welch ein Ziel – und welche Ohnmacht, es zu erreichen!
»Höre«, bat er, heiser vor Qual, »du täuschest dich über mich, Gemma. Ich bin nicht so ehrlich wie du. Ich kann es nicht sein.«
»Würdest du das sagen, wenn du es nicht wärest?«
»Ich bemühe mich in diesem Augenblick, es zu sein. Aber du darfst mich nicht zu schwer versuchen. Glaube, dein Verlobter, er mag kalt sein – er hat immer noch mehr gutes Gefühl als ich. Er ist dir immer noch verwandter.«
Da ihr Blick ablehnte:
»Er mag in deine Kinderträume nicht zurückblicken können. Sei froh, daß er's nicht kann. Er wird dich um so gutgläubiger lieben, wie du jetzt bist, wenn er nicht das Talent hat, in dich hineinzulügen, was nicht mehr ist oder nie war.«
Sie ging wieder von ihm fort, sie setzte sich auf die Ottomane, verschränkte die Arme über dem Kopfpolster und stützte ihre Brust dagegen.
»Nicht nur daher weiß ich über ihn Bescheid«, sagte sie langsam und sah erweiterten Blicks in das Mondlicht. »Ich weiß es auch von seiner Geliebten.«
»Von der Traffetti?« fragte er rasch.
»Ich bin zu ihr gegangen. Wundert dich das? Sie ist eine große Sängerin und eine schöne Frau. Ich habe gedacht, sie hat keinen Grund, mir nicht die Wahrheit zu sagen. Und sie ist

die einzige, die sie mir sagen kann ... Nun, er ist schwach, er – vermag wenig. Wie soll ich dir das bezeichnen?«
Er prallte zurück. ›Hält sie denn mich für einen Stier?‹ Sie deutete seine Bewegung.
»Ich bin kein Kind, ich kann urteilen. Er gebraucht künstliche Reizungen und Hilfsmittel, verlangt von seinen Mätressen Dienstleistungen, die – die mir die Traffetti erst erklären mußte.«
»Ah! Ah! Sie hat dir's erklärt?«
Er dachte: ›Ein junges Mädchen, das zu einer Dirne geht, um sich über die Leistungsfähigkeit ihres Verlobten zu unterrichten! Nein, das hätte ich nicht erfunden, das erfindet keiner!‹
Sie sah ihn groß an.
»Und die – die brauchst du nicht.«
Er gab zu, erstaunt: »Nein.«
Sie belebte sich.
»Siehst du, du hast mir soeben niedrige Begierden zugetraut, ich weiß es, leugne nicht. Du kennst mich noch nicht ... Das Schlimmste ist nicht, daß er kein starker Mann ist. Aber er hat keine Liebe. Die Traffetti liebt ihn, sie hat geweint, als sie es mir gestand!«
»Aber er hat sich neulich für sie geschlagen«, sagte Malvolto, ehe er's bedacht hatte.
»Ich möchte nicht, daß sich einer so für mich schlüge. Er hat die ganze Zeit kalt und ruhig seinen Platz behauptet, seinen wütenden Gegner in Distanz gehalten – das Auge immer an der Degenspitze des andern –, bis er ihn schließlich treffen konnte ... Wer eine beleidigte Geliebte rächt, ficht anders! Er liebt nicht, sage ich dir.«
›Also nicht‹, dachte Malvolto und gab es auf, diesen Bräutigam zu retten. Er sah zu, wie das junge Mädchen an ihrem Mieder nestelte. Ein paar Schmuckstücke rollten auf den Teppich. Zwischen den Spitzen schimmerte ein wenig blaugeädertes Fleisch. Sie benahm sich wie ein Kind, das von langer Wanderung nach Hause gefunden hat, müde und glücklich.

»Ich werde nie seine Seele zu fühlen bekommen. Deine hab ich oft gefühlt. Ich bringe dir meine.«
Sie stand auf.
»Und meinen Körper.«
Er stürmte hin zu ihr, stürzte auf die Knie, warf Küsse auf ihr Kleid und ihre Hände. Er war auf einmal voll durchwärmt von dem Gefühl dieser Seele, die seit Monaten, an seine denkend, sich aus einem Gefängnis, aus den Schlingen der Fremden frei machte; die tastete, nachtwandelte und durch mondbeschienene Wälder tiefer, leidenschaftlicher Ahnungen den Weg fand zu ihm! Da war sie, da trat sie aus dem weißen Zimmer in den Mondstrahl! Da stand sie, für ihn erschaffen, unerklärlich ohne ihn. Da lag sie auf seiner Brust, ihn zu erlösen, ihn in das Heiligtum des Lebens zu retten, ihm langen Atem einzublasen, ihn alles vergessende Empfindungen und starke Gebärden zu lehren!
»Ich liebe dich, Gemma!«
Sie lächelte nur, die Hände auf seinem Haar.
›Aber ich glaube ja!‹ rief er sich zu. ›Das Wunder ist für mich geschehen, ich bin stark genug, es zu glauben, mich von ihm erlösen zu lassen!‹
Er sprang auf, legte den Arm um sie ... Auf einmal überrann es ihn kalt. ›Jetzt glaubst du, Komödiant. Und morgen früh wird deine Sorge sein, was wohl mit dieser Minute der Gläubigkeit künstlerisch anzufangen ist.‹
›Aber ich liebe sie‹, versicherte er seinen Widersacher. ›Und sie mich. Bin ich denn kein Mensch?‹
›Nein, du bist keiner. Du spielst ihn nur. Unterdrücke diesmal deinen Effekt, dies einzige Mal, aus Mitleid mit einem Kinde. Bedenke –‹
›O ich weiß, und ich habe Angst. Dies ist kein Abenteuer, das man hinnimmt und aus dem man entkommt, sobald man es müde ist. Es ist kein Haus mit zwei Eingängen. Es ist ein Felsental, über dessen einzige Pforte Wasser stürzen, wenn man drinnen ist!‹

Er löste widerstrebend die Hände von dem jungen Mädchen. Sein Blick, vom Schmerz verwirrt und über die Wände gejagt, traf plötzlich ins Auge von Pippo Spano. Jetzt lächelte Pippo Spano. Sein fürchterliches Lächeln, das niemals nachzuweisen gewesen war, jetzt sagte es mit klaren Worten: ›Ist das die Stärke, zu der ich, dein Gewissen, dich zwingen sollte? Ein Weib kommt, es betet dich an. Dein Blut reißt dich zu ihr. Und den Bedenken von Kranken zuliebe schickst du das heiße Leben fort? Tu's – aber versuche nie wieder, dich aus der Welt der Schwachen wegzustehlen in meine hinein, wo man liebt, raubt und, wenn es sein muß, dafür stirbt!‹
Mario Malvolto riß Gemma vom Boden. Alles Blut im Gesicht, gleich einem Krieger, dem sein erbeutetes Weib mit weißer Umarmung den Hals zuschnürt, trug er sie in sein Schlafzimmer.

Der Glaube

Mario Malvolto stand allein auf seiner Terrasse und sah den Tag aufgehen. Gemma war fort, er lauschte auf die letzten Schwingungen des Glücks, das sie in ihm angeschlagen hatte. Gleich würde es ausgeklungen haben. Wenn sie heute abend wiederkam als ganz dieselbe, immer in derselben Glorie von Leidenschaft – wie fand sie ihn? Er wußte es selbst nicht. Zwanzig Stunden konnten ihn wer weiß wohin tragen. Er würde eine Anstrengung machen zu ihr zurück. Sie würde vielleicht gelingen.
›Nein, nein. Wir trennen uns gleich. Ich will sie nicht wiedersehen. Das ist stark gehandelt, denn noch begehre ich sie und werde sie noch oft begehren ... Ich will ihr schreiben. Sie wird sehr leiden. Das wird ein rascher Schmerz gewesen sein, rasch wie das Glück war. Ist man nicht daran gestorben, so ist's eben vorbei. Wäre ich jetzt mitleidig und suchte sie zu täuschen – das gäbe lange, lange Ängste, zitternde Wiederbelebung dessen, was doch sterben muß.‹

Er stieg in den Garten hinab, ging durch die Wege, die Lauben, und schrieb in Gedanken:

›Meine angebetete Gemma!
Heute habe ich noch das Recht, Dich so zu nennen. Wenn Du am Abend wiederkämest, wäre es vielleicht schon zur Lüge geworden – zu der ersten von all den Lügen, mit denen ich unsere Liebe fristen würde. Ich will das nicht, dafür waren wir noch soeben zu stark und zu glücklich. Ich will Dir Dein wahres Gefühl mit der Wahrheit vergelten, die ich geben kann. Höre, meine Gemma.
Du liebst mich noch immer, nicht wahr? Du bist überzeugt, Du liebst mich auf immer. Und Du würdest ein Gefühl für nichtig halten, das seinen Tod voraussieht. Das aber, Gemma, tut meines. Oh, ich werde Dich in Jahren noch so heftig zu mir herwünschen, wie jetzt in diesem Augenblick! Aber kämest Du in zwei Stunden, vielleicht kämest Du schon zu spät. Vielleicht, Geliebte, bin ich Dir sogar heute nacht, mitten in unsern festen, festen Umarmungen schon untreu geworden. Wer weiß, ob ich nicht an ein Wort gedacht habe, das diese Umarmungen zu malen vermöchte? Die Kunst, Gemma, ist Deine Rivalin, und Du darfst sie nicht leicht nehmen.
Manchmal, wenn Du, die Arme geöffnet, in mein Zimmer treten wirst, hält sie mich an ihrer harten Brust.‹

Mario Malvolto sah zu, wie eine Traube Glyzinen durch seine hohle Hand schlüpfte, und überlegte: ›Harte Brust? Hat die Kunst eine harte Brust?‹ Er ließ es vorläufig gut sein.
›Du verstehst mich nicht, ich sehe voraus. Du meinst, eine Beschäftigung könne man doch verlassen, wenn eine Frau eintritt. Der Lanti, wenn Du ihn heiratest, würde sein Pferd wegschicken, sobald Du wolltest. Ein Börsenmann würde seine Kunden abfertigen. Das Geld ist eine Leidenschaft, die selten standhält vor der Frau. Mit der Kunst, Gemma, steht es anders. Nur sie, der Krieg und die Macht sind widernatürliche Ausschweifungen, die einen Menschen ganz wollen.

Aber die Kunst ist von den dreien die verderblichste, sie enthält die beiden anderen. Sie allein höhlt ihr Opfer so aus, daß es unfähig bleibt auf immer zu einem echten Gefühl, zu einer redlichen Hingabe. Bedenke, daß mir die Welt nur Stoff ist, um Sätze daraus zu formen. Alles, was Du siehst und genießt – Deine Mauern von San Gimignano, über die Deine Kinderträume huschten wie Eidechsen: mir wäre nicht an ihrem Genuß gelegen, nur an der Phrase, die ihn spiegelt. Jeder goldene Abend, jeder weinende Freund, alle meine Gefühle und noch der Schmerz darüber, daß sie so verderbt sind – es ist Stoff zu Worten. Du selbst wärest einer. Gemma, das ist unerträglich.

Ich werde nicht bei meiner Frau sitzen, sie betrachten und glücklich sein. Ich werde sinnen, wie ich dieses Profil zu kennzeichnen habe, wie und auf welche Art ich es ansehen muß, damit ein überraschendes Bild in mir entsteht und ein merkwürdiges Wort. Wenn ich Dein wunderbares Fleisch – ich gebrauche ein recht dürftiges Wort: wunderbar –, wenn ich es unter meinen Händen spüre, werde ich nach einem kunstvolleren suchen, nach einem, worin Dein Fleisch, und nur Deines, ganz gefangen ist. Oh, ich werde sehr beflissen sein bei Dir, Du wirst mich oftmals fiebern sehen vor Gefühl, vor Drang zu Dir. Glaube nicht, das sei Liebe! Ich habe es nötig, mich in Empfindungen hineinzuschwindeln, damit ich sie darstellen kann. Ich muß in Menschen, in schöne, starke Menschen, wie Du einer bist, eindringen, mit ihnen zittern, mit ihnen schwelgen, mit ihnen verdammt sein und untergehen. Aus mir selbst kann ich den Menschen nicht kennen, denn ich bin keiner; ich bin ein Komödiant.

Denke an alle Frauen, denen Du in Gesellschaft begegnest, die Dir zulächeln; denke an jede einzelne und wisse: ich habe Dich schon mit ihr betrogen und werde es wieder tun – mit meiner Seele. Und doch sollte in ihr nichts geschehen als Du! Aber noch Schlimmeres: ich werde Dich mit Dir selbst betrügen, mit einer gefälschten Gemma.

Meine Geschöpfe, die Du liebst, um derentwillen Du zu mir und in meine Arme gestürzt bist, Gemma, sie waren alle einmal wirkliche Menschen. Meinen Wirkungen zuliebe habe ich sie umgelogen. So werd ich Dich umlügen. Ich bin schon dabei. Dieser Brief ist schon das erste Stück Kunst, das ich aus Dir mache.‹
Mario Malvolto hatte Tränen in den Augen. Er litt aufrichtig; aber es war von Vorteil für ihn, zu leiden. ›Mein Brief wird gut‹, sagte er sich.
›Du, Gemma, ein Weib, würdest notwendig Zeiten haben, wo Du launisch, krank und traurig wärest; bei Deinem Geliebten würdest Du Hilfe suchen. Ich würde sie Dir spenden, zweifle nicht. Aus Eigennutz, um dabei zu lernen. Dein Leiden und mein Mitleiden, beides könnte mir zustatten kommen ... Ja, wenn Du stürbest – meine schöne Gemma, ich würde verzweifeln, ganz gewiß. Aber noch bevor Du ausgeatmet hättest, wären aus meiner Verzweiflung und Deinem Tod zwei Rollen geworden.
Hasse mich dafür nicht! Ich lebe in schwerer Einsamkeit hinter der erleuchteten Rampe, die mich von jedem unbedachten, nicht ausgenutzten Gefühl trennt. Wie sehr wünschte ich, es wäre anders – und daß das Herzklopfen, das mich beim Rauschen Deines warmen Blutes befällt, nicht ebensogut den Erregungen gälte, die aus einem Tintenfaß steigen.
Könnte ich mich Dir auf einmal und völlig darbringen! Alles abdanken, was ich erworben habe und durch lange Kunst geworden bin; alles vor Deinen Knien niederlegen! Man sollte von mir nur noch hören, daß ich einer Frau zuliebe verschwunden bin. Und das Land, soweit mein Ruhm es überzogen hat, möchte ich wie einen einzigen Lorbeerhain Deinen kleinen Tritten hinbreiten!
All meine Sehnsucht drängt nach den Starken, die das könnten, nach den Condottieri des Lebens, die in einer einzigen Stunde ihr ganzes Leben verschlingen und glücklich sterben. Anstatt uns nun trübe zu verlassen, hätten wir heute früh zusammen sterben sollen, o Gemma!‹

Mario Malvolto unterbrach sich.
›Und warum nicht heute abend?‹ rief er in den durchglühten Schatten zwischen zwei Rosenbüschen. ›Warum nicht übermorgen oder jeden anderen Tag, den wir glücklich waren! Bemerke einmal, Freund, daß du da eine schlicht bürgerliche Niedertracht begehst! Du möchtest das Mädchen, das du genossen hast, in Bälde los sein, du enthüllst ihr geheime Ärmlichkeiten, die nur dich angehen. Du hast kein Recht dazu. Da du sie einmal aufgenommen hast wie ein Starker, da du sie wie ein Stück Beute in dein Schlafzimmer geschleppt hast – tu deine Schuldigkeit und bleibe stark! Sie ist zu dir gekommen wie zu einem der Künstler von früher, die zwei Frauen gleichzeitig vollauf befriedigten, eine auf der Leinwand ihrer Staffelei und eine auf der ihres Bettes. Im Grunde hast du Angst, diese oder jene könne deiner Gesundheit schlecht bekommen. So stirb an ihr! Das Wunder ist für dich geschehen. Es ist, dieses Wunder namens Frau, aus einer üppigeren und jäheren Welt, der von deiner Sehnsucht entzauberten, hervor und in dein Zimmer getreten. Du hast es begrüßt; nun glaube es! Nun glaube, daß es dich erlöst. Und bist du zu schwach zu glauben, dann stirb doch dafür, ohne deinen Zweifelmut zu verraten, wie ein Märtyrer, der sich ohne rechte Überzeugung, aber schweigend ans Kreuz nageln läßt!‹
Mario Malvolto entschloß sich. Er zerriß in Gedanken den im Kopf geschriebenen Brief. Dann ging er ins Haus und stellte sich, die Arme verschränkt, vor das Bild des Pippo Spano. Nein, Pippo Spano lächelte nicht. Vielleicht doch? Aber sein Lächeln war nie so unnachweisbar gewesen.
Gemma zeigte sich ihrem Geliebten am Abend, und am folgenden wieder, und an jedem Abend.
Er bedachte, daß der Glaube sich erwerben lasse. Man mußte seine Gebärden nachahmen, in seinen Riten leben, seine diätetischen Vorschriften befolgen; am Ende kam er. Es handelte sich darum, die Kunst, die auf das Gesicht der Liebe eine Maske drückte, zu überwinden, den eigenen Geist herum-

zureißen wie ein Pferd, seine schöpferische Neugier von der ganzen Welt fort und auf eine Frau zu bannen, mit dem einzigen Ehrgeiz, eine vollkommene Liebe in sich zu erschaffen.

›Gelegentliche Ausschreitungen‹, sagte er sich, ›sind den günstigen Arbeitsbedingungen des Künstlers weniger gefährlich, als die langsame Überschwemmung des Organismus mit geringen Mengen von Alkohol. Ich werde von jetzt an alle Tage Wein trinken.

Ich werde zur Arbeitszeit Besuche machen, und zwar bei den im Geiste Ärmsten.‹

›Das war ein Fehler‹, gestand er einige Tage darauf. ›Denn was dort gesprochen wird, läßt mir Zeit, zwischen zwei Sätzen eine Novelle zu erfinden.‹

Aber aus anspruchsvolleren Häusern kehrte er ebenso unbefriedigt zurück.

›Die zwei Wochen Nichtstun haben mich abscheulich wach gemacht. Alles, was man als Künstler in Gesellschaft erlebt: die Beunruhigung des Gewissens durch einen schönen Anblick, die Erbitterung durch eine Unempfindlichkeit und die Demütigung durch den Erfolg der geistreichen Mittelmäßigkeit; der Hymnus bei jedem freundlichen Frauenblick und die tiefe Traurigkeit darüber, nicht zu gefallen – ich erlebe es heftig. Alles, was die in uns Künstlern wirksamen Instinkte reizt: unsere Rachgier, den Willen, die Natur zu bändigen, der Welt uns aufzuzwingen, unsere Prunksucht und den Drang nach Selbstverherrlichung – alles, was diese Instinkte zu der Ausschweifung reizt, die Kunst heißt, ich merke es unverzüglich und antworte darauf.

Bleiben wir zu Hause.‹

Er versuchte ein Buch zu lesen, um dessentwillen, was darin stand. Bisher hatte er sie nur geöffnet, um etwas Eigenes aus ihnen zu nehmen. Bei seinem neuen Verfahren übermannte ihn düstere Langeweile. Darauf ging er spazieren. Er stellte als Gesetz auf, daß die dunstige Linie der Berge am Horizont keinen Namen habe; und den silbernen Augen, die das Olivenfeld aufschlug, wenn die Sonne darüberfuhr, entsprächen keine Worte. Meistens legte er sich inmitten einer Landschaft unter einen Baum und schloß die Lider, wie ein Kranker, dem der langsame Atem der Natur Mut machen soll und den ihr Licht und ihr Durcheinander nicht erschrecken darf. ›Sie wird mich heilen. Ich bin ein Kranker, ich bin besessen von der Kunst.‹

Wenn er es einmal wagte, sie anzusehen, deuchte sie ihm sanft und neu. Die gute Welt schenkte sich ihm keusch zurück, wie einem Genesenden. Nie war er ihr so still begegnet und ohne Verlangen wie heute; nie, seit als Knaben ihn die Angst gepackt hatte, mit ihr zu ringen, sie unter das Joch von Worten zu beugen. Jetzt endlich ließ diese Angst ihn los, täglich ein wenig mehr. Die Erde wollte nicht mehr erobert sein; milde winkte ihm jene Ferne, als Freund drückte ihn dieser Grashügel an seine Brust.

Einmal, Mitte Juni, stand er in der Pineta über Settignano, auf einem braunen Wege aus Steinen und Nadeln, und schaute in ein Tal, worauf aus raschen Wolken Lichter schossen. Nun blitzte ein Fluß auf am Rande schwarzer Äcker. Nun schlug an die steile Wand eines Waldes eine jähe grüne Flamme. Nun brach aus der Schattenmasse von Zypressen weiß lodernd ein Haus. Mario Malvolto genoß das Glück, das alles ansehen zu dürfen, ohne es malen zu müssen.

Auf einmal ward aus dem Licht, das über entlegene Wiesen sprang, eine Herde traf, einen Fels und einen Menschen, auf einmal ward aus dem Licht eine Gestalt. Sie kam näher. Sie war weiß und leicht. Sie huschte zwischen das dürre Geäst drunten am Fuß des Gehölzes, von dem Malvolto herniedersah. Ihm schlug das Herz; er wußte, wer das gewesen war. Jetzt lebte in den Hainen sie, statt der Worte, die so lange darin gehaust hatten! Im Bach spielten ihre Glieder. Blitzend trug jener Vogelflug die Sehnsucht nach ihr in eine geliebte Ferne.

›Die Erde ist voll von ihr! Nichts begegnet mehr meinem Gefühl, worin nicht ihr Atem ginge. Und sie, ich kleide sie

nicht in Wortgepränge, nein, in Küsse. Kein Kunstwerk erschafft sie in mir, nur Liebe. Ich liebe sie, ich liebe sie!‹
Er lief nach Haus; er meinte, er müsse sie dort finden.
›Ich bin ein Narr, sie ist kaum weggegangen.‹
Er lehnte sich dennoch behutsam über die Gartenmauer, sie zu belauschen. Und sie war da. Sie sprang weiß und leicht aus einem Gebüsch, vom fliegenden Licht getroffen, wie er sie noch soeben an fernen Feldrainen erblickt hatte. Sie setzte einem jungen Vogel nach; er flatterte auf einen Ast hinter dem Brunnen. Sie sprang hinauf, sie kreiste, gleitenden Schrittes, ohne zu stocken und ohne ihre Füße anzusehen, auf dem schmalen Rand des tiefen Brunnens. Ihr wehender Ärmel machte die Zweige erzittern. Und das Licht aus den Wolken schien mit ihr zu laufen. Sie war selbst ein fremd gefiedertes Geschöpf voll wilder Schwungkraft, und dieser tiefe Garten lud sie ein in alle seine Verstecke. Sie streckte schon die Hand aus nach dem kleinen Zeisig ... Aber Mario Malvolto sah sie in Gefahr und war erschrocken; sie hatte seinen Ruf gehört. Sie schaute um, die Hand als Dach über den Augen. Ein unterdrückter Jubelschrei, der Schrei eines aufschießenden Vogels, und sie sprang vom Brunnen. Sie flatterte an der Mauer empor, sie haschte nach seiner Hand, ihre Füße suchten die Lücken zwischen den Steinen, und so gelangte sie hinauf bis zu seinen Küssen. Ihre Körper, auf den Bauch gelagert, schmiegten sich am Rande der breiten, warmen Mauer im Halbrund umeinander, wie zwei Eidechsen. Ihre Liebkosungen waren spielerisch und jäh. Gemma biß, stumm und wild, ihren Geliebten in den Hals, und dabei fielen ihre Blicke, vor Leidenschaft düster und haltlos, in den Garten zurück. Sie begehrte dorthin, sie ließ sich hinab und zog ihn hinein in ihr gewalttätiges Reich, zwischen Sträucher voll roter Blüten, die alle bluteten und nickten bei dem Fall der ineinander Verschlungenen.
Mario Malvolto meinte, zum ersten Male eine Frau umarmt zu haben. Zum ersten Male war er, und mit ihm die Welt, von einer Frau ganz aufgezehrt, ganz in eine starke Frauenseele

entrückt worden. Und aus diesen Sekunden eines Lebens ohne Schranken kehrte er wie aus Jahren voll Kraft und Verschwendung mit Bitterkeit zurück. Gleichviel – er hatte geliebt. Gemma hatte ihn aus einem Komödianten zum Menschen gemacht. Sie hatte ihn mit ihren lautlos gleitenden Schritten so weit in die Natur zurückgeleitet, daß Ahnungen ihn berührten! Er, der das Leben immer nur als Vorwand benutzt, mit allem, was leiden oder vor Lust beben macht, immer nur Versuche angestellt, an nichts geglaubt und an nichts gehangen hatte; er, der ganz in der Arbeit und ohne ein Vorgefühl im Nebenzimmer gesessen hatte, während seine Mutter starb – Gemma hatte sich ihm aus der Ferne angesagt! Er war sich kaum bewußt, wie er ihr dankte, mit welchen Worten er sich glücklich pries. Er überlegte keins und behielt keins; nur den Namen, den er plötzlich für sie wußte: Santa Venere.

Sie war gekommen, weil sie eine große Freude mitbrachte. Ihr Bruder war dazu kommandiert worden, seine Leute ins Sommerbiwak zu führen. In drei Tagen brach er auf; und vielleicht monatelang würden sie ganz beieinander sein. Gemma bezog jetzt ihre nahe Villa, und allen Besuchen beugte sie vor durch die Nachricht, sie sei immer auf weiten Spazierwegen. Welche neuen Seligkeiten erschlossen sich nun! Durch viele märchenhaft reiche Tage sahen sie auf einmal hindurch, wie durch lange grüne Lauben mit Sonnengold durchsprenkelt; und bis tief in die schwarz-marmornen Galerien ihrer künftigen Nächte gleißten Wonnen!

Als sie gegangen war, kam er sich plötzlich leer vor, aus einem andern Leben wieder einmal bitter und leer zurückgekehrt. Er wanderte unbestimmt suchend durch seine Zimmer. Dort trieb sich einer ihrer Handschuhe umher und dort zerpflückte Blumen. Ein Werk mit Bildern lag auf zerknickten Blättern im Winkel. Eine der Florentinerinnen von einst trug um den Hals eine riesige Damenkrawatte vom neuesten Geschmack. Malvolto setzte sich den Hut auf, wie im Café, in irgendeinem Raum, wo man zufällig eine Stunde hingehen läßt. Er

war hier nicht mehr zu Hause, er gehörte zu ihr, zu dem fremden Geschöpf voll gesetzloser Schwungkraft, das herbeiflog, umarmte, aufflatterte. Sie hatte sich verbündet mit Pippo Spano, um diesen kriegerischen Zustand herzustellen zwischen seinen Wänden. Auf der erdbeerfarbenen Stofftapete reckte sich Pippo Spano jetzt noch einmal so entschlossen zum Sprung. Mario Malvolto fühlte sich dieser fortwährenden Kampfbereitschaft nicht gewachsen. Er sandte einen trüben Blick in das verwüstete Schlafgemach, in das Toilettenzimmer, das von Wasser troff. Und nur der kleine weiße Salon, wo sie ihm in jener Mondnacht zuerst erschienen war, lag unberührt. Sie betrat ihn nie, er war ihr zu zerbrechlich und zu sanft. Tina, seine große Tragödin, hatte darin gesessen, wenn sie manchmal, ganz Geist wie ein Freund, tief durch kunstreiche Stimmungen mit ihm geschweift war. ›Ah! Die ließ mir Zeit zum Arbeiten. Was sag ich, wir liebten uns, um zu arbeiten. War das wirklich so beklagenswert?‹
Er steckte seufzend den Schlüssel in die Schieblade seines Schreibtisches, die sein begonnenes Manuskript barg. Es war der einzige Fleck im Zimmer, wo Gemmas kleine, willkürliche Hand noch nichts umgewendet hatte.
›Mein Gott, wie lange ist es denn her, daß ich geschrieben habe! Ich weiß nicht mehr, wie ich das da gemacht habe. Keine Seite davon brächte ich mehr fertig, ich habe alles Talent verloren.‹
Er nahm den Kopf zwischen die Hände.
›Wenn wir fertig sind, das Mädel und ich – wir müssen doch einmal fertig werden! –, wie viele Monate Hygiene und strenger Langeweile werd ich dann brauchen, bis ich alles wieder gutgemacht habe. Ob die ahnt, daß sie mich schon jetzt einen halben Roman kostet? Sie ist teuer; aber man glaubt nicht, wie hoch Frauen sich selbst bewerten; was sie alles entgegennehmen, ohne sich zu wundern. Das ist bekannt; nur daß man Augenblicke hat, wo man es neu entdeckt. Ach was. Eine Menge seelischer Nahrung ziehe ich dennoch aus der Geschichte. Ich hatte es vielleicht nötig, einmal wieder etwas

Starkes zu erleben; man hat sonst nur noch Kunst, die sich selbst befruchtet. Was mir das Mädel genützt hat, werde ich später erfahren. Später . . .‹

Er warf das Manuskript in die Schieblade, vergaß zum erstenmal, den Schlüssel abzuziehen, betrat die Terrasse, atmete tief. Er verlangte schon wieder nach ihr.

Tags darauf kam statt ihrer ein Brief. Sie sei beim Umzug, und auch ihr Bruder gebe ihr viel zu tun, bevor er abreise. Drei Tage noch!

Mario Malvolto saß die drei Tage unbeschäftigt, immer zum Aufspringen bereit, in seinem Zimmer. Vielleicht wollte sie ihn überraschen? Jeden Augenblick konnten hinten im Garten die Zweige krachen, die sie zurückbiegen mußte, wenn sie durch das heimliche Pförtchen schlüpfte. Aber sie kam erst zur bestimmten Stunde, und sie lachte schlau. »Wie das Warten dich erregt haben muß! . . . Und mich!« sagte sie ehrlich und fiel ihm zitternd um den Hals.

In der Zwischenzeit hatte sie einen Einfall gehabt.

»Sag einmal, arbeitest du eigentlich?«

Er wich aus.

»Nein, das möcht ich wissen. Wenn ich kam, hast du immer bloß gewartet. Oft warst du über Land gelaufen. Du siehst vorzüglich aus, besser als anfangs. Aber ich habe dich noch niemals am Schreibtisch gesehen. Du meinst doch nicht, ich will dich davon abhalten?«

Er begriff. Sie wollte ihn ganz: auch am Schreibtisch. ›Sie fürchtet, ich verstecke mich vor ihr, wenn ich dichte; ich enthalte ein zweites Leben in mir. Wenn sie wüßte, wie sehr sie irrt!‹

Sie hatte den Schlüssel in der Schieblade bemerkt, sie stürzte sich darauf, riß das Manuskript heraus.

»Da haben wir dich! Also das zeigst du mir gar nicht. So etwas Schönes!«

Es war das erstemal, daß er sie einen Gegenstand mit Achtung berühren sah. Sie legte die Blätter wohlgeordnet auf den Tisch.

»Da, setze dich hin!«
»Ich soll schreiben? Gemma, was denkst du, ich habe mich drei lange Tage nach dir gesehnt!«
»Ich mag dich nicht – wenn du nicht schreibst.«
Er gehorchte. Er blätterte unklaren Kopfes in dem Fertigen, besann sich mühsam auf den nächsten Satz, den er schon gewußt hatte. Er schrieb ihn hin, dann war's aus. Wie er aufsah, stand Gemma da, nackt und die Arme halb erhoben.
»Nun schreibe«, sagte sie leise und als ob sie drohte.
Er saß aufrecht und blaß und biß sich die Lippen. Sie tänzelte; er fühlte sie wie eine große, sehr weiße Blüte, bewegt von heißem Luftzug, um sich herschwanken.
»Ich will, daß du von mir Genie bekommst«, flüsterte sie.
Sie streifte ihn. Er hatte auf einmal alles Blut im Kopf. Ahnungen unerhörter Schöpfungen schossen in ihm auf, ein wahrer Urwald des Geistes, glühend von Kelchen, strotzend von Saft, heulend von Untieren, und undurchdringlich. Er sah sich hilflos, er bändigte kein Gefühl, schnitt kein Bild heraus, entdeckte kein Wort. ›Das alles wird später kommen. Später ...‹
Er erblickte sie von vorn, auf der Schwelle der besonnten Terrasse. Sie hatte rosige Umrisse, und ihre Formen verschleierte eine durchgoldete Dämmerung. Sie war eine kostbare Muschel; ihr Haar, das sich auflöste, schlug um sie her wie Algen.
Sie war eine zierliche Nymphe, die, kaum erkennbar, so rasch ging es, nur wie ein Lichtstreif vorbeihuschte, einen Augenblick scheu und wild über seine Schulter lugte und von der gleich darauf nichts übrig war als dieser leise Duft, wie der Rest eines Fabeltraums.
»Wenn du nicht schreibst –« sagte sie schließlich.
Er warf Hals über Kopf hin, was ihm einfiel. Sie kam neugierig herbei, setzte sich auf die Armlehne seines Sessels und schaute zu. Er sah die Muskeln ihrer feinen Beine spielen und schrieb immer weiter. Was kam darauf an! Ihn schüttelte eine halsbrecherische Genugtuung. Er fühlte sich über alles hin-

aus, was ihm einst hoch gedeucht hatte. Die Kunst? Die steile Einsamkeit der Kunst? Sie, zu deren Ernährung man das Leben aussog und arm machte, um derentwillen man den Menschen abdankte und Komödiant ward? Ah, jetzt spielte er Komödie. Aber seine Arbeit, die Arbeit am Schreibtisch, die Kunst selbst war Komödie geworden, und er spielte sie der Liebe vor!

Da umarmte Gemma seinen Kopf und bog ihn zurück, ganz so, als holte sie ein Kind heim, das sich lange genug umhergetrieben hatte. Das alles war nur der Kampf zwischen der Frau und dem Buch gewesen. ›Wie liebe ich sie, weil sie gesiegt hat!‹

Sie senkte sich langsam über ihn, zu genußsüchtigen, runden und tiefroten Küssen, die dufteten nach Iris, ihrem heimatlichen Wohlgeruch. Mit geschlossenen Augen meinte er, die großen, blauen Lilien schlügen für immer über ihm zusammen.

Sie mußte nach Hause. Einen Augenblick später erschrak er. ›Ich sehe sie in diesem Augenblick so deutlich, als wäre sie gar nicht hinausgegangen. Mein Gehirn und all mein Blut ist voll von ihrem Körper, von ihren blütenfarbenen Armen um meinem Hals, von ihren langen, zart gewölbten Schenkeln, von ihren getanzten Liebkosungen. Ihre Gebärden – ich bin ganz beladen damit! Ich, mein Haus, mein Garten, dieser Hügel: überall hat sie, mag sie auch fern sein, ihre Gebärden hinterlassen, die wie abgerissene Blütenzweige sind, die ich sehe, greife und deren Duft ich einatme! Ich erdichte nichts mehr, ich habe nur noch lebendige Vorstellungen einer schönen Körperlichkeit.‹

Als sie wiederkehrte, am Abend, führte er sie an die Schattenseite des Hauses, in die lange Loggia, auf deren Mauern Orpheus, jung und mager, zwischen steilen, kaum knospenden Bäumen schritt und über einem heftig blauen Meer Galathea helle Glieder wiegte. Sanft schob das Olivenfeld seine blassen Laubwolken bis unter die Bogen der Halle.

»Es könnte sein, daß uns Pan zusieht, draußen vom Acker her. Sonst niemand.«
»Wir wollen es hoffen«, sagte sie leichthin und lächelnd.
»Der Bauer arbeitet erst in der Nachtkühle, und sein Feld ist abgeschlossen. In unserem Garten ist kein Fleck, den man von irgendeinem Nachbarhaus sehen könnte. Was mich beunruhigt, sind deine Leute. Wie erklärst du deine lange Abwesenheit?«
»Ich? Gar nicht. Das ist Sache meiner Gesellschafterin. Soll sie doch einen Ort finden, wo ich sein könnte.«
Und die Leidenschaft dieser Frau, die von keiner Rücksicht wußte und Listen verschmähte, schlug ihm ins Gesicht wie ein Südsturm. Ihm stockte der Atem.
Wie sie in der Frühe erwachten, kam gerade die Sonne herauf. Ihre ersten, feinen Strahlen stachen durch das offene Fenster und zerbrachen zwischen den hohen, blaugrünen Vorhängen zu Goldstaub. Gemma hielt ihre flache Hand hin, um ihn aufzufangen. Sie raffte sich aus den Decken, stieg, und das leichte Gewebe des Hemdes schaukelte um ihre raschen Glieder, auf die Fußwand des Bettes und stand von blaugrünem Licht ganz umwogt. Es war das Licht am Grunde sagenhafter Meere. Das Gemach war blaugrün an Wänden, Estrich und Möbeln, und auf Bett, Truhe, Schrank und Spiegel in der schlichten Renaissance von Siena, dazwischen der weite Raum halb öde lag, flimmerten unsicher und rätselhaft die vergoldeten Schnitzereien. Nur in der Ecke beim Fenster, auf dem einzigen Bild kreiste rote Sonne.
»Was ist das?«
Und Gemma hob die Arme in die lichtdurchsickerte Dämmerung, wie ein Meergeschöpf, das aus der Tiefe nach einem Wunder über den Wassern fragt.
»Das habe ich noch nie bemerkt.«
»Weil du noch nie bis Sonnenaufgang bei mir warst. Das Bild erscheint einem nur in dieser Morgenstunde.«
»Ich sehe einen halbrunden Säulengang, und aus seinen zwei Toren speit er Genien mit gespenstigen Flügeln und mit

Schlangenschwänzen, kleine Drachen, Ungetüme, die ihre Bäuche aufblähen, und Frauen, große Frauen, die Haare voll reifer, dunkler Früchte, oder die Locken zu Zangen gebogen – Frauen mit langen, schmalen Brüsten wie Tiereuter. Sie tänzeln seltsam, winden Spiele aus Fleisch, nein, aus beglänzten Blüten, in den Farbenwolken ihrer Gewänder, drehen Scheiben aus grüner Luft, und eine Eule glotzt hinein . . . Ich möchte so träumen«, sagte Gemma. »Und dort, in der Tiefe des Säulenkreises, steht ein Lager, da träumt einer!«
»Das bin ich, Gemma. Weil ich der einzige bin, der die Köstlichkeiten des Bildes gefühlt hat. Das Original hängt ungekannt irgendwo. Ich bin eitel auf die Bilder, die niemand empfindet; die gehören mir ganz! . . . In wie vielen Morgenstunden«, sagte Malvolto, im Bette aufgestützt, vor sich hin, »in wie vielen, ehemals, habe ich alle meine Träume erscheinen lassen, und alle fand ich in diesem Bilde angekündigt – und gerichtet.«
Gemma stieß einen Schrei aus. Sie flüchtete in die Arme ihres Geliebten.
»Scheußlich – nein, das ist scheußlich! Eine Maske – eine Maske mit einer großen Nase, und rot, und ganz als ob sie lebte; und dabei ist sie aus Haut; Haut von einem Gesicht!«
Nach einer Weile, noch erschauernd, fragte sie:
»Was soll das heißen?«
»Ich habe es immer für eine Erklärung der Kunst gehalten«, erwiderte er. »Diese abgezogene Haut, die mit der Form des verlorenen Körpers prahlt und auf unmögliche Weise sich färbt vom Lauf des Blutes, das längst gestockt hat – mir war es die Kunst. Ich griff hinter dieser Haut, die wie das Leben die Nüstern bläht und mit den Lidern klappt, nach dem Körper, nach dem Leben selbst. Es war nicht da – für mich nicht ... Aber jetzt halt ich es!«
Und er zog sie zu sich zurück. Gemma trat noch einmal vor das Bild.
»Sie ist wirklich scheußlich! Aber ich will sie haben. Ich will eine Maske daraus machen lassen und dich damit erschrek-

ken. Du sollst sie mir abzeichnen. Gleich! Komm, hol dir Papier!«
Sie liefen beide in das Arbeitszimmer, stöberten umher in den Schiebladen und stießen schließlich auf das Manuskript.
»Es scheint, es ist nichts anderes da«, meinte Gemma zögernd.
Er drückte ihr ein Blatt vor das Gesicht, so fest, daß ihre Nase durchbrach.
»Was tust du?!«
»Du weißt nicht, was das ist? Das ist die Haut – die Haut, unter der scheinbar das Blut kreist. Da hast du deine Maske!«
Sie hielt das zerfetzte Papier in der Hand. Er entzündete ein wächsernes Zündstäbchen und ließ die Flamme die geschriebenen Zeilen hinanklettern. Als sie Gemmas Fingern nahe kam, nahm er ihr das Blatt weg und trug es zum Kamin. Er kam zurück und holte noch einen Bogen. Sie war blaß geworden. Sie ahnte, ohne ihn zu begreifen, ihren letzten, alles niedermachenden Sieg.
»Was tust du?« fragte sie nochmals. »Du willst doch nicht dein Werk verbrennen, dein kostbares Werk? Du sollst daran weiterschreiben – später.«
»Später? Wann?«
Sie wußte es nicht.
»Ich will dir sagen, Gemma, für uns gibt es kein Später. Wir lieben uns, und dann kommt der Tod.«
Sie erzitterte. Sie warf ihm die Arme um den Hals. Das Gesicht auf ihrem, sprach er:
»Ich erträume ja nichts mehr. Die Träume dort auf dem Bilde sind alle in die langen nächtlichen Säulengänge verschwunden, die sie früher ausspien. Statt aller Träume hab ich dich. Du bist ihrer aller Verwirklichung, der Preis aller meiner Sehnsucht. Du hast mich in dein Leben hinübergerissen –«
»Ja!«
Sie küßte ihn und verstand nicht, was er noch dachte:
»– wie in eine mit Dornenhecken umstellte, üppigere und jähere Welt, wo Gewalt geübt wird und trunkene Hingabe;

wo namenlose Untergänge ausgekostet werden und unfaßbare Herrlichkeiten; wo man ganz lebt und auf einmal stirbt.«
»Auf einmal stirbt«, wiederholte sie, mit erweitertem Blick. Sie hatte nichts gehört als diese Worte, die von seinen Lippen kamen, als die ihrigen sie losließen.
»Ja, so kommt es, ich fühle es«, sagte sie.
Langsam nahm sie ein Blatt des begonnenen Werkes, ließ es aufflammen und legte es auf die Feuerstätte. Sie brachte noch eins herbei und noch eins; das Feuer stieg, sein Widerschein sprenkelte ihr weißes Fleisch und rann in den engen Falten ihres Hemdes. Sie trug, indes ihre kleinen Hände den Scheiterhaufen ordneten, aus Gedanken, Einsicht und Willen, schmerzlichem Ringen nach Größe – sie trug ein zweideutiges Lächeln, süß und grausam.
Mario Malvolto stand neben ihr, die Arme verschränkt. Er sagte sich, voll selbstmörderischen Frohlockens:
»Ich glaube.«

Die Tat

Er saß in der Dämmerung und erwartete sie. Sie war auf ein Stündchen nach Haus, um mit ihrer Gesellschafterin zu sprechen, die sie in Toilettefragen zur Stadt geschickt hatte. Der Sommer war zu Ende, ein kühler Hauch kam aus dem Garten, die tote Zypresse ragte ohne ihre Schleier von Glyzinen, entblößt und drohend. Malvolto legte sich vornüber, das Gesicht in die Hände, und dachte an Gemma, unbegreiflich beklommen.
Plötzlich wußte er, sie sei da. Kein welkes Blatt hatte geraschelt. Sie stand, dunkel und scharf, in dem bleichen Rahmen der geöffneten Terrassentür.
Sie kam langsam herbei – er tat einen Atemzug bei jedem ihrer Schritte – und stellte sich zwischen seine Knie, mit herabhängenden Armen, ohne ihn zu berühren. Er sah ihr Gesicht über seinem planen, verhalten schimmernd unter dem

Schleier des Abends, eines Abends, der ihn beunruhigte, als sollte er sich nie mehr lichten. Und die beiden Augen über ihm, groß und schwarz, erblindend in Nacht, heiß von verdeckter Glut – er hielt sie für zwei Krater, ihm weit geöffnet. Sie kamen ihm langsam näher, ganz nahe, es ward ein einziger daraus, über dessen Rand er sich beugte, schwindelnd und verlockt zu tiefen Lüsten. Da berührte Gemmas Wange die seine, und Gemma flüsterte:
»Lieber, wir müssen sterben.«
Er drückte als Antwort nur ein wenig fester seine Wange an ihre. Sie hatte ihm nichts Neues gesagt. Er hatte ihre Worte kommen fühlen, den ganzen Weg von ihrem Hause zu seinem. Nein, noch viel weiter kamen sie her: aus jener ersten Nacht, da sie sich ihm gegeben hatte! Sie hatten beide von jeher gewußt, daß nach ihren Umarmungen nichts mehr übrig sein werde als Sterben. In ihrer Liebe war der Tod von Anfang an mit eingeschlossen. Sie hatten gesagt, ›Für immer‹; und die längste Zeit des Immer, wußten sie, war Tod.
Sie hatte ihn um die Schulter gefaßt, und er sie. Sie fühlten einen krankhaften Zauber sie einwiegen, sie ertränken und auflösen. Rings um sie her lösten die Formen und die Farben sich auf, die ein Tag den Dingen geliehen hatte.
Malvolto arbeitete sich mit Anstrengung empor, an die Oberfläche eines schwarzen Wassers. Er fragte:
»Aber weshalb? Was ist geschehen?«
Gemma lächelte; sie trat von ihm weg und sagte leichthin:
»Mein Gott, man hat uns photographiert.«
»Uns –«
»Ja. Unser Bild geht in der Stadt von Hand zu Hand. Es soll sehr gut gelungen sein. Ich stehe auf der Terrasse, und du liegst vor mir.«
»Du bist – nackt?«
»Und du, Armer, hast auch nicht viel an.«
»Unerhört! Das ist unerhört. Da ich mich doch vergewissert habe, daß von keinem Punkt der ganzen Umgebung meine

Terrasse zu entdecken ist! Es muß vom Garten aus geschehen sein. Das kann nur Niccolo, mein Diener, gewesen sein – oder es war deine Gesellschafterin. Ich will –«
Und er wollte zur Tür. Gemma faßte seinen Arm.
»Sage, geht das uns noch etwas an, wer es getan hat? Ein namenloser Vorübergehender. Wir wollen unsere Augenblicke sparen und uns noch lieben.«
Er kam zurück, auf einmal beruhigt.
»Du hast recht. Wie hast du's erfahren?«
»Meine Gesellschafterin hat das Bild gesehen, bei zwei Damen und auch in einem Laden, wo man sie nicht kannte. Man verkauft es unter der Hand, es soll großen Absatz finden. Du begreifst, ich, die Cantoggi, und du, Mario Malvolto ...«
Er hatte eine Regung von Eitelkeit. Gleich darauf, wütend vor Scham darüber und auf sie losstürzend, ihr zu Füßen:
»Und du, Gemma – all deine keuschen Schätze, die nur für mich, für mich geglänzt haben, nun zeigt man sie in den Salons, in den Klubs, hinter den Kulissen umher! Ja, wir müssen sterben, denn wie sollten wir das ertragen!«
»Das ertrüge ich schon«, sagte sie, immer lächelnd.
»Ich habe deinen Ruf getötet! Man beglückwünscht mich jetzt in der Stadt, alle beneiden mich. Das ist zu viel Schmutz.«
Er schlug sich die Stirn mit Fäusten.
»Wir müssen sterben!«
»Nicht deshalb«, sagte sie sanft. »Das alles ist mir gleich. Aber weil man uns trennen würde.«
»Man würde uns –«
Er stand auf.
»Weiß dein Bruder es? Ist er zurück?«
»Er kommt erst nächste Woche. Aber er kann es täglich erfahren.«
»Man wird es ihm nicht sagen!«
»Wenn er ein Gatte wäre«, sagte Gemma, und ihr Lächeln war kaum zu erkennen. Malvolto senkte die Stirn.

»Allerdings. Einem Bruder wird man es sagen.«
Plötzlich fuhr er in die Höhe.
»Dann schlagen wir uns eben!«
Gemma schüttelte nur den Kopf. Er rief:
»Du meinst, er würde mich töten? O bitte. Vor vier Monaten vielleicht. Jetzt bin ich sehr stark mit dem Säbel.«
Sie erwiderte:
»Tötest du ihn, sind andere Verwandte da, und sie werden uns trennen. Ich bin erst siebzehn.«
Und da er schwieg, setzte sie in einfachem Ton hinzu: »Siehst du, dann müßten wir dennoch sterben. Warum wolltest du vorher meinen armen Bruder töten? Sterben wir lieber gleich jetzt.«
Malvolto sah hastig umher: nein, es blieb nichts anderes mehr zu tun. Gemma, dieser schmale, verschwimmende Umriß dort vor ihm, mit dem Gesicht, das schimmernd in der Nacht ruhte, mit den Augen, die noch tiefer waren als sie – Gemma war nun zu einer kindlichen Judith geworden, und um einen ihrer blütenhaften Finger schlang sich eine Locke, daran hing ein Kopf: sein Kopf.
Aber sie starb mit ihm! Er verleumdete sie – die starke Märtyrerin, die so schlicht und klar auf den Tod zuschritt, indes er, um dessentwillen sie hinging, noch nach Ausflüchten suchte.
Er zog sie an seine Brust.
»Gemma, du einzige Liebende! Deine Kraft und Ruhe richten mich. Ich bin es, der dich tötet! Hassest du mich denn nicht?«
»Dich hassen?« rief sie, zum erstenmal mit Erregung. »Mir scheint ja, jetzt lieb ich dich erst! Als ich vorhin in die Tür trat, und du saßest in der Dämmerung: ich stellte mich zwischen deine Knie, wir sahen uns an – ja, wir sahen uns an. Hattest du mich schon einmal so angesehen? Ich dich niemals. Ich hätte nicht geglaubt, ich könnte noch glücklicher werden als ich war. Jetzt ist etwas da, das noch glücklicher macht ... Wir wollen genießen«, flüsterte sie, die Lider geschlossen.

Er riß sie vom Boden, mit solcher Wildheit wie in ihrer ersten Nacht. Ja, sie war die große Sinnliche: durch ihre ganze üppige und jähe Welt jagte sie ihn, bis ins letzte Dickicht, wo die tiefsten Lüste gefeiert wurden, die in Blut ertranken! Rasend unter der Peitsche des Todes, trug er sie in das Schlafzimmer.

Als sie zurückkehrten, war der Mond aufgegangen. Sie hielten einander umfaßt, sie lehnten die Schläfen aneinander und gingen müde. Wie sie den grellen Lichtstreifen betraten, der von der Terrasse her breit durch das Zimmer strich, schraken sie auf, als seien sie kalt übergossen, und trennten sich. Gemma ging zur Tür, stützte den Arm an den Pfosten und legte die Stirn dagegen. Sie hörte Mario rastlos über den Teppich wandern. Er sah sich um. Wie dieser Raum sich verändert hatte! Er gehörte schon nicht mehr ihrer Liebe; er sollte sie beide sterben sehen, dieser selbe Raum! Die breite Ottomane bot sich nicht mehr ihren Umarmungen dar; sie glich einem Operationstisch! Gemma wandte sich unversehens um und sagte kurz:

»So tue es.«

Er blieb stehen, mit unüberlegter Erbitterung:

»Ich soll – dich soll ich?«

»Ja, soll denn ich es tun?«

Sie sahen einander gerade in die Augen und sahen es darin aufflammen von Feindseligkeit. In der nächsten Sekunde liefen sie aufeinander zu, sanken sich an die Brust. Einer fühlte des andern Tränen auf der Wange.

»Wir, die wir nur noch ein Leben haben!«

»Und müssen einander töten!«

»Unglücklich wie wir ist niemand!«

Sie blieben lange regungslos. Da schluchzte Gemma auf.

»Ich soll dich nie mehr haben – nie mehr.«

»Ich soll niemals mehr deine Hüften küssen«, sagte Mario, »und ihre kleinen Gruben mit den Lippen messen. Nie mehr das Gesicht in dein Haar wühlen, nie mehr deine Knie –«

Er hielt, an sie geklammert, eine schmerzliche Andacht. Er

füllte ihre zarte rote Ohrmuschel noch einmal mit der Last seiner geflüsterten Begierden, klagte sie, Glied für Glied, an, weil sie ihn verriet, weil sie ihm keine Freuden mehr spenden würde.

Sie machte sich schließlich los, ging mit ihrem gleitenden Schritt zur Ottomane, stützte sich darauf und lächelte ihm zu:

»Ich bin bereit.«

Er fuhr sich mit der Hand über die Stirn, dann trat er rasch an seinen Schreibtisch. Sie sah weg, sie hörte etwas Metallenes klappern. Er kam auf sie zu, eine Hand im Rücken.

»Dein Mörder kommt«, stammelte er. »Er beschleicht dich.«

Er brach vor ihr zusammen, die Stirn auf ihren Knien.

»Ich kann doch nicht! Du bist stärker, Gemma –«

Er reichte ihr die Waffe.

»Du liebst mich nicht, wie ich dich liebe – bis zum Zittern der Hand.«

»Ich liebe dich so«, sagte sie und hüllte seinen Kopf noch einmal in ihre Arme – »daß es kein Glück mehr für mich gibt, als durch dich zu sterben! Bedenke doch, der Tod erst gibt dich mir ganz. Er macht uns unzertrennlich. Du, küsse mich, während du zustößt.«

Aber er riß sich los.

»Du sollst leben!« rief er. »Was geht mein Schicksal dich an! Ich, ich bin's zufrieden, und ich danke dir!«

Sie fiel ihm in den Arm, sie war leichenblaß.

»Was hast du tun wollen? Du hast mich allein lassen wollen? Das könntest du?«

Und sie schluchzte bitterlich.

»Deine Weste ist aufgeschnitten, das Hemd auch. Hilf, Himmel, du blutest!«

»Ein Hautriß«, murmelte er. »Es wird anders kommen.«

»Sei lieb«, flüsterte sie, und sie zog ihn zu sich auf das Ruhebett, als verlangte sie eine Umarmung.

»Alles Gute hab ich immer nur von dir gehabt, jede schöne

Sonne. Weißt du nicht, wovon ich in San Gimignano geträumt habe, als Kind, auf meinen Efeumauern? Von dir, Lieber.«

Den Kopf träumerisch im Nacken, mit einem unsicheren Lächeln der Wollust, führte sie den Dolch, dem zaudernd seine Hand folgte, zu sich hin, ihrem Leibe zu, in den er eindringen sollte; und ihre heldenhafteste Gebärde war von der begehrlichen Anmut ihrer unkeuschesten. Da stieß er, die Lider eingedrückt, darauflos – gepackt von Entsetzen, ohne daß er es gewollt, und ehe sie es erwartet hatte. Sie schrie auf.

Wie er die Augen öffnete, fand er sich nicht mehr zurecht. Wo war sie? Er suchte ihren Kopf. Der hing über den Rand. Er hob ihn auf das Kissen. Aber ein Stückchen weißes Fleisch rollte ihm gegen den Magen. Was war das? Das Glied eines Fingers. Er hatte ihr einen Finger abgeschnitten. Er sprang auf, gräßlich erschrocken. Das Eisen klapperte zu Boden.

»Was hab ich getan. Das tat ich? Da liegt diese Frau – sie hat Blut auf den Lippen, was seh ich auf einmal alles. Sie ist verzerrt, sie wälzt sich. Warum? Mein Gott, ihre Brust klafft! ... Gemma!«

Er beugte sich über sie, aufheulend. Sie sah ihm in die Augen, mit getrübtem Blick, der fragte. Er begriff plötzlich. Sie verlangte, er solle nun auch in seine Brust stoßen! Er stand und schwankte, kalt überlaufen. Eine Kluft war jäh aufgerissen zwischen ihr und ihm, die ganze Tiefe zwischen dem Lebenden, dem alles freistand, und einer, der der Tod keine Wahl mehr ließ, gähnte ihn an. ›Was geht das Geschick dieser Sterbenden mich an!‹ Und er erinnerte sich dumpf, daß er einige Augenblicke früher ihr zugerufen hatte: ›Was geht mein Schicksal dich an!‹ Und er hatte sie retten wollen – und auf sich selbst gezielt. Da lag nun sie ...

Er bückte sich nach dem Dolch. Die Augen in ihrem zuckenden Gesicht folgten ihm.

Nein! Wenn er's auch tat – er starb doch nicht mit ihr. Es war ein zu ungleiches Sterben. Ihr Tod war etwas Einfaches,

Leichtes. Sie starb als Kind. Was wußte sie. Woran hatte sie je gezweifelt? Welche Enttäuschungen hatten sie an das Leben schmerzlich festgebunden? Sie war auf der Erde erschienen zum Dienst einer einzigen Leidenschaft. All ihr voriges Leben, ihre kurzen Jahre hatten wie eine kurze, gerade Allee, an deren Ende eine Herme steht, auf ihn zugeführt, auf ihn und auf jene Mondnacht, als sie ihm in die Arme stürzte. Zwischen jener Mondnacht und dieser, in der sie starb, lag alles was ihr Sinn gab, alles was sie fühlen konnte, lag sie ganz. Wenn sie nun starb, mit ihm starb, hinterließ sie nichts, hatte sie nichts zu bereuen.

Aber er – oh, er! Er war in dieser Minute aus einem wilden, zugewachsenen Garten herausgebrochen und sah wieder die weite Welt daliegen. Was gab es zu genießen an Lüsten, Leiden, winkenden Zielen! Welche namenlose Reize schillerten ringsumher auf Frauen, Kämpfen, Worten! Er fühlte sich voll von neuen Seltenheiten. Die Schöpfungen, die wie Urwälder in seinem Geiste aufgeschlossen waren, als Gemma, eine nackte kleine Muse, ihn umspielte, jetzt sollte seine Kunst sie lichten! Sie hatte ihre Sendung vollendet, die prachtvolle Liebende, die dort wollte! Und aus ihrem Tode! Wozu starb sie denn, wenn er nichts mehr aus ihr machen sollte!

Aber ihr Blick, weiß verdreht, war mit dem schmalen Halbkreis der Pupillen immer auf ihm.

›Was denke ich, was tue ich. Ich verliere den Verstand. Kann ich denn untätig zusehen, wie sie sich quält?‹

Er wandte sich weg, drückte, sinnlos vor Angst, auf die Klingel. Er eilte zur Tür. Die Sterbende rang nach Atem, sie schrie gellend: »Mörder! Du Mörder!«

Er fuhr herum, und weiß wie sie, und die Augen weit wie ihre, begegnete er nochmals ihrem vollen Blick.

Draußen gingen Schritte. Der alte Niccolo trat auf die Schwelle, brach in Geschrei aus und lief davon. Die Tür war offengeblieben, im Haus entstand Lärm.

Mario Malvolto starrte noch immer in die Augen seiner Geliebten, die tiefer erloschen. »Mörder«, sagten seine fahlen

Lippen. »Du hast recht. Ich hab dich beschlichen, hab mich in dein Leben eingeschlichen, in das Leben der Starken, habe ganz leben, ohne Vorbehalt lieben und endlich Mensch sein wollen. Auch sterben wollt ich, wie Starke sterben: auf einmal. Verzeih mir, das war ein Irrtum. Ich habe dich nicht betrogen. Ich glaubte. Erst da es Ernst werden soll, merke ich, es war Komödie, wie alles übrige. Verzeih mir, geliebtes kleines Mädchen. Es ist nicht einfache Feigheit – es ist nur, weil man sich zum Schluß einer Komödie doch nicht wirklich umbringt.«

Da hob er die Waffe vom Boden.

»Und ich tu's doch! Sieh nur, ich tu's!«

Er riß sich das Hemd auf, zeigte ihr die Dolchspitze auf seiner Brust.

»Siehst du's? Und erkennst du's an? Ich tu's, weil du zusiehst, nur für dich!«

Aber er bemerkte, daß ihre Augen glasig waren.

»Du bist tot? Was ist das? Wir sollten zusammen sterben, und du verläßt mich? In dem Augenblick, wo ich bereit bin, wo ich dir alles, alles opfere, nicht ein einzelnes Leben wie du mir, sondern die hundert unerschaffenen, die in mir sind – in dem Augenblick verschwindest du? Bist fort für immer? Ja dann – was tue ich? Was bleibt mir zu tun? Ich weiß nichts mehr.«

Er hob die Arme, ließ sie fallen. Seine Blicke, irr umherflatternd, trafen in das Gesicht des Pippo Spano.

»Du! Was tätest nun du? Erlebtest du einmal eine solche Niederlage? Du bist der Starke, der mich verführt hat. Du warst mein Gewissen. Du bist schuld! Was soll ich tun?«

Pippo Spano lächelte. Sein mondgrelles Lächeln, sein Lächeln aus einem Übermaß grausamer Selbstsicherheit, stürzte in Grauen und fesselte. Es bannte Mario Malvolto. Er befragte es mit all seiner Seele, die Hände faltend, wankend und nach Atem ringend, unter fliegender Hitze und kalten Schweißausbrüchen, zerstört und von Jammer hingerafft – ein steckengebliebener Komödiant.

Schauspielerin

I

Leonies Familie behielt trotz den geschäftlichen Einbußen und dem Aussterben aller älteren männlichen Mitglieder noch viel Gesetztheit und Regelrechtheit – abgesehen von einem kleinen Kapellmeister, der aber auch nicht ohne bürgerliche Strebsamkeit war. Mit Leonie ging scheinbar alles gut, bis sie neunzehn war. Sie hatte jahrelang bleich, lang und mager auf dem Sofa gelegen, Butterbrote mit Wurst und ganze Leihbibliotheken verschlungen und dann, die Arme unterm Kopf, entgeistert zur Decke gestarrt. Nun aber brach aus ihr heraus die Theatersucht, und zwar mit den Zügen des Hofschauspielers Hellfried. Leonie kannte ihn längst, und nie hatte sie etwas Besonderes empfunden bei seinem Auftreten. Plötzlich kam ihr eine Unruhe, die Ahnung, was seine Partnerin dort oben rede und handle, das könnte sie selbst ebensogut und vielleicht besser. Da schob sie sich auch schon, von ihrem Parkettplatz aus, der andern unter, hielt nun selbst, mit zurückgeworfenem Oberkörper und die Arme nach vorn gespreizt, eine berauschende Tirade, fühlte Armands Feuer um sich her, seine auf sie eindringenden Gebärden und seinen klingenden Atem, der über sie hinflog wie der Heilige Geist! Sie saß da, als mächtige und glückliche Künstlerin – bis zum Fallen des Vorhangs, bis sie sich wiederfand in Kleinheit und Ohnmacht, gejagt von Scham und Zorn nach Hause gelangte und Tränen vergoß über ihrem einsamen Teller mit dem erkalteten Abendessen. Am Morgen war der ärgste Jammer vorbei, und sie konnte üben, was sie gestern gelernt hatte.

Mit ihrer Freundin – aus der später dennoch nichts anderes ward als eine Familienmutter – stand sie jeden Abend Posten vor der Tür der Bühnenmitglieder; zweimal, bei ihrer Ankunft und wenn sie gingen. Noch mehrere junge Leute waren so pünktlich. Mädchen, die Hellfrieds Rivalen zuliebe da waren, verachteten die beiden Freundinnen und wurden von ihnen verachtet. Er erschien, mit dem künstlich ungezwungenen Schritt des berühmten Mannes, der sich belauert weiß und nichts merken will. Mehrmals gab er doch dem Zwang ihrer unverwandten Anbetung nach und sah hin. Sein Blick schlug durch sie hindurch; sie spürte ihn in den Fußsohlen und meinte, der Asphalt unter ihr müßte davon aufgerissen sein. Nach der Vorstellung dagegen mochte sie hinlechzen; er schlüpfte nur, leicht gebeugt, ein Tuch um den Hals, ein anderes fest vor den Mund gedrückt, über das Trottoir; sah von Besorgnis verstört aus; verschwand hurtig in einer Droschke. Und Leonie war namenlos stolz auf ihn; sein auf der Straße fortgesetztes Komödienspiel beglückte sie fast mehr als sein durch sie hinstreichender Blick.

Sie erklärte im Familienkreise das Komödienspielen laut für das Höchste; für wichtiger als die bürgerlichen Ziele; für das einzige, wobei man lebe. Sie fing selbst an, jeden Augenblick auf ihre Wirkung zu achten, bei Zeitungsnachrichten Affekte zu üben, wegen eines Nichts eine ihr lehrreiche Szene hervorzurufen. Dies alles vermochte sie jetzt schon mit rollendem »r«. Sie sprach so unverhohlen von Armand, daß niemand sie für ernsthaft verliebt hielt. Sie erzählte, daß er es sei, der die Reisinger wegintrigiert habe, »weil er genug von ihr hatte«. Dann sei er ja eigentlich ein gemeiner Kerl. »Ist er auch!« sagte Leonie triumphierend. Mit ihrer Freundin besprach sie bewundernd seine Äußerung: eine, mit der er gut zusammen spielen solle, müsse er gehabt haben. Sie wußten Züge aus der Zeit vor seiner Scheidung. Er hatte seinen Schwiegervater vor einen verschlossenen Schrank geführt. »Ihre Tochter ruiniert mich. Ich habe den Schlüssel nicht; aber da drinnen sind Toiletten für zehntausend Mark; ich kann das nicht leisten!« Als der Vater sie zur Rede stellte, öffnete Frau Hellfried den Kasten und zeigte einen Lodenrock vor und zwei alte Mullkleider. Die Toiletten für zehntausend Mark hingen bei seiner Geliebten. Leonie kam in Verzückung über solche Züge. Sie neigte nicht dazu, rosige Legenden um ihn her zu ranken. Er war nicht der edle Mime, der junge, ahnungslos in sein Zimmer geschlichene Mädchen mit väterlichen Belehrungen und

einem Kuß auf die Strin entläßt; der einem König die Wahrheit sagt; der, von allen unerwartet, vor Gericht erscheint, um einen Unschuldigen zu retten. Leonies Schwärmerei war neueren Stils. »Wie ist er vermimt und verschminkt!« rief sie herausfordernd aus. Was daran so erfreulich sei, meinten die anderen; und Leonie verdrehte voll Mitleid die Augen. Oder sie frohlockte: »Also es ist Tatsache, statt Armand Hellfried heißt er, weiß Gott, Aaron Fried!« Ob sie das schöner finde? »Allerdings. Und er müßte nicht mal Fried heißen, sondern Konstantinopler oder Pfefferminzblüt.« Man zuckte die Achseln; sie zog ihn ins Groteske. Alle ihre Äußerungen waren jetzt so gewaltsam geworden, diese ganze Lebensperiode krankhaft, meinte man, und offenbar aussichtslos. Dennoch gab sie, kaum daß der Kapellmeister aus seinem Winterengagement zurück war, ihren festen Willen kund, dramatischen Unterricht zu nehmen. Der Vetter solle sie zu dem alten Kersten bringen. Er machte sich, von der ganzen Familie angstvoll souffliert, daran, es ihr auszureden. Zuerst brachte er vor: den wütenden, wenig sauberen Konkurrenzkampf beim Theater; und da kein anständiger Mensch ihn aushalte, die geringe Herkunft und skrupellose Verfassung der Mitkämpfer. Die geringe Herkunft, entgegnete Leonie, habe ganz andere Gründe. Temperament und Leidenschaft gebe es nicht bei Bürgergänsen, noch dazu bei deutschen Bürgergänsen. »Ihr seid ja so gräßlich zahm.« Man riß die Augen auf; rechnete sie sich nicht mehr dazu? »Drum sind es beim Theater auch alles Juden«, schloß sie sieghaft.
»Na, leidlich gescheit ist sie«, bemerkte der Kapellmeister. »Nun muß sie bloß noch wieder friedlich werden.« Er nannte weiter: die gesellschaftliche Abgeschlossenheit des Standes und die damit zusammenhängenden Sitten. Die unverheirateten Tanten schlugen die Augen nieder. Der Kapellmeister mißbrauchte seine Aufgabe und belegte diesen Punkt mit selbsterlebten Beispielen. Leonie hörte ihn zu Ende an; dann erklärte sie: das mache ihr nichts. Alle zuckten auf. Der Kapellmeister sagte:

»Mir auch nicht. Wenn du bloß überhaupt Talent hättest, meine Liebe. Bei dir ist das natürlich die bekannte Krise; ich weiß doch Bescheid.«
»Das laß meine Sorge sein«, sagte Leonie; und er:
»Und dann, Schauspielerin, was ist denn das? Deswegen stellt man doch keine Familie auf den Kopf. Hast du Stimme, reflektierst du auf die Oper? Nein. Na, dann laß gut sein, beim Schauspiel ist doch nichts zu machen.«
»Weil die Musik euch ganz verblödet«, entschied sie. Der Kapellmeister stellte fest:
»Eine Antwort hat sie auf alles.«
Um sie loszuwerden, brachte er sie zum alten Kersten. Im Sommer und den folgenden Winter machte sie bald hochgemute Zeiten durch, in denen kein Zweifel an ihrer Sonnenzukunft zu ihr hinfand; dann ein Vorbehalt des Lehrers, das Mißlingen einer Rolle oder eine Erkältung und die Angst, mit den körperlichen Mitteln nicht auszureichen – und sie stürzte über durchweinte Nächte, ebenso viele dunkle Stufen hinunter in Trostlosigkeit. Im Wartezimmer des Halsarztes traf sie einmal mit Hellfried zusammen. Er ließ ihr den Vortritt; das nächste Mal erfuhr sie vom Doktor, er habe gefragt, wer sie sei. Auf der Straße grüßte er sie jetzt; und die Spannung, ob er ihr begegnen werde, machte, daß sie nach jedem Ausgang, ganz erschlafft, sich auf das Bett strecken mußte. Sie wünschte sich nicht mehr, ihn zu sehen; sie konnte es kaum noch ertragen. Dabei ließ sie ihre Kleider und Kosmetiken unbezahlt und gab all ihr Geld für Theaterbilletts aus; sie müsse arbeiten, es sei Arbeit, wenn sie dort sitze. Aber lernen konnte sie dort nur noch wenig und nicht von ihm. Solange er auf den Brettern fehlte, tat sie nichts als ihn erwarten. Kam er, begann sie zu zittern, ward kurzatmig, verlor alle Fähigkeit, sich Rechenschaft abzulegen, wohnte, halb blind, einem verhängnisvollen Schattenspiele bei. Der alte Kersten ließ sich, selten einmal, auf der Bühne des Hoftheaters von ihr vorspielen. Für die Beurteilung zog er einen der Kollegen hinzu. Welche Qualen, bis sie wußte, wen! Wäre er es, sie war ver-

sichert, sie würde beim Spiel unter seinen Augen zur Göttin werden, aber tot umfallen. Ihre Hoffnung, daß er es sei, nein, ihr fassungsloser Gedanke an die Möglichkeit, war ein Himmelsflug und ein Selbstmord ... Es war niemals er.

Wie der Kapellmeister das nächste Mal auf Ferien kam, war sie eben im Begriff abzureisen. Er konnte sie gerade noch fragen: »Na, soll's nun wirklich losgehn?« Sie ging zu einer Sommerbühne und von dort für den Winter gleich mit demselben Ensemble an ein kleines Stadttheater. Er gab ihr rasch einige Ratschläge.

»Frechheit ist das erste beim Theater! Bis auf weiteres mußt du jeden Menschen, der dir begegnet, für ein unanständiges Individuum halten.«

Dazu neige sie ohnehin, sagte Leonie.

»Deinen Alten sitzenlassen, sobald du weißt, es ist für deine Rolle kein Ersatz da. So bringt man der Bande Respekt bei.«

»Wird gemacht.«

»Na, mit Gott.«

Und Leonie stieg in eine Droschke. Begleitung hatte sie sich verbeten. Als der Schnellzug abfuhr, stand sie im Korridor am Fenster und atmete mehrmals stark auf. Endlich blieb Hellfried dahinten, dachte sie mit gehässigem Jubel. Er hatte sie krank genug gemacht; die Seuche, die er war, sollte nicht noch in der Ferne Kraft behalten. Sie wollte damit fertig werden, sich von ihm erlösen. Wie, wußte sie nicht.

In Kürze trafen bei ihrer Familie glänzende Rezensionen ein und sieghafte Briefe. Wenn man früher, noch als Schülerin, beim Vorspielen auf der Bühne hatte gewärtigen müssen, daß im leeren, dunklen Parkett der Kopf eines Hellfried erschien, oh, dann fragte man wenig nach jedem anderen Publikum! Leonie hatte von vornherein niemals Lampenfieber gehabt; sie verachtete die Leute und war bei ihnen rasend beliebt. Später, im Winter, erfolgten keine Nachrichten mehr, nur auf Anfragen gute Kritiken, so viele man wollte. Endlich kam sie heim – es durfte niemand am Bahnhof sein – und bezog wieder ihr Mädchenzimmer, auf dessen Schwelle sie stutzte. Sie erklärte, daß sie für diesen Sommer ihre Verpflichtung mit Hilfe des Arztes zu lösen gedenke; ihr fehle jedoch nichts, sie habe nur das Komödiespielen für den Augenblick satt. Sie schien müde; ihrem Gesicht gaben Blässe und leichte Gedunsenheit einen krankhaften Reiz. Sie war voller geworden, trug ihre Bühnenkleider zu Hause auf und kein Korsett. Der Kapellmeister langte auch an und stellte gleich fest: »Du hast dich aber großartig herausgemacht! Was die mit ihrer Frisur anfängt! Dein Haar ist ja heller geworden!« Er bemerkte auch ihre rosig geschminkten Nägel, ging schnuppernd um seine Kusine herum und belebte sich sichtlich. Er hatte sie der Beachtung noch wenig wert, ihr Selbstbewußtsein und ihre schneidende Art eher ärgerlich gefunden. Jetzt sah er sie auf eine beunruhigende Weise zum Weibe erhoben, fing unvermittelt an, sich ihr unterzuordnen, sie gegen die Familie zu unterstützen, sich durch Gefälligkeiten an sie heranzudrängen, und versäumte keine Gelegenheit, an ihre Kollegenschaft zu erinnern. »Du bist schließlich nur ein Musikmensch«, meinte Leonie; aber sie benützte seine Begleitung, um in Restaurants zu gehen – wo man sie für sein Verhältnis ansah. Der Kapellmeister nahm es übel, wenn jemand sie erkannte.

Im Hoftheater klatschte sie, sooft Hellfried herausgerufen ward, mit dem gewissen aufmunternden »Ich gönn's dir«, woran sich die Kollegen erkennen.

Sie schüttelte den Kopf.

»Merkwürdig, wenn man so einen Menschen jetzt ansieht. Ich habe ihn ja eigentlich noch niemals ruhig angesehen.«

Ob das tatsächlich so gewesen sei.

»Na!«

Und jetzt sei gar nichts übrig?

»Nur wohlwollende Erinnerung.«

Und sie lächelte höhnisch. Der Kapellmeister zögerte.

»Einfach vergessen?« fragte er und bekam keine Antwort.

»Wie macht man das sonst?«

Aber ihr Lächeln ward immer rätselhafter.

»Wenn der wüßte, was er alles angerichtet hat«, sagte sie endlich, mit sinnender Ironie; und nochmals, beinahe ausgelassen:

»Ja, wenn er das wüßte! ...«

Der Kapellmeister konnte im letzten Akt nicht stillsitzen und seufzte viel.

Er war ein Schüchterner, der sich unter Abgefeimtheit versteckte, und ein Zärtlicher, der sich vormachte, sein Feld sei die Leidenschaft. Er schrieb – im Sommer, während seiner Ferien – an einer Oper, worin einer die Begehrte foltern ließ, eine Satansmesse in Musik zu setzen war und ein nicht ganz neuer Liebestod stattfand. Die leichten Mädchen, an denen er in keinem seiner Engagements Mangel gelitten hatte, langweilten ihn und standen ihm vor der Aussicht auf Beträchtlicheres – und plötzlich entdeckte er in der eigenen Familie eine, bei der Geist und Wille hinzukamen zu der offenbaren Gabe, wild zu empfinden! Das mit Hellfried hatte er, zusammen mit den anderen Verwandten, für unwichtig gehalten. Die ganze Leonie hielt man für unwichtig. Nun stellte sich heraus, daß hier alles war, wonach er sich gesehnt hatte und was nicht leicht alles beisammen zu erhoffen gewesen war. Ihre Leidenschaft für Hellfried begeisterte ihn als Leidenschaft und wurmte ihn, weil sie einem anderen zu verdanken war. Und Leonies blendende Entwicklung seither machte ihm noch schlimmer nagende Gefühle. Er schlug sich plötzlich vor die Stirn: was er hier unerkannt gelassen und versäumt hatte! Das göttliche Geschäft des Aufblühenmachens, das dahinten irgendeiner besorgt hatte, er selbst hätte es übernehmen können! Nun war sie reif – aber nicht durch ihn! Der fragwürdige Reiz, der jetzt um sie her war, machte, daß der Kapellmeister den ganzen Tag eine angestrengte Miene hatte. Er hielt sich unaufhörlich vor: »Wie leicht wär's gewesen!« Und wußte in seinem stillen Grunde: »Gewagt hätt ich's doch nicht.« So nahm er denn entgegen, was ein anderer ihm hergerichtet hatte, und gönnte sich den demütigen

Kitzel, mit seiner Kusine zu reden wie mit einer in allen Stükken erfahrenen Kollegin. In dem Durcheinander von gesitteter Verwandtenhaftigkeit und der frechen Duzbrüderschaft fahrenden Volkes stach sie beide das Zweideutige, und davon ward ihr Zusammensein interessant. Da Leonie behauptete, durch nächtliches Rollenlernen des frühen Schlafes entwöhnt zu sein, versaßen sie manche späte Stunde in Cafés – und sie empfing vergnügt vom Vetter die Geschichten, die er der früheren bürgerlichen Leonie so fest verschwiegen haben würde; erwiderte auch mit dazu passenden Erlebnissen, nur niemals mit eigenen. Vergebens tastete er an ihrem vergangenen Jahr umher; es sprang nicht viel heraus, eine beiseite gesprochene Erinnerung höchstens:

»Wer hatte doch die Gewohnheit?« ... Erfreut und vielsagend:

»Ach so.«

»Nun wer?«

»Oh, niemand. Ein Bekannter.«

Einst in einer Bar, nach starken Getränken, begann sein weiches Musikantengesicht, auf dem kein Bart wuchs, die Nase zu bewegen und zu beben unter dem Schwall von Gefühlen – und er verriet, er hätte sich eine lang hinrauschende Leidenschaft gewünscht. Wozu denn, meinte Leonie. Er versuchte es zu begründen; sie bedeutete ihm geduldig, sein Gerede zeige, daß er fremd sei vor diesen Dingen und schwerlich mit ihnen etwas zu tun bekommen könne.

»Das trifft nur den, der nie daran gedacht hat; und wer die Quälerei einmal kennt, wünscht sie nicht – obwohl er«, leiser und mit dem Blick auf einem Fleck am Boden, »das Erlebte auch nicht abschaffen möchte ... Aber lang hinrauschend? Blech. Unsereiner ist hierin auf Kürze hingewiesen. So erklärt sich manches bei uns. Denn was du damals geredet hast von den Sitten beim Theater, die von der gesellschaftlichen Abgeschlossenheit unseres Standes kommen sollten, das war auch nur schwach, mein Lieber. Ich habe das inzwischen besser zu beurteilen gelernt. Eine Bürgerdame kann mitten in einer heimlichen Liebe irgendeinen Menschen heiraten und dann vermittels der pflichtgemäßen Nichtbefriedigung ihr aufreibendes Gefühl meinetwegen noch durch Jahrzehnte hinzerren. Die ewige Unaufrichtigkeit gibt ihr, Gott sei Dank, etwas Fragwürdiges und damit ein wenig mehr Recht aufs Dasein. Wir dagegen« – und Leonie mimte –, »wir haben mehr zu erleben als das; wir haben Grund, einen Liebesanfall rasch abzutun. Wer sich täglich in eine andere Rolle hineinspielen soll, kann nicht innerlich immer an einer und derselben arbeiten, unglückliche Liebhaberin sein ohne Ende. Wir müssen drinnen rein und fraglos sein! Der Leidenschaft, die uns anfällt, den Mund stopfen, ehe sie uns selbst auffrißt; ihn rasch und gründlich vollstopfen und, um Gottes willen, weiter!«

... Der Kapellmeister sagte endlich:

»Bei der Methode kannst du weit kommen. Du bist wahrhaftig ein starkes Mädchen. Ich wüßte nicht, wer dir ein Bein stellen könnte.«

Leonies stolzes, nur langsam wieder entgleitendes Lächeln bekundete, sie wisse es auch nicht.

»Wie hast du es in deinem besonderen Fall denn angestellt?« erkundigte er sich.

»Hab ich zuviel gesagt? Ich wollte nur andeuten, wie es, ganz im allgemeinen, bei uns zugeht.«

»Bei den anderen? Oh, die kenne ich. Bei dir, nur bei dir.«

Und der Kapellmeister schlug den Zigarettenrauch weg, um sie, die Hand in seinen Schopf gewühlt, von unten andächtig anzusehen. Er wünschte ihren entschlossenen Willen von allen Seiten zu beaugenscheinigen und legte ihr die Rousseausche Frage vor: »Wenn du nichts weiter nötig hättest, als auf einen Knopf zu drücken, damit dort hinten in China ein Mandarin ...« Jawohl! Sie würde den Knopf drücken und ruhigen Mutes den getöteten Mandarinen beerben.

»Du bringst mir immer mehr Hochachtung bei. Ich – ich könnte das nämlich nicht«, gestand er.

»Warum bringe ich dir denn Hochachtung bei? Die muß man doch vor allem vor sich selbst haben. Du bist schwach – und hast nicht den Mut zu deiner Schwäche? Bewunderst jemand, der anders ist? Versteh ich nicht.«
»Du bist eben gar zu sehr mein Fall!«
Ihr Achselzucken und das Bewußtsein, entblößt dazustehen, nahmen ihm den Rest seiner Fassung, und er kam mit Plänen heraus, die er für die günstigste Stunde hatte aufsparen wollen. Sie sei nämlich so sehr sein Fall, und er könnte sie so glänzend für seine Musik gebrauchen, daß er es nicht verantworten könne, sie aus den Augen zu lassen. Was sie dazu meine, wenn er zum Winter mit ihr käme. Zu zweit würden sie eine Macht sein; er könne ihr eminent viel nützen. Sie wandte ein, er werde ja höchstens bei der Oper sein. Trotzdem, entgegnete er; und er lasse es sich was kosten.
»Du weißt, ich habe Kontrakt nach Berlin.«
Leonie, von oben: »Um so schlimmer – wenn du imstande bist, Berlin fahrenzulassen wegen einer Dummheit.«
Er beging schwerlich eine; denn in Berlin als Zweiter hätte er wenig zu dirigieren bekommen. Aber er ließ sie bei dem Glauben. Ob sie nicht sehe, wie es mit ihm stehe.
»Ich muß dich haben! Jetzt weiß ich, daß ich euch 'ne Oper zwischen die Zähne werfe!« Und er sah gereizt im Saal umher.
»Sommerkomponist! Du kannst einmal ein ganz tüchtiger Dirigent werden, laß das Komponieren lieber sein, Bester. Aus mir wird keine Musik gemacht. Außerdem könntest du es gar nicht; du hast dich einfach verliebt. Ich würde es mir aber ewig vorwerfen, wenn ich einen so strebsamen Menschen von seinem Weg abgebracht hätte.«
Sie beugte sich bis auf den Rand ihres Glases, legte die Lippen darauf und lächelte geringschätzig von ihrem Vetter zu den Leuten drüben, bei denen er vorhin die Runde gemacht hatte. Er versäumte das nie. Er tauschte Herzlichkeiten an vielerlei Biertischen; schmeichelte Studenten, damit sie ihn zu Kon-

zerten hinzuzogen; drückte einem Winkeljournalisten die Hand, der sich an seinem nächsten Kameraden ausgetobt hatte – und der Kamerad stand dabei; betrug sich steif und ablehnend gegen den, der von dem Mitbewerber etwas Gutes hielt; diente dem Ruhme ohne Stolz von der Pike auf, wußte um das Erstrebte mit Selbstentäußerung zu werben und das Erreichte schonungslos zu repräsentieren: kurz, trieb es nach Art des mit bürgerlichen Gaben gesegneten Künstlers. Leonie faltete flüchtig die Brauen.

»Ich bin auch schwerlich dein Fall; denn du bist nicht meiner ... Nichts Ganzes – Bester.«

Und sie ließ den Ernst wieder fahren; dem Kapellmeister war sein Urteil gesprochen; er war erledigt. Er fühlte selbst, daß er den Dingen Zeit lassen müsse. Bis dicht vor Schluß der Ferien sagte er nichts Wichtiges mehr. Dann plötzlich:

»Halt dich fest, ich komme nun doch mit, ich bin engagiert.«

Er hatte es durchgesetzt, daß der dortige Kapellmeister mit ihm tauschen und statt seiner an die Berliner Spielopernbühne gehen durfte.

Leonie bemerkte nur: »Schlimm für dich. Glaube bitte nicht, daß du irgend was erreichst. Überhaupt bist du blond.«

»Was beweist das? Du wirst wohl nicht ausschließlich auf Juden geeicht sein.«

Sie hob die Schultern. Mit Stolz auf ihr Schicksal:

»Es müssen da geheime Verwandtschaften sein oder so. Wer mir aufgefallen ist, war noch immer Jude; und Erfolg habe ich auch nur bei ihnen.«

»Unsinn. Der Hellfried ist überhaupt keiner. Das sagt man bloß. Das sagt man von jedem.«

»Der?!«

Sie war bedroht in ihrem Heiligsten; sie mimte:

»Er mauschelt ja mit den Händen!«

Auf der Reise und bei der Wohnungssuche ließ sie sich gern von ihm dienen:

»Da du einmal da bist.«

Dann kam die Arbeit: die Proben, die Schneiderinnen, die lange harte Anspannung der ersten Aufführung. Sie ward von einer ganz ungewohnten, abergläubischen Unsicherheit erfaßt und wollte rasch ihre Rolle noch einmal durchlesen; aber die Kollegin, mit der sie die Garderobe teilen mußte, holte sich den Helden herein und machte ihm eine schmutzige Eifersuchtsszene wegen des jungen Komikers. Als Leonie die Garderobe schon verlassen hatte, merkte sie, daß ihr der Fächer fehle, und holte ihn. Bei ihrer Rückkehr sah sie die komische Alte die Hände ringen:

»Sie haben eine neue Rolle und laufen in die Garderobe zurück? Wissen Sie nicht, daß es dann sicher schiefgeht?«

Dennoch ward sie gerufen. Aber man wollte sie nicht hinauslassen. Sie stampfte auf; wenn sie nicht hinaus dürfe, breche sie ihr Spiel sofort ab. Dann hatte sie noch den Widerstand des Vorhangziehers zu besiegen, der mit »der andern« im Bunde stand und den Beifall schlecht abpaßte. Mit der Linken mußte sie hinter die Kulissen drohen, während die Rechte mit anmutiger Bescheidenheit dem Saale Dank spendete ... Die Kritik war unbegreiflich feindselig, das Publikum dieser musikalischen Rheinstadt für das Schauspiel wenig empfänglich, der Regisseur ein Blonder, Trockener, der Leonie das Leben nicht erleichterte. Immerhin verging der Probemonat ohne Kündigung. Der Kampf mäßigte sich zeitweilig. Der Kapellmeister stellte sich wieder ein. Ihm ging es gut. Man sehe sie überhaupt nicht mehr. Sie solle nicht unkollegial sein! Sie wollten an Abenden, wo sie beide frei seien, zusammen ausgehen.

»Danke – ich habe zu arbeiten. Ich gebe mir zwei Jahre, dann muß ich in Wien beim Volkstheater sein oder in Berlin. Was Drittes wird nicht genehmigt.«

»Du hast wohl Schulden? Das begabt einen mitunter mit solcher wilden Strebsamkeit. Wenn ich dir vielleicht – als Vetter natürlich«, setzte er eilends hinzu, da er ihr Gesicht sah. »Oder aber, wir könnten uns zusammen kochen lassen? Dabei spart man.«

Sie lehnte auch dies ab.
»Nur nicht wieder den ganzen Tag mit einem Menschen.«
»Wieder? ... Na, nicht kratzen. Ich gehe schon hinaus.«
Sie fühlte sich unterliegen in dem Ringen um die Rollen. Der Regisseur drängte sie offen zur Seite. Nachdem sie vierzehn Tage lang unbeschäftigt geblieben war, hatte sie im »Weihnachtsmärchen« als eine der Feen ihr Patengeschenk dem Dornröschen in die Wiege zu legen und »Ich Mäßigkeit« dabei zu sagen, eine Zeitlang jeden Sonntag nachmittags. Sie bekam einen abergläubischen Haß auf dieses »Ich Mäßigkeit«. Darauf saß sie volle fünf Wochen im Zimmer, briet sich Äpfel, las, gähnte.
Der Kapellmeister trat eines Abends nach zehn Uhr ein. Er hatte soeben den »Othello« dirigiert und war »ganz hin«.
»Menschenskind, was hätte sich aus dem Stoff machen lassen!«
Er hatte unvermittelte Röte auf Nase und Backenknochen, griff mit seinen Molluskenfingern Töne auf den Möbeln, schwenkte sein Stöckchen, war bei ihr eingebrochen wie das Leben.
»Nun sei nicht unartig, komm mit auf die Redoute! Na also! Ich geh nach Hause und zieh mich um; tue du desgleichen. Einen Domino bring ich dir mit, einen großartigen.«
Sie hatte sofort ja gesagt. In ihrem Zimmer sah sie überall mit Buchstaben aus Spinngewebe »Ich Mäßigkeit« hingeschrieben und schüttelte sich. Der Trotz verwandelte sie, er gab ihr die Kraft, ihre Sorge für die Dauer der Nacht auszuschalten. Sie richtete sich den Kopf frech her, und sie gefiel. Ihre reizendste Bekanntschaft waren die Leute vom Budapester Possenensemble; denn sie begriff nicht dieses gehaltene und sittige Benehmen bei Menschen, deren Beruf in Ausgelassenheit und Verletzung des Schamgefühls bestand. Allmählich merkte sie: so waren sie eben deswegen. Leonies Kollegen, die auf der Bühne sich am hohen Ton überfraßen, trieben Schmutzereien in den Garderoben – indes diese öffentlichen Zotenreißer eine rührende Sehnsucht nach anständiger Ver-

borgenheit hegten. Einer von ihnen fragte Leonie untertänig, warum sie sich denn bei ihnen nie blicken lasse, und war betrübt, als sie erklärte, dahin könne man nicht gehen. Er versicherte, er sehe wohl, daß sie eine Dame sei und nicht vom Schlage der anderen beim Theater. »Aber bitte, nein!« sagte sie und war erschrocken, weil es ihr schien, als sei in ihrer Antwort ihre bürgerliche Vergangenheit heraufgekommen. Sie war nicht besonders glücklich; lag das daran, daß ihre Herkunft sie absonderte, zwiespältig machte? Rasch verhieß sie dem Komiker, sie werde ihn sich ansehen.

Zunächst vergaß sie's wieder in dem Gedränge von Vergnügungen, in das sie jetzt geriet. Sie ward den Bürgern, die sie im Theater selten gesehen hatten, erst auf Bällen bekannt, und ihr Übermut gefiel den Rheinländern. Anfangs spielte sie ihn sich vor; dann kam wirklich ein Nachlassen der Spannung, worin ihr Ehrgeiz sie erhalten hatte, ein köstlicher Leichtsinn. Der Beruf verschwand hinter einem herabfallenden Verwandlungshintergrund, und Leonies Bühne lag bereit für neue Gebärden, die darauf entstehen wollten.

II

In munterer Gesellschaft gelangte sie schließlich zu den Budapestern. Gerade sang ihr Bekannter von der Redoute etwas Haarsträubendes auf seine Hose. Leonie konnte sich nicht helfen, sie mußte den Kopf neigen und den weit vorragenden Hutrand ihr Gesicht verdecken lassen; den Augen des Sängers zu begegnen, fand sie sich nicht gewappnet. Sie fühlte sich auch gar zu sichtbar hingesetzt. Sie war an ihrem Tisch die einzige Dame, und sie trug zu ihrem großen Pariser Hut mit der grauen Straußenfeder einen auffallenden weißen Mantel und eine Spitzenstola darauf. Als das Lied zu Ende war und sie unter ihrem Hutrand hervorschielte, stand vor ihrem Vetter ein großer, schwarzer junger Mann, gelblichen, schmal geschnittenen Gesichts, von besonnener Haltung und mit schweren Zügen zu den Flanken der langen, abgeplatte-

ten Nase. Er sah Leonie an und dann ihren Vetter, der sich nicht regte. Der junge Mann mußte erst ausdrücklich bitten; dann sagte der Kapellmeister unlustig: »Herr Rothaus.«
Und Rothaus verneigte sich und zog sich einen Stuhl neben Leonie, als sei er eben dazu hergekommen. Er lehnte sich leicht gegen sie vor und schien ein Gespräch wieder aufzunehmen, das man unlängst in gegenseitiger Höflichkeit und Sympathie verlassen hätte. Er hatte Bewegungen, hinter deren Entschiedenheit sich Unsicherheit verriet. Beim Lächeln duckte er leicht den Hals; und sein Lächeln war etwas starr und enthielt die Bitte, man möge es für harmlos hinnehmen. Stirn und Augen sahen nach Migräne aus; die Lider fielen dunkel und schmal herab auf braune, langsame Blicke, die zu melancholischer Prüfung ausgingen und, wenn Leonie ihnen die ihren entgegenschickte, sich zurückzogen, sich entschuldigten und um Schonung baten. Ritterlichkeit und Geschicklichkeit waren im Gehaben seines Körpers, Kultur und Schwäche in seinem Kopf. Leonie fand ihn, auf den knochigen Schultern, dem geraden, leicht ausgehöhlten Nacken, häßlich und bewunderungswürdig, diesen Maurenkopf aus lauter mageren Längsfalten, worin dünn, breit und bartlos der Mund lag. Ihre Bewunderung und das Neue in seinem Typus machten, daß sie sein Gespräch ungewöhnlich wichtig nahm.
Und so fiel ihr auf, daß seine Stimme klug und lässig sei; daß seine weltkundigen, trocken zynischen Wendungen angewöhnt klängen; daß diese Standessprache von Kaufleuten hohen Stils mit einem Stich ins Feudale an ihm sich ausnehme wie Zufall, wenn nicht wie Maske. Darauf glaubte sie in seinen Worten nur mehr etwas Ungefährliches zu vernehmen. Sie begann sie für achselzuckende Andeutungen zu halten in einer Sprache, die nicht die seinige wäre, mit der er sich abgefunden hätte, der er keine genauere Mitteilung seines Eigenen mehr zumutete. Sie brachte diesen Verzicht in Zusammenhang mit seiner müden Gemessenheit, und sie riet und horchte auf.

Ihre nachdenkliche Miene bewirkte in ihm ein Gefühl der Verantwortlichkeit für das, was er ihr unterbreitete; und der Ernst, den sie sich gegenseitig einflößten, bestimmte ihrem Gespräch die Richtung. Oft mußten sie ihre Gesichter einander nahebringen, um sich zu hören; denn die Posse, die jetzt gespielt ward, zeitigte im Saal erschreckte Freudenausbrüche. Bei etwas ganz Unerhörtem spreizte eine Dame gleich vor ihnen die Hände aus und fiel, hoch aufkreischend, mit der Nase auf den Tisch. Hinterher sah sie sich schambedrängt um, mit dem Bewußtsein, daß sie den Witz gar nicht hätte verstehen dürfen. Der Kapellmeister lauschte angestrengt durch den Lärm, was Leonie mit Rothaus rede, und als er einige Worte ergattert hatte, fuhr er mit beleidigtem Ausdruck zurück. Er begann heftig zu sprechen, machte stürmische Gesten; er rief umsonst: »Leonie, jetzt kommt was!« und: »Prost, Rothaus!«; und er lachte mit den andern über ihren Ernst. Er selbst aber ward allmählich schlaff und verdrossen. Beim Weggehen, während Rothaus sich noch seinen Mantel zurückgeben ließ, sagte der Kapellmeister in dem Kreis um Leonie:

»Ich begreife dich nicht mehr, das mußt du mir nicht übelnehmen. Über das Buch redet ihr hier, gerade hier? Solche Stilwidrigkeit hätte ich dir nie zugetraut. Über das Buch zu reden, während ›Herr Strauß‹ gespielt wird, das ist genauso zum Totschlagen, als wenn einer im ›Tristan‹ die ›Fliegenden Blätter‹ liest.«

»Beruhige dich, ich habe sie ja nicht dir vorgelesen«, entgegnete Leonie.

»Nun, dagegen würd ich auch was getan haben. Dafür mußt du dir gefälligst einen Getreidejuden aussuchen, der den Ästheten mimt.«

»Na, nun setzt das Geschäft nur fort«, sagte er, da Rothaus zurückkam, und ließ die beiden vorangehen. Nach einer Weile wandte Leonie sich um und machte kund, sie wolle nicht mehr ins Café. Warum, gab sie nicht an; und ihr Vetter fragte in wirrer Besorgnis wegen der Wendung der Dinge bei den andern umher, was sie haben könne. Eine Strecke vor ihrer Wohnung rief er entschlossenen Tones Rothaus beiseite. Darauf kam sein großer Augenblick; er hatte aufzuschließen, seiner Kusine hinaufzuleuchten. Beim Abschied versäumte er es nie, einem nach dem andern in die Augen zu sehen; denn es pflegte darin für ihn nur Schmeichelhaftes zu stehen. Rothaus aber sah er nicht an. Er fürchtete auch, Leonie werde seine Hilfe nicht wollen; doch ließ sie ihn machen. Droben in ihrem Schlafzimmer fragte sie ihn: »Was hast du ihm zu sagen gehabt?«

»Ich hab ihm für alle Fälle gleich unter die Nase gerieben, wer du bist.«

»Du – Schlaumeier, das weiß er schon besser als du!«

Sie schob ihn bereits über die Schwelle zurück. Er fragte in Eile: »Warum wolltest du denn nicht ins Café? Hoffentlich nicht gekränkte Leberwurst?«

»Mich kränken? Das geht schwer – heute abend. Nein, sondern weil ich von euch allen genug hatte. Gute Nacht.«

Sie lachte glücklich und zog die Tür zu. Er war heraus aus dem Schlafzimmer und mußte, sehr gedrückt, die dunklen Treppen wieder hinunter.

Das nächste Mal verlief es für ihn noch schlimmer. Leonie hatte in den Zirkus gewollt, den Kapellmeister befiel gleich eine peinliche Ahnung – und dann saß in der Nebenloge Rothaus. Er kam zu ihnen herein und machte Anmerkungen zu den Vorführungen der Schulpferde. Der Reiter erlaubte sich, Rothaus zufolge, lauter für Laien berechnete Witze. Die Sache selbst besorgte er schlecht, das merkte niemand, weil in ganz Deutschland nur ungefähr hundert Personen die Hohe Schule erlernt hatten, darunter Rothaus sowie ein Münchener Prinz. Der Kapellmeister wartete gespannt, ob er hinzusetzen werde: »Mein Freund.« Dies unterblieb; auch hörte sich alles gelassen an und ziemlich selbstverständlich; und wenn man Rothaus ansah, mußte man zugeben, der Anblick rechtfertige seine Rede oder strafe sie doch nicht Lügen. Der Kapellmeister versteifte sich dennoch im Innern darauf, daß

dies alles im Munde eines Kornspekulanten ohne weiteres die lächerlichste Prahlerei sei. Und Leonie! Sie wunderte sich teilnahmsvoll; sie ordnete sich förmlich unter: sie! Wo blieb ihr Geschmack? Allen Ernstes, wohin war ihr Stilgefühl geraten? Er erklärte wütend, die Frau, die da jetzt herumhopse, habe seine Zustimmung, und in dem Fall sei der Gaul ihm ganz gleichgültig. Rothaus entgegnete mit hängenden Lidern, für einen Sachverständigen existiere die Frau gar nicht oder höchstens die Hand am Zügel. »Ich versichere Sie, ich wußte bis jetzt noch nicht, ob sie blond oder schwarz sei.«
Und nun dankte Leonie ihm; ihr Blick, der sich nur schwer wieder zurückzog, dankte ihm. Der Kapellmeister hielt es nicht länger aus. Während der Pause, wie Rothaus sie in den Stall führte, verschwand er einfach. Mochte sie glauben, er sei bei der Zirkusdame, die ihm gefallen hatte.
Draußen sah er sofort ein, daß sie darüber gar nicht nachdenken werde. Sie hatte genug zu tun, wenn sie auf Rothaus' Offenbarungen lauschte – denen er sie überlassen hatte. Ihm ward heiß und kalt. Zum Umkehren gebrach es ihm an Mut; statt dessen entsendete er zwei Stunden später von der Schwelle mehrerer Restaurants einen vergeblichen Blick durch das Lokal. Ein fürchterlicher Gedanke packte ihn an; er fuhr in die Tasche: Nein, gottlob, sie hatte ihren Schlüssel selbst. Was wäre sonst geschehen? Er begab sich vor ihre Wohnung; sie war erleuchtet. Er ging nach Hause. Was wäre also sonst geschehen? Oder auch, was geschah jetzt? Aber gegen diese Frage empörte er sich. Was machte er sich für einen Begriff von Leonie! Sie war ja zu gar nichts imstande. Im Grund viel zu bürgerlich – mehr als das: kalt. Die Reden, die sie führte? Reden – sonst würde sie sie nicht führen. Andererseits: die Kalten erlebten oft das meiste, aus bloßer Neugier und weil es sie wenig kostete, oder durch Willen, indem sie es sich vorschrieben. Und Leonie war ein Geschöpf des Willens, gescheit und naiv. Wie störrisch mußte sie sein, um nur seiner Rasse zuliebe noch den Rothaus und seine Fratze schön zu finden! Die Kalten gelangten auf diesem

Wege bis zu Perversitäten ... Aber Unsinn, sie war nicht kalt, sie war alles andere – und dies hatte sich zum Trost nur einer vorgeredet, den sie verschmähte!

Mit argem Hin und Her verstrichen ihm drei Tage. Er behauptete, es sei unnütz, er möge seine Zeit nicht verlieren. Er gab sich die Erklärung ab, daß er, versäumte er dieses Weib, nicht mehr werde leben wollen. Er hielt sich vor, sie sei eine Angelegenheit seiner Musik und nichts weiter. Er antwortete, das genüge, und weinte eine Stunde lang bei verschlossener Tür über Leonies Vollkommenheit und darüber, daß er sie erkannt hatte. Dann ging er in die Probe, froh versichert, er sei fertig mit seiner Liebe – und bei seiner Heimkehr befiel sie ihn wieder, ganz so, als habe sie in seinem Zimmer, in der Dämmerung, zum Sprung bereit gelegen. Unter einer wüsten Wallung von Gier stürzte er in ihre Wohnung.

Sie stand schön angezogen und polierte ihre Nägel mit einem Fensterleder. Der Kapellmeister schlug keinen Umweg ein, er sagte heiser, mit bleicher, verschwommener Angstmiene, einige Worte, die sein darin pochendes Schicksal aus den Fugen drängte, fiel mit einem Krach auf beide Knie und suchte Leonies Hände zu fassen. Sie schrie auf: »Laß mich!« und »Du bist mir widerlich!«

Fassungslos stemmte sie die Hand mit dem Fensterleder gegen sein drangvoll zu ihr hinaufschmachtendes Gesicht. Er verlor den Halt, war genötigt, hinter sich zu greifen; dabei dachte er: ›Natürlich. So muß es kommen, wenn ich mal wild werde.‹

Sie war zurückgetreten, und sie stampfte auf, gereizt bis zum Weinen.

»Was fällt dir denn ein, wie kannst du mich anfassen, so etwas ist ja widerlich!«

Dies hielt er, trotz seinem eigenen Überschwang, für Übertreibung. Er stellte sich auf die Füße und sagte:

»Das laß gut sein, Kind; wenn du selbst verliebt bist, kommt dir das anders vor.«

Sie schrie:
»Nein! Niemals!«
Und sich fassend, mit einer herrischen Begeisterung, worin ein Geheimnis mitklang:
»Keine Berührung, nie! Meinen Körper kann ich keinem geben, solange ich lebe, nicht!«
»Was ist denn los?« fragte er erschüttert und versuchte, ihre Hand zu nehmen.
»Nichts. Laß mich. Du weißt jetzt Bescheid.«
»Was soll ich wissen?«
Er dachte: ›Ist sie ernstlich verhindert?‹ Betäubt durch diesen unvorhergesehenen Schlag, fiel er auf einen Stuhl und preßte den Kopf zwischen die Hände. Nach einem schweren Schweigen hatte eins sich ihm erhellt. Auf diese Weise war nicht er allein der Verschmähte. Sie verschmähte alle. Das war viel weniger hoffnungslos! Er richtete sich auf; Leonie war wieder bei ihren Nägeln.
»Die Sache erkläre mir, bitte, noch etwas ausführlicher. Was ist denn das für eine Bieridee?«
»Es läßt sich nicht jedem erklären« – und sie sah nicht einmal auf.
Er kam wieder auf sie zu, die Finger verschränkt.
»Aber einem, der dich sehr, sehr lieb hat? Der mit dir einen ganzen Kalvarienberg ersteigen würde?«
Sein Atem, der nach Zigarren roch, traf sie. Aufgebracht entzog sie sich ihm.
»Du gehst mich nichts an! Du sollst mich in Ruhe lassen!«
Soviel Härte stieß ihn ab.
»Kann geschehen«, erklärte er. Darauf fühlte sie sich gedrängt, ein wenig nachzugeben.
»Überhaupt schwächt das Körperliche uns Künstler«, bemerkte sie. »Wir müssen uns rein und stark erhalten.«
Er konnte nicht unterdrücken:
»Besonders jetzt, wo du keine Rollen kriegst.«
Leonie, auffahrend:

»Wer wollte mir denn welche verschaffen? Wer hat denn geprahlt, er könne mir hier eminent viel nützen?«
Er fand sich plötzlich daraufgestoßen, daß er die ganze Zeit nur an sich gedacht, nur dahinterher gewesen war, wie er sich mit ihr auf Festen vergnügen, wie er Ehre mit ihr einlegen, wie er sie endlich bekommen könne. Rasch überwand er den Gewissensbiß. Ob sie glaube, daß sie ohne ihn auch nur die Frau v. Valfontaine gekriegt haben würde? Sie wußte genau, daß sie die Rolle dem Helden verdankte, der Grund gehabt hatte, »der andern« einen Streich zu spielen. Das Gespräch, das auf einen Fußfall zurückblickte, machte Miene, sich in einen Kollegenzank aufzulösen.
»Lassen wir das lieber«, meinte Leonie. »Ich gehe ein paar Straßen, sie sind doch trocken?«
Beim Überstreifen eines Handschuhs:
»Wem meine Hand nicht auffällt, der liebt mich überhaupt nicht, wie ich geliebt werden will. Der sieht mich gar nicht.«
Der Kapellmeister färbte sich hellrot vor Entrüstung. Wenn nicht ihre festgepolsterte Hand mit den langen, zugespitzten Fingern das erste gewesen wäre, was er von Leonies großer Veränderung bemerkt hatte! Er stieß hervor, er werde also künftig ihre Gliedmaßen einzeln besingen.
»Ich bin stolz auf meine Hände. Rothaus nennt sie Madonnenhände.«
»Wie neu!« höhnte er; und draußen, im Gehen, beschäftigte er sich weiter mit Rothaus. Ob ihr denn nicht der ganze Mensch falsch klinge! Ob das nicht unanständige Verfeinerungen seien, die einer sich nur auf Grund seines Geldes anmaße! Sie sollte einmal, während er zugegen sei, an die mutmaßliche Sprache seiner Großeltern denken, an die Sitten, die sie wahrscheinlich hatten; und plötzlich werde sie es heraushaben, daß der ganze Kerl zum Schreien sei.
»Doch nicht«, erklärte Leonie. »Er und seine Familie besitzen allerdings geradesoviel Millionen, wie Harry Jahre alt ist.«

›Harry!‹ dachte der Kapellmeister und vermochte nicht mehr zu sprechen.
»Darum sind aber seine Vorfahren auch nicht übel. Sie sind in Spanien, vor der Inquisition, Minister gewesen. Er hat mir gesagt: als die Juden vertrieben wurden, gab es kein großes Geschlecht, in dessen Blut nicht etwas von ihrem geflossen wäre.«
»Wenn er's sagt ...«, versetzte der Kapellmeister, nur noch traurig. Leonie sprach zu Ende.
»Aber trotzdem, gewiß, das kann kein Mensch vermeiden, daß es in seine Art, sich zu fühlen, eingreift, wenn er nirgends als ganz unverfänglich durchkommt. In welcher innerlichen Spannung muß einen das erhalten! Da alle ihn in Zweifel ziehen, fängt er an, es selbst zu tun, und wird noch fremder und einsamer. Er zersetzt sich, er pflegt ruhelos seinen Geist. Glaubt nur nicht, ihr wäret so gebildet wie er! Wenn ihr gebildet seid, ist es Liebhaberei. Er aber ist es aus Zwang, seiner Selbstbehauptung wegen. Haltet euch erst für so fragwürdig, wie er ist, dann werdet ihr erfahren, was Kultur ist.«
»Das genügt«, sagte der Kapellmeister bitter.
»Das genügt durchaus nicht. Er ist nicht eben hochgemut, sondern schwach. Daß er prahlt, vielleicht sogar lügt, seine Unsicherheit, und daß er die Menschen nicht liebt, das kommt alles, weil er nicht eben hochgemut ist. Aber er will es auch nicht sein. Er will sich und seine Fragwürdigkeit. Etwas Ganzes – Bester!«
»Danke ... Wie weit darf ich dich übrigens begleiten?«
»Nicht ganz bis an den Geraunerhof.«
»Ah! Du gehst wohl soupieren. Mit ...?«
»Oh, wir essen jetzt jeden freien Abend zusammen. Wir haben gemerkt, daß wir reden und sogar den andern reden lassen können, ohne daß einer sich langweilt. Nun, und da das nicht häufig ist ...«
»Viel Vergnügen also«, sagte er, bleich und verbissen, mit umherirrendem Blick, und stürzte davon, überzeugt, daß

Leonie mit dem Menschen bereits ein Verhältnis habe. ›Diese hysterische Anbetung! Mir wäre sie nicht einmal angenehm!‹ Die bedeutungsvollen Reden vorhin in ihrem Zimmer waren Schwindel und Komödie gewesen wie gewöhnlich. ›Sie hat Angst vor mir bekommen und mir darum etwas vorgemimt.‹ Oder wenn sie noch kein Verhältnis hatten, dann wollte sie ihn heiraten. Dann war es begreiflich, daß mit Liebe bei ihr nichts zu machen war, weil sie den Kopf voll Zahlen hatte! Er sei recht froh, sagte sich der Kapellmeister, daß er sie auf diese Weise losgeworden sei. Er habe seine Pflicht getan (alles, meinte er, was ein Mann, der eine Frau vielleicht bekommen kann, zu versuchen sich schuldig ist); ›jetzt heißt es nur noch, die Zähne zusammenbeißen‹.

Er hatte einen wilden Umweg gemacht, war nach kurzen Minuten am selben Fleck und lief vorbei, ohne zu sehen, wie Leonie und Rothaus aus dem im Lampenlicht glitzernden Reifgeäst der Anlagen traten und langsam in das Hotel hinübergingen. Sie gingen, um wieder in einem Winkel des prachtvollen Salons miteinander allein zu sein, einander von sich selbst zu sprechen und über viele Gedanken hinweg immer bei einem zu enden. Leonie sagte vom Theater, was sich sagen ließ, ohne Abscheu zu erregen. Er erzählte sich ihr. Er ward durch seinen Vater geschäftlich hart angestrengt. Im Hause Rothaus arbeitete man zäh am Zurückholen großer Kapitalien, die auf einmal verlorengegangen waren. Harry fuhr oft nach Brüssel, nur zu einem Besuch der Börse. Während er telegraphierte, umdrängten ihn die Händler, um seine Geheimnisse abzufangen. Am selben Abend saß er wieder daheim in seinem Zimmer, das schwarzseidene Tapeten und helle Möbel hatte, und las. Er las sehr viel und vermochte zu zitieren; und Leonie, aufgestützt, zwei Finger unter dem Kinn und mit Lippen, die sich leise voneinander lösten, erhorchte hinter den gleichgültigen Worten das, was sie ihm waren, was sie wurden durch ihn. Plötzlich begriff sie das scheinbar Allgemeinste: so lange hatte sie nichts lesen können als Geschichten. In dem Buch, an dem sie, bei den

Budapestern, sich kennengelernt hatten, in ihrem Buche stand:

»Jeder körperlich oder geistig Ausgezeichnete ist vor allem ein Gezeichneter.«

Und Leonie sah ihn vor sich sitzen, den Paria der Höhe. In ihrem Buche stand:

»Das Leben verengt sich nach oben. Sie können ganz oben sich nicht mehr bewegen, nur noch denken: ihre Leidenschaften, ihre Verbrechen, ihre Liebe selbst – nur noch denken.«

So war es. Man hastete sich ab und verdiente; man spielte Komödie und hastete sich ab – und die Entschädigung der Einfachen, das sinnliche Glück, versagten einem die allzu wählerischen Nerven. Nun waren sie am Ziel und sprachen über Liebe und über die beim hochstehenden Menschen immer mehr verarmende Auswahl. Wie rasch im Entschluß war der aus dem Durchschnitt! Ein hervorragend entwickelter Körperteil bewog ihn zum Heiraten; eine Frau ward angelockt durch einen Bierkutscher-Torso. Ein wenig darüber gab es welche, die das geistige Zusammenleben in Betracht zogen. Aber die Möglichkeit hierzu ward, höher hinauf, immer geringer.

»Wie unmöglich Liebe ist für unsereinen! Man ist allein und hinter eisernen Pforten. Ein Wesen, das zu einem eindringen möchte, rennt blind gegen die Wand und meint, es sei drinnen. Es macht etwas ganz Falsches aus einem und stimmt einen unbehaglich. Es will einen, wie mehrere Frauen, die ich kannte, für ihre Bedürfnisse zurechtphantasieren und ummodeln. Übergriffe und Unverstand. Sie sagt: ›Wie ich Sie verstehe!‹ und ich fühle: ›Aus was für einer unmöglichen Gegend bist denn du herverschlagen?‹ Kennen Sie so etwas?«

»Ob ich es kenne!« sagte Leonie.

»Ich denke mir ihr Haar zurückgestrichen, mit den Händen weggehalten, und sehe dann die Gesichter ihrer männlichen Verwandten. Der weibliche Reiz ist ein beseitigter Trug; die fremde Familie tritt darunter hervor, lauter eigensüchtige, trockene, lauernde, ewig feindliche Züge; der fremde Geist verrät sich, giftig oder fade ... Ich bringe es nicht fertig, die Töchter und Schwestern der andern zu lieben! Denn ich liebe die andern nicht; ich ziehe mich innerlich zusammen bei ihrer Berührung. Mich mit ihren Körpern, mit ihren eigenen, ins Weibliche übersetzten Körpern vermischen? Niemals!«

»Sie haben also nie geliebt?« fragte Leonie mit verhaltenem Atem. Rothaus verneinte es.

Sie vermutete, er sage nicht die Wahrheit. Übrigens behauptete sie gleich darauf dasselbe – und vergaß nicht, daß sie lüge, daß die Wirklichkeit anders gewesen war. Aber die Beziehungen, die sie zueinander fühlten, waren in Tiefen geknüpft, in denen die äußere Wirklichkeit nicht mehr galt und über die man nichts aussagen konnte. Man mußte darüber hinwegreden, den Lippen Falsches überliefern, damit die Seelen aufeinander zukommen und sich ihr Wahrstes gestehen konnten. Denn das Wahrste war in der Leonie, die dem Harry Rothaus gegenübersaß, eine helle, strenge Begierdelosigkeit, ein geistiges Zu-ihm-Hin, das von der Verachtung des Fleisches etwas wundervoll Prickelndes bekam. Das Denken war ein bis hierher unbekannter Genuß. Die elektrischen Lüster, die Kerzen auf dem Tisch entsandten merkwürdig schimmernde Lichtwellen; und sie meinte, die aus der Vase geneigten Blumen spiegelten sich in dem silbernen Geschirr wie in einer unerhört klaren Quelle. Sie aß wenig und ohne es zu merken; seine Worte waren ihre Leckerbissen.

... Dies also machte die auf dem Gipfel zu Asketen: das Wissen um unsere Einsamkeit. Denn wir alle waren zur Einzelhaft verurteilt, zeitlebens; aber nur der, den seine Nerven darüber aufgeklärt hatten, verlor sein Anrecht auf den frommen Betrug der Liebe. Er hätte den Stolz auf sein Eigenstes niederlegen müssen, bevor er seinen Sinnen erlaubte, sich über die Weiber der Fremden zu stürzen. Jene mochten es tun, die an die einigende Macht der Liebe glaubten, ein Wunder von ihr erhofften. Für ihn, der gewiß war, in allen Umarmungen allein zu bleiben, war Liebe eine düstere Unzucht,

ein Selbstverrat an Nacht und Schmutz ... Dort unten gab es irgendwelche, die von Fleischessünde redeten? Ach, wie konnten die wissen, was das hieß? Hier erst erfuhr man es!
Dennoch kam es vor; man fand auch hier, auf diesen Ausläufern eines kalt und gebärdenlos gewordenen Lebens, einen Gefährten, seinen Gefährten, vielleicht den einzigen in der Welt, dem man nicht umsonst ein Zeichen von sich gegeben hätte. Es war ein unbegreifliches Glück; wer würde es zu erwarten gewagt haben? Man bedenke: alle die Millionen wären taub und stumm geblieben, und der eine, der unsere Sprache kannte, trat aus den Millionen, aus dieser finsteren Wolke, einsam erhellt auf uns zu! Wenn es eine Frau war, dann war sie viel mehr als eine Geliebte. Ihr gehörte die Schwesterseele – und der Zauber ihres Geschlechtes war enthalten in einem Fleisch, das eine namenlose Verwandtschaft zu weihen schien. Der Gedanke, es zu berühren, schlug einen mit dem heiligen Grauen, das den Inzest umgab. Man trat zurück; man liebte sich in Gedanken, ohne daß auch nur die Hände sich streiften. So war hier das Schicksal ... Und er sah sie mit der Trauer seines müden Blutes auf der gefalteten Stirn lange bewegungslos an. Sie lächelte ernst und nickte. Sie war stolz auf ihn. Sie hatte mit ihm Mitleid. Sie fühlte sich klar durchströmt von der geistigen Liebe, um die er sie bat; frei und ruhig in der Gewißheit, zu sein, was er wollte. Und ihre schwesterlichen Augen waren groß auf ihm.
Wenn er sie dann heimbegleitete, empfand sie, es gehe sich seltsam leicht; die kalte Luft trage einen, man habe das helläugige, unberührbare Sternenflimmern förmlich im eigenen Kopf und atme aus vollen Lungen die unermeßlichen, rings ausgebreiteten Versprechungen, die ohne Namen waren.
Im Theater, wo sie für die Geliebte des reichen Rothaus gehalten und höher dafür geachtet ward, zeigte sie sich nur noch, wenn sie hinbestellt war; die Welt dort war ihr fremd geworden. Dieses Geduztwerden, dieses Sich-gemein-Machen, diese allgemeine Übung, jedem Gedanken die Form einer Zote zu geben! Sie war ehemals stolz darauf gewesen

wie auf die Unabhängigkeit des Standes, der den bürgerlichen Begriffen ins Gesicht lachte. Sie hatte scheinbar vorbeigehört an Schmutzereien, war aber, sooft man sie ihr zum besten gab, von demselben Vergnügen erfaßt worden wie beim Einziehen der staubigen Bühnenluft. Das war dahin. »Die andere«, mit der sie die Garderobe teilen mußte, demütigte sie mit jeder Geste. Jetzt fragte sie sich, ob sie hier noch werde aushalten können: Das aufgeregte Treiben der Komödianten, ihre unverschämten Triebe, ihre blinde Eitelkeit und Rachsucht stimmten sie düster und erregten ihr Ekel, wie das Hin und Her stark riechender Tiere in einem Käfig. Dann erinnerte sie sich, daß sie dazugehört hatte, gedachte der Leonie, die sie im vorigen Winter gewesen war, der Erfahrungen, die ihr Blut, ihr Körper hinter sich hatten – und begriff es nicht mehr, konnte es nicht glauben und versank in das Befremden, die rückwärtstastende Angst eines, der sich vorstellt, er sei als ein anderer schon einmal dagewesen.

Sie blieb viel allein; und bei allem, was sie unternahm und sann, begleitete sie ein Abwesender. Denn sie sah ihn wenig. Er ward jetzt häufiger auf Reisen geschickt. An Abenden, die sie zusammen hatten verbringen wollen, kam mehrmals eine telegraphische Absage aus einer anderen Stadt, wohin er im letzten Augenblick sich hatte begeben müssen. Sie setzte sich in dem schwarzen Spitzenkleid, worin er ihre blonde Schönheit am meisten bewunderte, zu ihrer Lampe und las sein Lieblingsbuch. Sie kaufte sich alle Bücher, denen er Empfindungen entgegengebracht hatte, und vermischte beim Lesen die ihrige mit seiner. Einst fuhr sie nach Köln, um in Sankt Gereon eine Statue zu besichtigen, von der er mit Erregung gesprochen hatte. Sie fuhr nur hin, machte der Statue ihren Besuch und kehrte zurück, ohne etwas anderes gesehen zu haben.

In einer Oper hatte sie einem Madonnenbild ihre Hände zu leihen. Ihre Hände erlangten dabei Berühmtheit; und sie war stolz auf Harry, der auch ohne Lilien und Nimbus ihre Hände erkannt hatte. Er plante mehrmals, zu kommen, sei es

nur zu ihrer Szene, und schließlich war er immer abgehalten worden. Dafür versprach er unumstößlich, auf dem Budenfest zu erscheinen, das für irgendwelche Zwecke die Theaterleute den Bürgern gaben.
Leonie verkaufte Sekt. Sie stand unter einer Laube von Blumen: in ihrem großen Pariser Hut, den weißen Spitzenmantel geöffnet über dem Flieder auf den schwarzen Spitzen des Kleides, das er bevorzugte; frisiert zu breiten Wellen, schön geschminkt, mit ringlosen Händen wie aus weißen Blüten; und zwischen schmalen Kohlenrändern hervor eilte ihr Blick hell und unnahbar über das Gedränge. Man belagerte sie, um ihre berühmten Hände zu sehen. Aber es vergingen Stunden, und er zeigte sich nicht, er. Im Hin- und Herlaufen fragte sie die zweite Verkäuferin, eine Artistin, die noch nicht lange in der Stadt war, ob sie nicht Herrn Rothaus bemerkt habe? »Herr Rothaus?« hieß es. »Sie meinen wohl den reichen Getreidehändler? Ja, er ist mit einer seiner Kolleginnen da.«
Leonie fühlte sich kalt werden; sie griff mit der Rechten in das Flechtwerk der Laube ... Die Betäubung schwand, Leonie sah sich um; waren das nur Sekunden gewesen? Niemand schien etwas bemerkt zu haben. Aber das Glas, das ihre Linke nicht losgelassen hatte, war verschüttet. Sie füllte es, nahm das Geldstück; dann, zusammengerafft und lachend: »Wo steckt denn dieser Rothaus, Fräulein? Zeigen Sie ihn mir, bitte.«
Sie beugten sich zusammen hinüber, die andere suchte; schließlich streckte sie den Arm aus. »Dort, mit Miß Violet. Sehen Sie?« Leonie sah; es war ein ganz anderer – und im selben Augenblick betrat dahinten Rothaus den Saal. Leonies Hand tat einen Ruck nach ihrem Herzen hin; der Blutstrom, der auf ihr Herz zugeschossen war, verlief sich; sie stieß einen Seufzer aus; und sie erstaunte, wie bei einem Erwachen zwischen fremden Wänden. Wo war sie? Also das war's! Sie liebte ihn! Ihr Gefühl war nicht schwesterlich, oh, gar nicht schwesterlich. Daß sie sich hätte täuschen können! Was wäre

aus ihr geworden, wenn sie seinen Arm einer anderen dargeboten gesehen hätte? Sie erschauerte – und auf einmal stieg in ihr das Glück auf und entfaltete sich, süß und stark wie der Schwall großer Liebesmusik.
Rothaus bahnte sich einen Weg zu ihr her; sie lächelte ihm entgegen, zwischen ihren Antworten auf die Scherze der Männer, die an ihren Schenktisch drängten. Viele begehrliche Gesichter folgten demütig ihren Mienen und Gebärden, die unversehens, wie vom Erfolg, prunkend und lässig waren. Man fing an, ihren Wein mit Gold zu bezahlen.
Rothaus war vorgedrungen bis in die zweite Reihe. Er hatte eine gefaltete Stirn, und er grüßte gezwungen. Sie gab ihrer Anmut noch mehr Herausforderndes.
»Die letzte Flasche!« verkündete sie. »Wer kauft sie ganz?«
Die Arme reckten sich, es entstand Geschrei.
»Ah, Sie, Herr Rothaus?«
Er brach vollends durch und legte einen Tausendmarkschein hin.
»Ausverkauft!« sagte Leonie.
Da man noch weiter auf sie eindrang, wiederholte Rothaus, und er wandte sich, erbleicht, nach den andern um: »Ausverkauft!«
Mit einer Gereiztheit, ihr nur fühlbar, bat er:
»Darf ich Sie zu der letzten Flasche einladen, gnädiges Fräulein?«
Sie rückte den Tisch ein wenig zur Seite, ließ ihn ein; und sie verschwanden durch die Rückwand der Laube.
In der Menge, sein krampfhaftes Flüstern:
»Warum benahmen Sie sich so mit den Offizieren? Ich habe Sie so noch nie gesehen!«
»Habe ich Ihnen mißfallen?« Und in ihr jubelte es: ›Er ist eifersüchtig, er liebt mich!‹
»Das hübsche Bauernhaus dort im Winkel!« sagte sie. »Und es ist leer, dorthin gehen wir!«
»Sie wollen mit mir dorthin, wo es leer ist? Das – freut mich. Sie haben also genug von den Huldigungen der Leute?«

»Wer sagt Ihnen, daß die mich glücklich gemacht haben? Ich habe mich betragen, wie es nützlich war für das Geschäft. Ich wollte gut verkaufen; und ich habe den größten Erfolg gehabt von allen.«
»Wie sollten Sie nicht? Sie sind schön. Es ist erstaunlich, wie schön Sie sind.«
Sie dehnte sich in ihrem Stuhl; und unter seinem Blick, der auf ihr weidete, entglitt ihrem Gesicht ein langsames, schwelgerisches Lächeln.
»Wenn ich Sie aber gebeten haben würde«, sagte er leise und beugte sich vor, »sich nicht in die Bude zu stellen, nichts zu verkaufen?«
»Falls Ihnen ein wirklich großer Gefallen damit geschehen wäre; ich bin ja Ihre Freundin, Ihre – schwesterliche – Freundin.«
»Das wäre Ihr einziger Grund gewesen?« Er schluckte hinunter. Seine ungeschickte Erregung beglückte sie und machte sie weich.
»Mir ist am wohlsten hier«, sagte sie gütig. Er atmete auf.
»Wie ich Ihnen das danke!« Und die Stirn stützend: »Wieder Tage umsonst gelebt – immer neue Tage umsonst, ohne Ihnen die Hand zu drücken: Ihre Madonnenhand, die ich so gern in ihrer Glorie gesehen hätte, wie sie sich aus einem Bilde herausneigt und ein Wunder tut! ... Jetzt darf ich sie drücken – endlich ... Aber« – und Leonie fühlte, wie die Finger, auf denen er ihre Hand trug, zu zittern begannen – »ist denn dies eine Hand, die man drückt? Oder darf man sie nur mit anbetenden Lippen berühren?«
Unter dem Schauer seines Kusses gedachte Leonie seiner Worte von einst:
»... Ohne daß sich auch nur die Hände streifen ...«
Bekannte traten ein und setzten sich zu ihnen. Sie tranken und wurden laut. Rothaus war aus seiner Unsicherheit unter vier Augen mit einem Sprung zur führenden Rolle in der Gesellschaft gelangt. Er forderte zu einer Runde durch den Saal auf, reichte Leonie den Arm, und sie machten sich

daran, ihr Geld und ihre Laune unter die Verkäuferinnen zu streuen. Am Glücksrad fragte er nach Leonies Geburtstag, setzte auf die Nummern, verlor alles und lachte siegesgewiß. Dann soupierten sie in großem Kreise. Wie er bezahlen wollte, fand er seine Geldtasche leer. »Kein Wunder«, meinte Leonie, denn sie hatte ihn mehrere tausend Mark ausgeben sehen.

»Wie dumm!« erklärte er. »Ich habe nicht daran gedacht, mehr zu mir zu stecken als gewöhnlich.«

Und sie war entzückt. Die Prahlerei klang ihr bei dem Menschen, als den sie ihn kannte, wie ein aufstachelnder Mißklang in einem gedämpften, allzu feinen Spiel.

»Zum Glück kommt dort meine Schwester, die wird mir aushelfen.«

Er holte ein schönes, braunblasses Mädchen herbei. »Darf ich bekannt machen?«

Die Schwester verhielt sich freundlich; aber die feuchtglänzenden schwarzen Augen unter ihren zusammengewachsenen Brauen durchsuchten Leonie mit gespannter Aufmerksamkeit, wie eine Persönlichkeit, die, ohne je das Haus betreten zu haben, in einer Familie schon längst von drängender Wichtigkeit ist.

Sie gingen tanzen; und sie wanderten umher, alles sehr gemessen. Dennoch fühlte sie lauter Ausgelassenheit unter seiner Oberfläche und in ihren eigenen Gliedern wie ein Jauchzen bei jedem Schritt. Sie traten, als hätten sie sich verabredet, vor jemand hin, und Harry stellte vor:

»Herr und Frau Rothaus.«

Ziemlich inmitten des Saales führten zwei Stufen auf den Platz unter einem großen Blütenbaum. Er bat sie durch eine kleine, spöttisch feierliche Verneigung, da hinaufzusteigen. Sie setzten sich und blickten umher. Leute stellten sich ein – das Frohlocken, das von den beiden Menschen ausging, mochte sie hernötigen –, dienerten, demütigten sich, man wußte nicht, ob vor den Millionen des jungen Mannes oder vor Leonies Schönheit; und die beiden lachten sich an, mit

dem frechen Über-alles-Hinaus des Glücks, das in sich die Verachtung der Sterblichen trägt.
Drüben an der Wand sah Leonie einen alten Herrn stehen und sie betrachten, unverwandt und so bar alles Wohlwollens, daß sie stutzte und plötzlich die Mundwinkel hängenließ.
»Wer ist das?« fragte sie unterdrückt. Und er, mit Trotz und ohne hinüberzusehen: »Mein Vater.«
Ihr war's, als habe sie es geahnt; und sie musterte mit leiser, tiefer Angst ihren Feind ... Gleich darauf lachte sie übermütig, empfand den Kitzel, sich zu rächen für die Sekunde Ernst, die jener alte Mann ihr auferlegt hatte, und war nahe daran, ihm Kußhände zuzuwerfen.
Sie gingen noch mit einem Dutzend von Leonies Kollegen in ein Café und dann, inmitten der Bande, bis vor ihr Haus. Rothaus fand kaum mehr Zeit, ihr zuzuflüstern:
»Ich muß Ihnen etwas sehr – sehr Wichtiges sagen. Wollen Sie es hören?«
»Ja«, sagte Leonie, miterfaßt von seinem Zittern. »Wann sehe ich Sie wieder? Morgen? Am gewohnten Platz?«
Sie saß lange wach; und tags darauf noch bannte sie Staunen: das geblendete Ins-Glück-Staunen. Wie war sie dahingelangt, im Laufe welches merkwürdigen, schmalen Umweges, der auf das große Kommende keinen einzigen Ausblick gewährt hatte? Ach, der zurückgelegte Umweg war's, der diese Liebe so köstlich machte! ... War er unschuldig im Grunde, dieser doch so enttäuschte Geist, daß er sich ein geschwisterliches, begierdeloses Verhältnis hatte vorspiegeln können! ›Dazu war nur ein Mann imstande‹, dachte sie mit zärtlicher Überlegenheit. ›Und ich? Konnte ich mich dermaßen einschüchtern lassen? Jetzt weiß ich's: ich habe ihn geliebt von unserem ersten Zusammentreffen an, seit den Budapestern. Wie sehr‹ – und ihr Herz klopfte auf einmal in Angst –, ›wie sehr muß ich ihn lieben, daß ich mich von ihm verblenden ließ bis zu dem Vorsatz, ihn nicht zu lieben! ... Haben wir ein verstiegenes Dasein gefürt – ganz wie zwei Engel, zwei nicht sehr schlaue! Eine Freundschaft: ich, der von allen Seiten nachge-

späht wird, mit einem so begehrten jungen Mann, und nie darauf zu verfallen, daß die, die mich für seine Geliebte halten mußten, uns zu trennen versuchen würden! Hatte er bisher für mich auch nur eine Familie? Nein; über den Wolken hat man wohl keine. Wenn er unsere Verabredung versäumte – mir fiel nie ein, daß der Vater dahinterstecken könne ... Was für ein gräßlich mißtrauisch alter Mann! Und ich werde seinem Sohn doch sicher nicht schaden. Wir werden uns lieben, und zwar gründlich, ja; aber sonst will ich nichts von ihm! ...‹
Sie lief durch ihre zwei Zimmer, klopfte mit dem Rücken ihrer Rechten in die Linke und wünschte sich:
›Könnte ich doch zu dem alten Rothaus hingehen und ihm sagen: Ich will nichts von Ihrem Sohn, gar nichts, keinen roten Pfennig und keine Stecknadel, und am allerwenigsten will ich geheiratet werden. Nur lassen Sie uns in Ruh und ...‹
Sie blieb stehen.
›Ja, das möchte ich ihm noch geben: Wir haben schon so viel Zeit verloren; sagen Sie Harry, er soll rasch machen!‹
Gleich darauf:
›Aber das wäre eine unnötige Mahnung. Gestern haben wir das Versäumte nachgeholt, fast alles. Was ist denn noch alles übrig – als dies!‹
Und ein von Erwartung entrücktes Gesicht der Tür zugewandt, öffnete sie jäh die Arme.

III

Der Wind kam ihr lau vor; sie mußte auf ihrem Gange durch die Stadt manchmal tief aufatmen. Sie nötigte sich zum Schlendern, sie wäre sonst früher gekommen als er. Bei den Anlagen begrüßten sie sich wie immer, gingen mit Einleitungsworten wie immer ins Hotel hinüber; und in Leonie, die so ruhig sprach und schritt, tanzte das Glück, weil's nicht so war, nicht war wie immer!

Sie fanden ihren Platz besetzt. ›Natürlich! Heute ist alles anders‹, dachte Leonie. Als er mit gewohnter Sorgfalt nach ihrem Geschmack fragte:
»Mir ist's gleich, was ich esse!«
Er begann von den gestrigen Toiletten. Leonie behauptete: »Ich habe darauf gar nicht achtgegeben, ich dachte an anderes.«
Aber er blieb dabei und fand von dort weiter zu den Trachten auf alten Bildern. Leonie unterstützte ihn mit »ach« und »wirklich«, parodierte Eifer und lächelte dabei in geheimem Einverständnis: »Was das alles uns angeht, nicht wahr?« Merkte er das nicht? Woher nahm er all die Reden? Er schien wahrhaftig bei der Sache. ›Er kann sich nicht entschließen‹, dachte sie. ›Ich kenne ihn; was bevorsteht, lähmt ihn. Er gibt sich immer wieder eine Minute; erst sage ich noch dies, noch das ...‹ Da fiel plötzlich das Wort Schwester. Es fiel wie ein Stein in einen Brunnen. Leonie sah ihm nach, betäubt durch solche Tiefe. Sie holte sich zurück; und nun merkte sie, daß sie sich verraten habe, ihm fast schon zuvorgekommen sei. Wirklich? War kein Zweifel erlaubt? In brennender Angst vor seiner Geringschätzung dämpfte sie ihre Miene, löschte alles aus darin, was vor der Zeit aufgeflammt war. Lange noch zuckte der Schreck in ihr nach; aber schließlich versank sie in eine mit Bitterkeit getränkte Ruhe. Sie brachte es fertig, ihn zu beobachten, fast neugierig: war das der Mensch von gestern? Auf einmal unterbrach sie ihn, mitten im Wort. »Hatten Sie mir nicht etwas sehr – sehr Wichtiges zu sagen?«
Sie sah ihn erblassen.
»Ich? Was denn? Ich weiß – wirklich – nicht ...« Sie gab ihm ein wenig Zeit, sich zu quälen. Dann, dennoch mitleidig: »Ich kann mir's schon denken. Vom Verfasser unseres Buches soll etwas Nachgelassenes erscheinen.«
Er schlug die Augen nieder. Bald darauf gingen sie. Ihr Abschied voneinander war kühl.

»Wann treffen wir uns das nächste Mal?« fragte er. Leonie antwortete freundlich und fern:
»Ich weiß nicht. Ich habe in nächster Zeit viel zu arbeiten.«
Sie stieg, was sie niemals tat, im Dunkeln die Treppen hinauf. In ihrem Zimmer zog sie hinter sich die Tür zu und blieb stehen, eine lange Stunde, ohne Licht zu machen, ohne eine andere Regung als von Zeit zu Zeit ein leises Kopfschütteln. Sie begriff nicht, was vorgefallen sei. Liebten sie denn einander nicht? Hatte sie den gestrigen Abend nur geträumt?
Sie sah sich mit ihm, in der Mitte des Saales, unter dem großen Blütenbaum sitzen und ihre beiden triumphierenden Gesichter. Alle hatten sie bewundert, es wußten alle um ihre Liebe; und er allein sollte sie vergessen haben? Eine Laune? Er war doch eifersüchtig gewesen, er hatte doch gestammelt, geworben. Hatte ihre Hand geküßt, daß sie davon noch jetzt wieder aufschauerte. Sie waren zwischen Übermut und Zittern zusammen auf das Glück zugegangen; das vergaß man nicht, das blieb im Blut. ›Ach, ich verstehe ihn wohl. Es kostet ihn etwas, von seinen Reinheitsphantasien sich loszumachen. Er ist in seiner Traurigkeit heimisch und muß zum Glück erst genötigt werden. Es wird nicht lange dauern. Er hat den Zwang schon im Blut. Du kannst nichts dagegen machen, Lieber!‹
Sie setzte sich, ohne es zu wissen, in Bewegung, sprach und lachte vor sich hin, zündete Kerzen an.
›Ich habe mir eine Zeitlang Kindereien von dir vorschwatzen lassen, und darauf möchtest du jetzt pochen, um mir zu entgehen? Du armer Bubi! Ich hol dich zurück. Sieh mich doch nur an . . .‹
Und sie trat selbst, einen Leuchter in jeder Hand, vor ihr Bild im Pfeilerspiegel, den Kopf im Nacken, die Büste nach vorn gedrängt:
›Sag selbst, was kannst du gegen mich machen?‹
Als sie endlich im Bett lag:
›Du schläfst diese Nacht gerade so wenig wie ich; glaube nur, daß ich das weiß.‹

Mit dem Frühstück bekam sie einen Brief von ihm. Er bat um Verzeihung.

»... Ich habe mich falsch benommen. Sie wissen so gut wie ich, daß es falsch war. Was soll man tun? Es hieße vor allem, nie sich selbst verlieren. Wer das könnte! Helfen wir uns doch! Wollen Sie? ...«

Sie lächelte forschend auf die wohlgeordneten Zeilen hinab. Was dahinter für ein aufgeregter Kampf geschah! Das hatte er in der Nacht geschrieben, war ausgegangen und hatte es zum Kasten getragen, damit es heute früh ihr erster Eindruck werde, damit sie sein gestriges Benehmen vergesse und ihn liebe. Er bat: »Üben Sie Gnade; lieben wir uns nicht!« Und die Tatsache, daß er schrieb, war doch schon ein Armebreiten nach ihrer Liebe und ein Eingeständnis der seinen!

Sie ließ ihn ohne Antwort, nahm sich sogar vor, das Wiedersehen, wenn er um eins bäte, hinauszuschieben. Indessen schrieb er nicht mehr. Was geschah? Glaubte er, mit ihrem Schweigen gehe sie ihm voran im Entsagen? Sie hätten sich still und großmütig voneinander losgewunden und würden sich nie wieder begegnen? Kopflose Angst überfiel sie. Sie war drauf und dran, auf einem Stück Papier sich ganz zu enthüllen, sich zu demütigen, ihn zu rufen. Gerade fand sie noch die Besinnung, sich zu sagen, er werde von selbst kommen; er werde es nicht länger aushalten als sie ... ›Ach, er ist kalt, er fühlt nicht, wie schlimm das alles ist. Ich hasse ihn! ... Er? Aber er hat es viel schlimmer als ich, da er sich sträubt, da er zu schwach ist für seine Liebe. Ich, ich trage sie! ... Nein, ich trage sie nicht länger!‹ Und der Zug der Tage ging unerbittlich weiter durch Dunkel.

Auf einem verspäteten Faschingsball standen sie plötzlich einander gegenüber. Sie erkannten sich in den Masken sofort, ohne ein Schwanken. »Woran?« fragte er sie – und sie schwieg, und unter der Larve errötete sie. In ihrer Kenntnis seines Körpers, seiner Bewegungen beim Gehen, seiner Art, den Kopf zu tragen: in ihrer Kenntnis war ihre Begierde. »Und Sie?« fragte sie. Auch er blieb stumm. ›Er liebt mich!‹

»An allem«, sagte er endlich. »An allem erkenne ich Sie. Sie haben nichts, was auch die anderen hätten.«
Nach einer Pause:
»Sie haben mir nichts erwidert auf meinen Brief.«
»Weil ich Sie nicht verstanden habe. Wobei soll ich Ihnen helfen? Was soll ich wollen? Ich, ich will niemals etwas anderes als das, was ich muß!«
»Und ich, ich quäle mich sehr.«
»Erklären Sie mir's.«
Er, sehr leise:
»Wenn ich es Ihnen erklären dürfte, wären es nicht die Qualen, die es sind.«
Er neigte sich über ihre Hand.
»Ihre Madonnenhand. Sehe ich sie wieder? Darf ich sie wieder verehren, Ihre Madonnenhand?«
Er huschte mit den Lippen darüber hin – sie aber fühlte, erschlaffend, wie sein unstillbarer Mund sich ihrem ganzen Körper, jedem Fleck ihres Fleisches eindrückte. Sie sagte mit leidendem Ausdruck:
»Ich bin nicht so erhaben, wie Sie – zu glauben vorgeben.«
Sie tanzten und wurden berauschter davon als sonst. Sie soupierten mit mehr Ausgelassenheit. Sie boten sich nicht wieder im Gleichgewicht des Glückes den Huldigungen dar. Sie lauschten, unter verwirrtem Lachen, einer auf des andern Fieber.
»Ich muß eilen«, sagte er unvermittelt. »Wissen Sie, daß ich noch diese Nacht nach Mainz soll?«
Sie fühlte es wie Eis auf ihren nackten Schultern.
»Das ist nicht möglich!« Und rasch sich zurückholend: »Was für ein Einfall!«
»Höherer Befehl«, erklärte er. »Ach, Sie hier allein lassen zu müssen!«
Sie wollte ihm zurufen: ›So nimm mich doch mit! Im Ballkleid, halb entblößt, unter den Blicken von hundert Menschen – wie es auch sei: nimm mich mit! Siehst du denn nicht, daß ich bereit bin?‹ Sie machte sich ganz steif.

»Also glückliche Reise!«

Da sagte er:

»Könnten wir doch zusammen reisen! Verzeihen Sie den verrückten Einfall!«

»Nicht verrückt«, meinte sie. »Ein bißchen komisch höchstens. Wenn es ginge, ich wäre zu einer Fahrt den Rhein entlang gerade aufgelegt.«

»Wollen Sie morgen abend in Koblenz sein?« fragte er, mit kühler Stimme, die zitterte. Leonie konnte nicht antworten.

Er setzte hinzu:

»Ich werde im Hotel Kronstein nachsehen, ob Sie da sind.«

»Also ja«, brachte sie hervor, »ich mache den Ausflug.« Und gleich darauf, in der Sorge, sich zu decken:

»Ich rechne dabei aber nicht auf Sie, ich weiß wohl, so eine Geschäftsreise ...«

»Wenn ich nicht komme, dürfen Sie mich für tot halten« – leise und bestimmt.

Er stand noch da, und sie sahen aneinander vorüber. Plötzlich:

»Leben Sie wohl!«

... So war es nun für morgen. Sie kam bleich und betäubt nach Haus. Noch vor drei Wochen wäre es ein rasches, heftiges Erlebnis gewesen. Jetzt war es schwer geworden; Angst und Leiden, die durchgekostet waren, trugen bei zum Gewicht dieser Liebe.

In der Nacht erwachte sie, das Gesicht in Tränen, und fühlte Linderung und Dankbarkeit.

Sie fuhr mit dem Dampfer nach Koblenz, und als sie die Stadt erblickte, fing ihr Herz zu klopfen an. Hier war es. Die kahlen Bäume auf jener Terrasse waren Zeugen und diese Häuser. Aufseufzend, mit trotziger Genugtuung, betrat sie die Straßen. Jetzt hielt sie das letzte Stück Weg fest unter ihren Füßen. Sie sah sich schon ihren eigenen Schritten entgegenkommen; das war morgen, und ihre Hand lag auf seinem Arm, und sie gehörten sich.

Als sie im Hotel ihren Namen nannte, gab man ihr ein Telegramm. Er kam nicht. Er war auf unbestimmte Zeit zurückgehalten.

Sie fiel hin – erholte sich aber, während man noch um Hilfe umherlief. Sie kehrte um. ›Also aus‹, dachte sie. In ihrer Hand spürte sie das zerknitterte Telegramm, sie entfaltete es, und im Gehen starrte sie darauf. Auf einmal kam ihr die Zahl zum Bewußtsein, die sie las: 12 Uhr 25. Er hatte es schon mittags aufgegeben! Er hatte den Abend gar nicht abgewartet, er hatte nicht einmal den Kampf gewagt! ›Oh, das ist das letzte; ich bin ihn los, und gründlich!‹ Zehn Schritte weiter: ›Ich bin ihn los? Aber ich liebe ihn ja nur noch mehr, bei jedem Schritt zurück und jeder neuen Schwäche nur noch mehr! Ich glaube ihm nicht wieder, das ist alles, was ich hierbei gewonnen habe. Aber mit oder ohne Glauben, wir werden das Spiel noch oftmals wiederholen. Ich weiß, daß ich von dieser Liebe nur die Qualen haben werde, nur die Qualen. Aber meinst du, ich ließe mir die nehmen? Komm zurück und nenne mich Schwester, wenn du willst; ich habe nicht den Mut, mich wegzuwenden. Komm zurück und verehre mit schlechtem Gewissen eine Madonnenhand, die keine ist; ich werde mit dir lügen und mit dir fiebern. Dann flieh, stelle dich beschwichtigt; ich mache es ebenso. Hoffst du, mein Leben sei sehr schrecklich? Ja – wenn nicht auch du littest! Das tröstet ...‹ Sie blieb stehen, vor einem Schaufenster, oder war's eine leere Hauswand – vor Dingen, die sie nicht sah, und sagte vor sich hin:

»Jetzt, Lieber, kommen schlimme Zeiten.«

Sie kamen.

Ihre Zusammenkünfte wurden häufiger als früher. Sie wußten, daß sie einander nie gehören würden – und fanden, so oft sie es sich vornahmen, nicht den Mut, Verzicht zu tun auf ihre unfruchtbaren Erregungen, in die sich nun Feindseligkeit mischte. Leonie zog ihre Hand zurück, wenn er sich darüber neigte. Sie verhehlten eifersüchtig ihre eigentlichen Gedanken und mit Empörung den Schauer, den oft einer bei des an-

dern unbedeutendster Bewegung spürte. Nur auf Umwegen, nur versteckt, gaben sie, was allzusehr drängte, preis; verrieten, daß sie sich zusammen nur ein Leben wünschten.
Leonie nannte die Dinge, die ihr gefielen. Sie liebte leichten Frost, stundenweises Dahingehen über flaches Land, und bei der Lampe, indes die Uhr tickte, einen Dichter zu lesen. Er erwiderte nichts; aber als sie sich wiedersahen, zählte er auf, was er bevorzugte, und es war genau dies.
Sie hätten beide gern gereist. Er träumte davon, am Rande eines bröckelnden Palastes auf den zersprungenen Fliesen einer offenen Halle zu stehen und durch ihre verwaisten Bogen in das Grau aus Sümpfen und Wolken zu starren. Sie dachte sich ihr weißes Schiff auf heftig blauem Meer, unterwegs nach unvorhergesehenen Gestaden. Sie sagte nicht, daß gegen den Mast, und die Schläfe an der ihren, er hätte lehnen sollen. Er verschwieg, daß er, auf das Geländer der schwermütigen Loggia gestützt, ihren Arm hätte fühlen wollen neben seinem.
»In jener Sumpfluft«, sagte er, »tiefe Atemzüge tun und daran sterben. Es muß leicht sein. Man wird sehr müde und merkt kaum, was geschieht.«
»Ist das ein leichter Tod?« antwortete sie. »Dann hätte ich nichts dagegen. Das Leben ist nicht leicht und nicht lustig.«
»Es gibt Stunden«, setzte er hinzu, »wo ich jeden Tod leichter und lustiger fände: noch den scheußlichsten. Man betritt einen gefüllten Zirkus wohl mit dem Gedanken: vielleicht bricht Feuer aus heute abend. Nun, ich werde der Frau – der Frau, die gerade neben mir wäre, den Ausgang erkämpfen und mich, das weiß ich, vom Gedränge zurückwerfen lassen.«
Sie hörte das mit einem stolzen Lächeln an, die Augen niedergeschlagen, als sagte er ihr etwas leidenschaftlich Nacktes. Aber sie schüttelte sich.
»Nein. Ich will nicht sterben. Könnte eines Nachts aus Schlaf einfach Tod werden, ja, dann. Aber ich werde sehr schwer sterben und häßlich, ich fühle es.

Mit dem einsamen Blick des in sich Hinabschauenden:
»Ich werde dabei allein sein.«
»Kein befreundetes Wesen sollte Ihnen die Hand halten?« fragte er, fast lautlos. Und Leonie, starr: »Nein.«
Sie wurden immer verzehrt von der Sucht, sich von ihrer Liebe zu reden, und immer schoß ihr Gespräch angstvoll hinaus über ihre Liebe und bis an ihren Tod; so, als habe das eine Wort den Geschmack des anderen und als wagten sie immer noch eher zu sterben als einander zu lieben. Er sagte:
»In meinen schwachen Stunden wünsche ich mir, ich hinge dermaßen mit einem anderen Wesen zusammen, daß ich entfernt und ohne Nachricht zur selben Minute stürbe, in der es stirbt... Nein, es soll nicht sterben. Es sollte nur meinen Tod in seinen Händen halten. Wenn es mir eine goldene Kugel gäbe, das wäre das Zeichen.«
»Sie würden Gebrauch davon machen?« fragte Leonie schnell, mit grausigem Entzücken. Seine Mundwinkel zitterten, und er hatte unter hängenden Lidern einen saugenden Traumblick.
»Wollen Sie mir sie geben, die goldene Kugel?«
»Nehmen Sie an, ich hätte sie Ihnen gegeben. Ist das nicht dasselbe? Ich habe sie Ihnen gegeben – für später.«
Sie wurden in Überreiztheit gehalten durch das beständige Bewachen ihrer Regungen. Leonie geriet wegen irgendeines Gesichtes außer sich. Er brachte aus seinen Geschäften Überdruß mit und Menschenfeindschaft. Beide litten sie unter dem Frühling wie an einer Krankheit. Die Blumen, die sie am Abend vor ihrer Brust getragen hatte, verfolgten ihn mit ihrem Duft noch am nächsten Tag. Sie ihrerseits entdeckte die Musik; und als könnten ihre Sinne, denen das eine versagt ward, sich an vergeblichem Ersatz dafür nicht genugtun, ward sie Feinschmeckerin, hängte sich an eine Champagnermarke, an eine Zigarette.
Ihr Schlaf fing an auszubleiben; und matt und unbeschäftigt ward sie nur von einem unbesieglichen Gefühl des Erwartens

aus dem Bett getrieben. Sie wartete auf die Post, auf einen Brief von ihm, mit – sie wußte es – unmöglichen Erklärungen und Entschlüssen. Sie raffte sich plötzlich aus Träumerei auf und kleidete sich Hals über Kopf an – weil er kommen konnte. Jedes Klingeln stürzte sie in Entsetzen. Sooft ein Wagen vor dem Hause zu halten schien, riß sie das Fenster auf. Sie ward totenbleich, als es einst ein Leichenwagen war. Man brachte ihn ihr; er hatte die goldene Kugel abgeschossen ... Und am Abend saß sie da, die Wange in der Hand, und sann krampfhaft: ›Wenn nun einer käm und mich mit sich nähm! Ist das nicht der beständige Gedanke von allen kleinen Mädchen rings im Land? Ja, so ist man nun.‹
Dann: ›Und wie einfach wäre es! Er sitzt allein in seinem Zimmer, wie ich in meinem, und quält sich um mich, wie ich mich um ihn. Ein paar Straßen sind zu überschreiten, das ist alles. Es ist unbegreiflich, daß er's nicht tut! Was hindert ihn? Was?‹ Sie hatte es aus dem Gesicht verloren, hielt es für Blendwerk gegenüber der Wirklichkeit ihrer Begierde. ›Wenn ich nicht mehr diesen Druck vor der Stirn hätte, würde ich klarer sehen ... Denkt er am Ende gar nicht ans Kommen? Ist gar nicht versucht? Leidet gar nicht? Für ihn ist's kaltes Spiel? Und im Ernst mache nur ich es durch?‹
Sie irrte, sich die Arme pressend, durch die Zimmer. Es brannte in ihrem Leibe. Sie versuchte nicht mehr, ihren Durst zu stillen. Das Kämmen zur Nacht war unsäglich peinvoll; und sie entkleidete sich im Dunkeln, um nicht im Spiegel ihre verschmähten Glieder zu erblicken, die sie schwer, unnütz und kläglich ins Bett sinken ließ, als würfe sie sie weg.
In der Schlaflosigkeit bildete sich eine angstvolle Unruhe, kribbelnd, unerträglich – und die Wut, die ihr Körper hervorbrachte, warfen ihre Gedanken auf irgendeinen: auf eine Schneiderin, einen Kollegen. Ihr Feind, der Regisseur! Das war der Schuldige; der hatte sie dahin gebracht, wo sie jetzt war, dadurch, daß er ihr nichts zu spielen gegeben hatte! ›Wenn ich hätte arbeiten dürfen; nie wäre dies aus mir gewor-

den! Oh! Wie hat dieser Mensch mir geschadet!‹ Sie fuhr aus dem Bett. Laut ausbrechend:
»Wenn ich morgigen Tags nicht eine große Rolle kriege, dann mache ich einen Krach, an den sollen sie denken!«
Vor neun Uhr war sie im Theater, ward, weil man nicht mehr gewohnt war, sie zu sehen, mit Staunen begrüßt und stieß ihre Beschwerden aus. Alle gaben ihr recht, hetzten sie noch mehr auf. Sie könne den Regisseur wegen Existenzschädigung verklagen. Übrigens komme keiner mit ihm aus. Mehrere erklärten, demnächst ihre Entlassung geben zu wollen. Da erschien er, und alle verstummten. Leonie, angewidert und schwach, ging weg, ohne gesprochen zu haben.
Sie schrieb ihrem Agenten, er möge ein Gastspiel vermitteln. Beim Suchen nach einer Rolle stieß sie auf die Hero.
Sie hatte sie gelesen und vergessen. Nun ward sie festgehalten, zuerst nur durch die beunruhigend weiche Sinnlichkeit der Verse; sah ihr Getändel zum Südsturm werden – und da gaben sie den Klang von Leonies eigener Leidenschaft. Sie hatte diesen Klang aus den Versen erlauscht, noch ehe er in Hero entstand. Da war nun alles, die da saß in ihrem Turm, und:

»Nicht Götter steigen mehr zu wüsten Träumen,
Kein Schwan, kein Adler bringt Verlaßnen Trost,
Die Einsamkeit bleibt einsam und sie selbst.«

Auch die da hatte gesagt:

»Im ganzen Leben seh ich kaum dich wieder,
Und so ist's abgetan. Wohl gut!«

Und gleich vergaß sie's und sprach zu ihm durch die Ferne. Auch hier empörte sich eine:

»Was kamst du her, nichts denkend als dich selbst,
Und störst den Frieden meiner stillen Tage –«

Und wünschte dem Störer Tod! Und konnte das Bild seines Verderbens nicht ertragen!

Leonie ward trostvoll erweicht durch diese Gemeinschaft. Dann wieder, vom Studieren müde und den brütenden Blick auf den dunklen Wellen, die gegen Leanders Leiche brandeten, bedachte sie, daß solchen Schicksals also die Welt voll sei; und eine Klage über die Vergeblichkeit unserer Sehnsucht, das Elend der menschlichen Dinge – eine Klage über das Lebenmüssen erstickte sie.

Übrigens fühlte sie sich krank. Das weibliche Leiden, das schon bei der Rückkehr aus ihrem ersten Engagement einen lässigen Reiz über sie verhängt hatte, brach heftiger aus und ermattete sie. Beim Lernen der Hero stellte sich eine Schwächung ihrer Stimme heraus. Sie mußte wieder in die Behandlung des Halsarztes – und es erbitterte sie bis zum Krampf, daß sie inmitten ihres wunden Gefühls sich auch noch mit ihrem Körper befassen sollte. Wenigstens das Recht haben, seiner irren Seele ganz nachzugeben – wie Hero! Die war in ihrem Liebeswahnsinn unzurechnungsfähig, hatte kein Gewissen mehr, wußte nichts von Fesseln. ›Warum laufe ich denn nicht hin zu ihm, schreie ihm seine Feigheit ins Gesicht, küsse ihn, bis er aufwacht, bis er Mensch wird – raube ihn mir? ... Ah, das ist's, dafür bin ich zu sehr Bürgermädchen. Nichts Ganzes – ich nicht, nicht Komödiantin, nicht Familientochter. Verpfuscht.‹

Aber sie hatte Stunden, wo sie sich hineinspielte in das Ideal ihres Leidens, ganz Hero ward, stolz auf ihr Schicksal und fast glücklich.

Sie gastierte an einem mittleren Hoftheater, wo kurz vorher eine andere Hero, eine Berühmtheit, kühl verabschiedet war. Leonie siegte mit Glanz. Sie riß eine Versammlung steifer Leute in ihre Welt hinüber. In den Augen der Schauspieler begegnete sie der starren Achtung, die die Blicke aller, wie hinter Schranken, dem Auserwählten entbieten. Der Regisseur, ihr ganz gewonnen, beklagte tief, daß die Zulänglichkeit ihrer Stimme noch nicht feststehe. Er wolle alles tun, um ihr Bleiben zu sichern.

Sie kehrte zurück und nahm ihr Kreuz wieder auf.

Er schien verändert; seine Schläfen waren gelber, die Falten um seinen Mund schärfer. Er fragte sie nach allen ihren Erlebnissen, drang in sie wegen der Bekanntschaften, die sie gemacht habe. Sie berichtete von einem, der ihr im Hotel nachgegangen war, ihr den Portier mit Blumen und Anträgen aufs Zimmer geschickt hatte. ›Er ist eifersüchtig!‹ rief sie sich zu, mit einer Lust, die wund war von oft erlittenen Enttäuschungen.
Er sagte leidend:
»Sie haben Erfolg gehabt, sind gefeiert worden – Sie haben nur an glückliche Dinge gedacht.«
Sie dazwischen, mit undurchdringlichem Hohn: »Nur an glückliche.«
»Sie können sich kein Dasein vorstellen wie meins. Ich bin am falschen Platz in dem Leben, das ich führen muß, wenn nicht im Leben überhaupt. Dort, wo ich mit meinem Innern stehe, ist es einem nicht mehr natürlich, die Gebärden der Wirkenden mitzumachen. Man sieht an allen Lächerlichkeit und Schmutz. Ich aber bin gezwungen zu handeln. Ich muß mich, Tag für Tag, wie ein Bürger benehmen, meinen Widerwillen, meine Scheu verheimlichen, meinen Sauberkeitstrieb ausschalten und meine Weichheit vergewaltigen; muß feilschen, mich mit aller Welt um Geld raufen, dem Sturm der fremden Raubgier standhalten, selber Nachteile zufügen, die Tränen der anderen, ausgemünzt, in meine Tasche schieben. Begreifen Sie, was das für mich heißt? Ich selbst begreife es vollkommen erst seit kurzem: weshalb? . . . Während Sie fort waren, habe auch ich eine Reise gemacht; der Zweck war, unsere frühzeitige Kenntnis eines bevorstehenden Zusammenbruchs einem dritten Hause gegenüber, das noch nichts davon wußte, auszunützen. Als ich zurückkam, habe ich mich eingeschlossen, bis heute. Es war mir unmöglich, einen Menschen zu sehen, Nahrung aufzunehmen – mich selbst zu berühren! Ich glaube, daß ich diesen Grad von Lebensunfähigkeit erst im Verkehr mit Ihnen erreicht habe.«

»Schade.« Sie verriet halblaut ihre Bitterkeit. »Das war nicht die Absicht.«

Er hörte nicht, er war ganz bei sich selbst.

»Ich frage mich nur, was aus mir werden soll, wenn man mich einmal zu einem Geschäft benützen will, wodurch das vor zwei Jahren uns verlorengegangene Geld alles auf einmal wieder hereinkäme.«

Leonie begriff sofort.

»Sie sollen heiraten!« stieß sie aus.

»Noch nicht. Ich frage mich nur im voraus – weil das das Ende von allem wäre.«

Plötzlich ward sie aufgebracht.

»Sie sind so schwach, daß Sie sich in alles finden werden. Jetzt halten Sie sich zurück – aus Schwäche; und wenn man Ihnen einmal eine Frau auferlegt hat, werden Sie sich, aus Schwäche, rascher ausliefern als jeder andere.«

Er stutzte.

»Sie meinen? ... Vielleicht ... Meine Hoffnung ist nur: eine so reiche Frau wird mich nicht wollen, weil ich häßlich bin. Nicht wahr«, fragte er, an ihren Augen hängend, demütig, »ich bin zu häßlich, um geliebt zu werden?«

Und sie war erschüttert. Das fragte er sie! Nach allem, was hinter ihnen lag, war er nicht einmal versichert, daß sie ihn liebe, so wenig, wie sie selbst überzeugt war, daß er ihre Leiden geteilt habe. Welche Gemeinschaft war noch zu hoffen zwischen zwei Wesen, wenn sie, sie beide, nach alledem voneinander nichts wußten; und durch welche himmelweite Einsamkeit führten unsere verurteilten Schritte? ... Sie senkte das Gesicht und tat, was sie konnte, um nicht zu weinen. Das nächste Mal war er wie immer. April verging; das Theater stand vor dem Schluß; Leonie sprach von ihrer Abreise. Sie waren an diesem Abend noch spät in größerer Gesellschaft, Rothaus angeregt, Leonie von überreizter Lebendigkeit. Er brachte sie im Wagen nach Hause, und kaum allein miteinander, verstummten sie. Sie fuhren durch schlecht beleuchtete Straßen. Leonie hatte die Empfindung, er sehe sie an im Dunkeln, sie war gespannt bis zum Aufschreien. Sie sah den Augenblick kommen, wo sie es nicht länger ertragen und den Wagen halten lassen werde. Da sagte er: »Nicht wahr, Sie sind nicht für Liebe?« Leichthin.

Sie wußte nicht, wie sie hervorbrachte: »Sie doch auch nicht?«

Sie rang. In dieser Minute bereute er. In der nächsten, kaum daß sie gestanden hatte, würde er sich zurücknehmen, sie ihrer Schande überlassen.

»Ich bin ja Ihre Schwester?« fragte sie. Es verlief Zeit. Dann er, langsam:

»Aber, wissen Sie vielleicht das vom König von Ägypten? Ein sehr einsames Individuum. Er berührte nie die Leiber der Fremden; er konnte nur eine heiraten: seine Schwester.«

Der Wagen bog in eine helle Straße; die Ankunft war nahe. Leonie hatte nicht geantwortet. Er ließ schon das Fenster herab, faßte hinaus nach dem Griff.

»Es ist wahr«, sagte er; »wir sind keine Pharaonen« – und öffnete die Tür.

Als er bezahlt hatte und sich nach ihr umsah, lag sie mit dem Gesicht auf dem Polster und zuckte. »Mein Gott, was ist ...«

Bei seiner Berührung schüttelte sie sich wild. Ihr Weinkrampf endete nicht. Er suchte fassungslos nach Hilfe, drückte endlich die Klingel nach ihrer Wohnung. Droben entstand Licht; er rief hinauf, jemand möge kommen; die Tür sprang auf. Er wandte sich um; Leonie war hinter ihm, das Tuch vor dem Gesicht. Sie bewegte heftig den Kopf, sobald er zum Sprechen ansetzte. Sie stellte sich, abgewendet, in den finsteren Hausgang. Niemand kam. Er fragte endlich:

»Soll ich Sie hinaufführen?«

Sie nahm das Tuch vom Munde, machte einen Schritt auf ihn zu. Mit Leidenschaft:

»Ist es nicht genug?«

Und sie drängte den Torflügel gegen seine Schulter, bis er draußen war.

IV

Sie war hinaufgeeilt mit dem wütenden Vorsatz, augenblicklich ihre Koffer zu packen. Nun ward es Tag, und sie saß noch da, am Ausweg verzweifelnd. Sich vor ihm in Sicherheit bringen? Wohin? Sie sah die Welt im Dunkel liegen, ohne einen einzigen erkennbaren Pfad. Blieb sie? Dann quälte er sie um den Verstand. Sie fühlte sich auf einen engen Fleck gedrängt, und jede Bewegung führte zu Unheil. Gegen Abend entrang sie sich ihrer Entsetzensstarre und merkte plötzlich den Drang, sich auszusprechen, einen Menschen dort vor sich auf dem Stuhl zu haben, dem sie von dem Wirrsal ihrer Erlebnisse etwas andeutete und der sie ihr erklärte. Wenn sie verständlicher wurden, vielleicht wurden sie weniger schrecklich.

Der Kapellmeister! Seit Monaten hatte sie ihn aus den Gedanken verloren. Sie entsann sich, in wunderbarer Zeitenferne, seines Fußfalles und daß er damals den Eindruck gemacht hatte, als wäre er zu allem möglichen zu gebrauchen. Sie schickte hin; eine Stunde später kam er denn auch.

Er hatte, seiner Rache wegen, ein wenig warten lassen. Auch behielt er seinen gewohnten Zigarrenstummel im Mund.

»Was gibt's denn, was machen wir denn?«

Er war keineswegs ruhig und brauchte lange, bis er zum Sitzen kam. Da bemerkte er:

»Du siehst aber gar nicht gut aus. Fehlt dir was? Vielleicht Krach gehabt?«

»Mit wem wohl?«

»Na – mit – mit Rothaus?«

»Wir stehen gar nicht so, daß wir Krach miteinander haben können. Wir haben kein Verhältnis.«

»So, so«, machte der Kapellmeister, ohne auf seine Ungläubigkeit auch nur Ton zu legen. »Du mochtest ihn wohl doch nicht genügend?«

Leonie richtete den Teetisch her. Sie hielt inne. Mit stolzer Entschiedenheit:

»Er könnte mich morgen haben.«

Der Kapellmeister feixte, etwas bleich, vor sich hin:
»Na Glückauf!« Aus Verlegenheit äußerte er:
»Kommt er vielleicht zum Tee?«
Leonie sah plötzlich aus, als sei ihr Schicklichkeitsgefühl fassungslos überrascht.
»Nein! Was fällt dir ein!«
Der Kapellmeister musterte sie.
»Morgen kann er dich ... Und heute darf er hier nicht mal Tee trinken? Du gefällst mir.«
Sie seufzte. Ja; sobald die Komödiantin alles über die Achsel werfen wollte, fiel ihr das Bürgermädchen in den Arm!
»Siehst du«, sagte sie, »weil ich so bin, darum ist es auch schief gegangen. Aber früher hielt ich mich doch entschlossener zusammen. Er erst hat mich so kaputtgemacht. Er ist in der Liebe eine Art Monstrum.«
»Ach nee.« Und der Kapellmeister war voll gehässiger Erwartung.
Leonie begann, erst in zurückhaltend gewählten Worten, – und dann brach alles heraus, mit verzweifelter Deutlichkeit.
»Wie findest du das?« fragte sie immer wieder dazwischen, und zum Schluß: »Wie findest du das?«
»Wie ich das finde? Wenn einer x-mal in aller Form 'ne Liebeserklärung macht, und den nächsten Tag ist er's nicht gewesen? Dich bestellt er nach Koblenz, und er bleibt kaltlächelnd in Mainz? Wie ich das finde? Das find ich erstens mal bodenlos unverschämt und zweitens zu dumm.«
»Man muß ihn kennen. Er ist der feinste Mensch, den ich je gekannt habe ...«
Sie verlegte sich auf seine Verteidigung. Der Kapellmeister unterbrach sie bald.
»Eins sage ich dir: wer sich aufführt wie er, ist unfehlbar ein haarsträubender Egoist.«
Und Leonie, ergebungsvoll:
»Was hilft das mir! Ich liebe ihn.«

»Und fein, das will ich dir glauben, fein und gerissen muß er sein, wenn er dir die platonische Liebe hat beibringen können, dir!«
»Und unterdessen hat mein Gefühl Zeit gehabt, sich so entsetzlich fest einzuwurzeln. Auf einmal war's fertig.«
Sie berichtete nochmals den Vorgang auf dem Bazar, ihre fälschlich erregte Eifersucht und wie sie, mit verstörter Seligkeit, in sich die Liebe erkannt hatte.
»Es ist wohl nichts Besonderes«, setzte sie hinzu, sich besinnend auf den Verzicht dessen, der viel gelesen hat und sich nicht mehr für einzig zu halten wagt. »Es mag häufig so gehn.«
»Dem sei nun wie ihm wolle«, sagte der Kapellmeister, »aber heraus mußt du hier, meine Liebe. Morgen schließt das Theater; ich wollte ohnehin fragen, ob wir zusammen nach Hause fahren.«
Sie erhob flehend die Arme.
»Bitte, nicht!« Und sich bezwingend: »Bleiben wir doch einfach noch ein wenig hier. Zu Hause haben wir auch nichts verloren. Ich werde ihn ja nicht wiedersehen ... Wahrscheinlich nicht ... Wenigstens tue ich nichts dafür. Aber darum kann man sich hier doch ganz gut amüsieren. Im Stadtpark ist jetzt alles mögliche los. Es kommt wieder ein Zirkus ...«
»Und so weiter.«
Sie war ordentlich sanft; sie bat beinahe. Er sah, daß sie nichts aß, daß sie sich an ihn klammerte und daß sie die Beute einer dieser großen Leidenschaften war, die er immer sehnsüchtig angestaunt hatte. Ihn schauderte vor Ehrfurcht. Er unterwarf seine Eigenliebe.
»Na, meinetwegen. Man kann geradesogut noch dableiben.«
Als er sie nicht mehr vor Augen hatte, empörte er sich dennoch gegen die Stellung, die sie ihm anwies, und beschloß, einfach wegzubleiben. ›Das ist sie von ihrem Judenjungen auch nicht anders gewohnt‹, dachte er giftig. Seine Gutmütigkeit überwog, und er ging hin. Leonie war schon im Anzug.

Sie suchten die Budapester auf, soupierten im Restaurant, erledigten drei Cafés und machten einen Abstecher in ein Lokal, das sich seines Nachtlebens rühmte. Leonie bekundete für alles Vorkommende große Teilnahme. Gegen halb drei traf sie zu Hause ein und erklärte, so wollten sie's immer machen. »Vielleicht kann ich jetzt schlafen.«
Aber bis dahin brauchte es noch zwei Stunden – und inzwischen saß sie auf ihrem Balkon, sah ins Dämmergrau der Straße und dachte: ›Wenn er jetzt um die Ecke böge ... Nein, es wäre immer wieder dasselbe. Warum! Warum!‹ Und dieses Warum war ihr ständiges Gespräch mit dem Kapellmeister.
»Das ist doch nicht menschenmöglich: nur weil er sich in den Kopf gesetzt hat, ich sei seine Schwester? Stell dir ihn bitte vor; was kann ihn denn hindern?!«
Der Kapellmeister sagte zunächst: »Vielleicht fehlen ihm die natürlichen Mittel?«
»Nein – das glaub ich nicht?«, versetzte Leonie mit Überzeugung.
»Oder er hat – andere Liebhabereien, über die er die Welt täuschen möchte, dadurch, daß er sich öffentlich mit einer Frau zeigt.«
»Daran hab ich auch schon gedacht. Es ist aber nichts damit: Der Zustand, in dem wir manchmal gewesen sind, den mimt keiner, nicht mal für die höchste Gage.«
Der Kapellmeister vermutete noch:
»Am Ende ist es nur Geiz?«
Leonie lachte verächtlich.
»Der? Ich hab ihn mit Tausenden herumwerfen gesehen – und ich wollte, er hätte mir jemals etwas davon angeboten, dann brauchte ich ihn und sein Zartgefühl nicht mehr so schrecklich hochzuachten. Seine Familie allerdings ...«
»Natürlich, die Familie! Heidenangst, daß es mit Heirat endet. Feierliches Verbot – und er wagt nicht zu mucken. Du weißt wohl, was in seiner Rasse die Familie noch für eine Macht ist. Zwar, wenn er irgendwelchen Schneid hätte ...«

»Seine Schwäche!« sagte Leonie, mit tragischem Brüten. »Wenn die imstande wäre, ihn mir zu verleiden!« Auffahrend: »Ihn nicht loswerden, durch kein Mittel loswerden zu können; es bringt mich um! Meinst du, ich sehe die Akrobaten dort? Ich habe den ganzen Saal im Auge, nein, im Gefühl; und tritt er ein, weiß ich's, und sagt er zum Logenschließer leise: ›Das Programm!‹ – werd ich's durch den Lärm des Orchesters hindurch hören. Keinen Gedanken – begreifst du, so lang der Tag und die Nacht ist, keinen Gedanken zu haben, unter dem nicht der zweite, fixe, sitzt und wühlt. Man ist sich seiner im Augenblick nicht bewußt, glaubt sich mit etwas ganz anderem beschäftigt; er aber wühlt. Es ist eine Stimme, die redet, während man schläft. Man hört sie im Schlaf, man wehrt sich gegen das Aufwachen: man muß. Da ist er wieder.«

Jedesmal kam sie zurück auf die Beteuerung:

»Kalt ist er nicht. Das nicht.«

»Dir gegenüber!«

Und er tröstete ausführlich und liebevoll ihre versehrte Eigenliebe.

»Da muß wirklich schon eine ganz blödsinnige Psychologie zusammenkommen, damit einer von dir sich drückt.«

Aber wieso? Sie rieten weiter. Nahm er mit abnormer Sinnlichkeit alles vorweg in der Phantasie? So etwas gab es.

»Er ist möglicherweise ein besonders vornehmer Charakter«, schlug der Kapellmeister vor. »Er weiß von sich, daß er zu sehr Feudalbürger ist, um eine Frau, die seine Geliebte geworden wäre, noch für voll anzusehen. Sein besseres Ich sagt: Das wollen wir vermeiden.«

Kraft seines vielen Nachdenkens über ihn faßte der Kapellmeister ein gewisses Wohlwollen für den von Leonie Geliebten. Unwillkürlich rechnete er ihm den Geist an, zu dem jener ihm Gelegenheit gab.

Es kam noch vor, daß er sich auflehnte. Er hatte Leonie heimgebracht – und wußte, nun war er abgeschafft für sie, nicht mehr auf der Welt. Was sie von ihm hatte haben wollen – daß er ihr über die schlimmsten Abendstunden hinweghelfe, über die Stunden, die des anderen gewesen waren –, das hatte er ihr gereicht, nun gab es für sie nur noch jenen. ›Und dabei bin ich doch auch ein empfindendes Wesen, und sie weiß es. Aber gerade darum! Sonst ließe sich dazu keiner abrichten. Die Weiber sind gar zu unverschämt.‹

Er lief Umwege in der Nacht. Der beständige Aufenthalt im Dunstkreis der eines anderen süchtigen Frau fügte ihm unfruchtbaren Reiz zu. Er wollte aufwallen – und ihre Leidenschaft lähmte die seine. Er brachte die Dreistigkeit nicht auf, sich mit seinem so viel dürftigeren Gefühl an ihres heranzudrängen, das ihn quälte, aber das er bewunderte. Dank Leonie gelang ihm vielleicht seine Oper. Auf diese Hoffnung legte er sich endlich schlafen.

Und je länger, je mehr fand er sich zu Hause in seiner Aufgabe, der trostreichen Zärtlichkeit. Er mußte sich zwar ärgern, sooft Leonie von ihren Beängstigungen durch den anderen anfing; aber sie brauchte, um sie auszuhalten, doch ihn; und daß nach all seinem Bemühen um ihre Zerstreuung in ihrer plötzlich entrückten Miene wieder der Fremde sich ankündigte, brachte wohl Scham; aber dafür trug sein Opfersinn in sich ein wenig Lohn, wenn er die, die er liebte, eine halbe Nacht lang über ihr Leiden hatte hinwegtäuschen können.

›Es kann schlimmer kommen für uns beide‹, dachte er. Und eines Abends beim Austritt aus dem Restaurant sahen sie sich Rothaus gegenüber. Alle drei zuckten auf und warteten. Rothaus konnte hervorbringen:

»Ich fürchtete, gnädiges Fräulein, Sie seien schon abgereist.«

»Wir sind noch da«, sagte Leonie.

»Und Sie bleiben ...«

»Ich weiß nicht, bis wann. Der Frühling gefällt uns hier. Ist es nicht schön heute abend?«

»Sehr schön.«

»Aber Sie wollten zum Essen gehen.«

Er grüßte gehorsam und trat ein.
Das erste Stück des Weges sagte Leonie nichts, und sie atmete hörbar.
»Warum hat er nicht einmal versucht, uns zu begleiten?« fragte sie plötzlich.
»Mangel an Geistesgegenwart«, erklärte der Kapellmeister.
Wieder nach einer Weile, verhalten, aus dem Tiefsten: »Es ist doch schön – doch schön.«
Und nach weniger als hundert Schritten:
»Schrecklich! Schrecklich! Rasch einen Wagen, ich will heim.«
Schon am Morgen kam sein Brief; er bat, daß sie zu dreien beim heutigen Abendkonzert im Stadtpark speisen möchten. Sie wagte sich nicht zu rühren vor Furcht. ›Ich dachte doch, wir seien fertig, ich würde nun gesund werden. Nein, er läßt mich nicht los, er fängt die Marter von vorn an!‹ Als hätte sie das nicht erwartet, nicht erhofft. ›Was soll ich nun tun!‹ Und plötzlich im Jubelsturm: »Was ich tun soll? Oh!«
Um acht Uhr saß sie, in einer Herrichtung, mit der sie nach dem Mittagessen begonnen hatte, im kleinen Weinrestaurant, der Eingangstür gegenüber. Sie beugte vor: »Er wird sehr häufig bis halb neun zurückgehalten. Oh, es kann auch sein, daß wir bis neun warten.« Und inzwischen prüfte sie sich im Spiegel drüben, sorgte sich darum, wie der Ton ihrer Bluse, ihres Haares sich in die Tapete fügte, suchte Speisen aus und bestellte sie wieder ab, bohrte angstvoll ihren Fuß in den roten Teppich ... »Drei Viertel auf neun, jetzt kann er kommen.« Und bei jedem Aufgehen der Tür setzte sie sich zurecht wie auf einer Bühne, von der jedesmal wieder der Vorhang aufginge, und lächelte fieberhaft.
Auch dem Kapellmeister war kritisch zu Sinn. Er wünschte heftig, jener möge eintreten, damit die Qual ein Ende habe; und beim Schlage neun fühlte er unerwartet, daß alles andere ihm lieber gewesen wäre. Er legte seinem Geiste die äußerste Anstrengung auf, um Leonie zu unterhalten. Eine Sekunde, nur eine, ihre Aufmerksamkeit herzerren! Nein, kein Lachen

war für ihn und keines aufrichtig; es war für den Saal und um sich zu stellen, als paßte sie selbst, in ihrem Herzen, zu ihrer heiteren Frühlingstoilette, ihrem lachenden Teint, ihren Blumen. Sie schlang die Finger mit dem rosigen Jaspis der Nägel ineinander und trennte sie wieder, rastlos; nestelte an sich, stöhnte unbewußt. Sie dachte, was sie auch redete, nur an die Minuten der Wanduhr und sprach sie mit. Ihre Stimme bei allem war von einer irren Sanftheit und Süßigkeit ... Da, verändert, laut:
»Also es ist nichts, er kommt nicht mehr.«
»Dann ist es wohl nichts«, wiederholte der Kapellmeister.
»Ist das nun zu glauben?« Als spräche sie hinter die Kulissen: das einzige echte Wort an diesem Abend. Darauf verlangte sie wohlgelaunt:
»Also essen wir!«
»Wer nicht kommt, kriegt nichts«, setzte der Kapellmeister hinzu.
Leonie plauderte auf einmal freiwillig. Sie war wie berauscht von dieser äußersten Grausamkeit; sie lachte schriller. Der, der daneben saß und sie liebte, mochte sie nicht mehr ansehen; er dachte: ›Leute wie wir zwei dürften hier gar nicht geduldet werden. Wenn wir auf einmal transparent würden und unser Jammer zu sehen käme wie 'n Bandwurm: ich glaube, weiß Gott, er könnte die anderen Herrschaften beim Essen stören.‹
Mit wohlgesättigten Mienen standen sie auf und gingen in den Park, der festlich beleuchtet und voll Gedränge war. Kaum darin untergetaucht, erschlafften ihre beiden Masken. Leonie seufzte auf.
»Das ist wieder vorbei.«
Aber er konnte da sein und nicht gewagt haben, hineinzugehen!
»Machen wir einmal die Runde!«
Sie machten sie dreimal. Leonie suchte, überwach, unter den von Papierlaternen bunt besprenkelten Gesichtern. Der Anblick eines Rückens, dicht vor ihr, versetzte ihr einen

Schlag. Gleich darauf begriff sie nicht, was sie gesehen habe; nicht die schwächste Ähnlichkeit war weit und breit.
Einige Kollegen hielten sie an; man äußerte Verwunderung darüber, sie noch in der Stadt zu finden. Die anderen erklärten: »Morgen reisen wir«, und Leonie, Hals über Kopf: »Wir auch!« Darauf zu ihrem Begleiter, zögernd und bitter: »Das heißt, es ist noch nicht sicher.«
Man ging ins Café und erstieg den ersten Stock, der abgesonderten Fensterplätze wegen. Der Gedanke an Sekt erklärte sich; Leonie vertrat ihn wie eine Herzensangelegenheit. Als der Champagner da war, fand sie ihn untrinkbar; es gebe nur eine Marke, sie habe den Namen vergessen. Sie wußte ihn und behütete ihn ... Sie entfaltete eine üppige Ausgelassenheit, füllte damit den ganzen Kreis aus. Warum man sie erst jetzt kennenlernte, hieß es. Sie machte die bösen Gefühle der anderen Frauen aufspritzen, achtlos, wie Pfützen im Vorüberjagen. An die Männer verschenkte sie, über ihre Schulter hinweg, ihr Lächeln, schien für jeden etwas davon aus ihrem Geist zu ziehen, wie eine Blume aus einem Strauß – eine Blume, die sie nicht angesehen hatte und die nichts bedeutete.
Sie schob mehrmals das Fenster auf, das der Held, um seine Stimme besorgt, jedesmal wieder zuzog; beugte sich vor und schöpfte Luft. Auf einmal warf sie sich herum nach ihrem Vetter; ihre Augen waren von Schreck erweitert und erbleicht; ihre Lippen bewegten sich ohne Ton. Der Kapellmeister erhob sich ein wenig, versuchte hinauszusehen, fand nichts; aber erriet, was sie drunten erblickt hatte. Er lenkte, durch irgendeine Bemerkung, die Aufmerksamkeit auf sich. Leonie bekam Zeit, noch einmal das Fenster zu öffnen. Niemand stand mehr darunter; niemand starrte mehr herauf; dahinten unter den Baumkronen der Gartenstraße verschwanden emporgezogene Schultern, ein gesenkter Kopf, ein Schritt, der nach Flucht aussah.
Er trug einen, der von weither floh und sich allzugern hätte fangen lassen.

Er hatte mit zwanzig Jahren erfahren, daß er nicht lieben konnte; es war eine halb verstandene Erfahrung gewesen, diese an seiner ersten Geliebten. Vielleicht würde er sich niemals einer Frau genähert haben, hätte er nicht gehört und gelesen von einem Vorgang namens Liebe. Er hatte geglaubt, ihn in sich zu bemerken; und der Besitz der Frau schnitt ihn plötzlich ab. Er hatte Lust, sofort weiterzugehen, nötigte sich zum Bleiben, durch Bedenken und mit Hilfe von Neugier – und wohnte, lichten Geistes, den dunklen, unwissenden Regungen der anderen Seele bei. Er vermutete, wenn er ihr Getaumel sah, ihrem Stammeln zuhörte, hier geschehe etwas, dem er nicht auf den Grund komme; unter der Sprache, die er zu kennen meinte, unter den Gebärden, die er mitmachte, läge eine versunkene Welt. Die Liebende begriff mit Sträuben seine Nüchternheit; es war ein Augenblick, in dem er fühlte, er sei ihr unheimlich. Bei der Trennung äußerte sie Verachtung und verbarg er Scham. Er hatte die Ahnung, zurückgeschlagen zu sein, neu beginnen zu müssen mit einem Weg und einer Belagerung – wessen: des Lebens?
Eine verfehlte Gelegenheit oder eine fälschlich ergriffene. Jenes Geschöpf war zu einfach gewesen für ihn, vielleicht zu klein. Darauf lernte er die hysterische Leidenschaftlichkeit kennen und das Untergehen in einer Frau von großartiger, die Grenzen des Menschlichen streifender Sinnlichkeit – und brauchte zehn Tage, bis er unumstößlich wußte, er habe gelogen, habe sich in fremde Schicksale einschleichen wollen und sei gescheitert.
Hinter ihm lag auch jenes fragwürdige Erlebnis mit einem ganz jungen, unberührten Mädchen aus seinen Kreisen, das mehrere Nächte bei ihm verbrachte, auf seinem Lager, in seinen Armen, und dem er Schonung versprochen hatte. Warum brach er zuletzt sein Wort? Was mit seltsamem Lauschen begonnen hatte, endete wie immer in angewidertem Alles- und Nichtswissen. Diesmal hatte er gespürt, die Liebe forme sich – und die Überrumpelung des Fleisches zerriß sie jäh. Er haßte es nun, das Fleisch. Er beschloß, ihm nie wieder

zu erliegen. Er machte aus seiner Schwäche eine Kraft, rechnete sich seine Enthaltsamkeit als Selbsterhöhung an, das schlechte Gewissen in seinen Begehrlichkeiten als edle Scheu des Einsamen, nannte gemein, was sich ihm verschloß, und schmutzig, was er nicht begreifen konnte.
Als er Leonie zu begehren anfing, kehrte aus siebenjährigem Schatten der Abschiedsblick seiner ersten Geliebten zurück zu ihm und das fragende Grauen in ihren erweiterten Augen. Niemals mehr! Sterben für eine Frau, ohne sie besessen zu haben, aber nicht noch einmal diesem Blick begegnen! Er sah ihn voraus in Leonies liebendem Gesicht; jedesmal, wenn sie und er ihre Arme schon öffneten, sah er das Gesicht der Trennungsstunde voraus, nachdem sie ihn erkannt haben würde, und floh. Floh und kehrte zurück, um aufs neue an einer kraftvollen Seele die Ohnmacht seiner eigenen zu reiben – mit Mißtrauen und Furcht. War er nicht schon verurteilt? Verachtete sie ihn schon? Vielleicht! Aber litt noch? Vielleicht! Und er nahm es, verstört, entgegen, was sie ihm reichen konnte, das einzige, kostbare Lebensgefühl dessen, der sein Leben lang im Sterben lag: das Gefühl, leiden zu machen.
Dann wieder eine menschliche Wallung, das Aufblühen einer Stunde, eine Hoffnung, ein Blitz ... Sich abgewendet und weiter! Nicht sich selbst verlieren! Stolz bleiben auf sein Schicksal! Die Schwäche, die ein Schicksal war, zu einer Leidenschaft machen! ... Und dahinten verschwand unter den Lindenkronen ein elender und starrer Nacken.

V

Leonie brach unerwartet auf und verlangte, daß die anderen dablieben. Zu dem Kapellmeister, auf der Straße, den Schritt anhaltend und mit einem hilfesuchenden Blick:
»Was soll das nun wieder! Kannst du mir wohl sagen, was nun das wieder soll!«
Der Kapellmeister machte: »Hm. Ja, was wollte er da?«

Dann fand er das Mildtätigste, was sich finden ließ.
»Er kann es nicht lassen. Aber du gefällst ihm mehr als gut ist. Er hat Angst vor dir. Er fürchtet, er werde dich zu sehr lieben. Verstehst du, zu sehr.«
Leonie erwiderte nichts. Warum sollte es nicht so sein? Sie wollte, daß es so sei.
»Nicht einmal einen Vorwand hat er gebraucht, um wegzubleiben. Er gibt alles Heucheln auf, sagt nicht mehr: ich bin verreist – nein, versäumt erst unsere Verabredung und stellt sich dann offenkundig unter das Caféfenster. Wagt also nicht, da hineinzugehen, wo ich bin! Oh! Jetzt hab ich ihn und jetzt geh ich. Er soll noch oft des Nachts unter den Fenstern stehen!«
»So ist's recht. Nun wird gereist«, sagte der Kapellmeister eifrig.
»Und zwar morgen mittag nach Köln, mit den Kollegen.«
»Findest du das so besonders angenehm? Mit dem ganzen Pack?«
»Unbedingt!«
Sie wollte keinen Augenblick frei zum Denken haben. Sie ordnete bis an den hellen Tag ihre Kostüme in fünf Kisten. Sie ließ sich die Haare waschen, was den Kopf ermüdet und wobei zwei Stunden dahingehen. Noch in der Droschke hatte sie mit ihrer Handtasche zu tun, fiel auf einen Platz, wie der Zug abging, und erklärte sofort, in Köln sollte gebummelt werden. Der Held und seine Freundin ließen sich bitten, weil sie ins Sommerengagement mußten. Die beiden von der Oper waren einverstanden. Die Naive klatschte in die Hände.
Die Gesellschaft beschloß, sich durch die Sehenswürdigkeiten zu nichts verpflichten zu lassen; Leonie stimmte gegen den Besuch der Kirchen; sondern man machte eine Fahrt durch die Stadt, speiste ausführlich in einem kleinen Salon des Hotels und blieb noch lange beim Wein. Der Kapellmeister öffnete das Klavier. Auf den ersten Wink sprang Whitman, der Tenor, auf die Füße und sang. Er war klein und schlank, mit starken Armen, und während sein Kehlkopf auf und nie-

der stieg, spielten aus Freude am Dasein alle seine Muskeln. An seinem krausen olivenfarbenen Kopf hatten die amerikanische, italienische und die schwarze Rasse mitgewirkt. Er hatte getrunken und geraucht, soviel er mochte; nun ließ er seine Stimme hergeben, was man wollte, seiner Unerschöpflichkeit sicher und strahlend vom Genuß, sich in Tätigkeit und die mühelose Funktion seines Körpers von allen bewundert zu fühlen. Er legte einen Turiddu hin und schmetterte ohne Pause den Bajazzo herunter. Darauf glitt der Kapellmeister zu dem Motiv der »Boheme« und zu seiner Entfaltung in der zweiten Hälfte des ersten Aktes. Whitman setzte ein.
Er war ein Künstler. Seine Stimme verzauberte ihn; sie lieh seinem eitel lächelnden Gesicht den Schmelz der Empfindung, seinen Schultern den geschweiften Leibrock des romantischen Dichters und hängte über seine schwarzen Haare, die nun lang und glatt erschienen, die Balken der Mansarde. Man sah Mimi eintreten und in Ohnmacht sinken, die Kerzen erlöschen, im kalten Dunkel die beiden armen Menschen unversehens einander bei den Händen halten und, da Rodolfo ihr sagt, wer er sei, den Mond heraufsteigen wie einen Harfenakkord. »Ich bin ein Dichter.« Er sang; es war nur ein wenig klingende Luft; aber darin geschah etwas Erlesenes, Staunenswertes. Es eröffneten sich zwei Geschicke: – und der kranken Brust der einen und des anderen mit Träumen verkleidetem Elend entschlüpfte, wie ein Schmetterling seiner grauen Hülle, das Glück. Deutlich berührte es mit seinen leichten, durchsichtigen Fußspitzen die staubige Diele. Es war da; es war von einer phantastischen Natürlichkeit, unirdisch und ganz einfach, voll Blut, worin geschmolzene Sterne flossen. So war der Gesang des Dichters. So war, was das Mädchen ihm antwortete. So war, als sie aneinander lehnten und ihr Atem vermischt gen Himmel flog, der Schwall der großen südländischen Liebesmusik.
Nach seinem letzten Griff ließ der Kapellmeister die Hände auf den Tasten liegen. Die eifersüchtige Liebhaberin des Helden sah vor sich hin und murmelte etwas, das niemand ver-

stand. Leonie erklärte, nach einem Schweigen, laut und hart: »Sie haben fein gesungen, Carlo; aber die Musik ist ekelhaft! Verlogen und – und ...«
»Na, schön«, sagte der Kapellmeister.
Man sprach vom Schlafen; aber Leonie warb stürmisch für den Besuch von Lokalen. Als mehrere abgetan waren, hieß es, nun brauchten sie nicht erst zu Bett zu gehen, sondern könnten um fünf Uhr gemeinsam weiterreisen. Sie tranken Kaffee am Bahnhof. Es blieb noch eine halbe Stunde, und Whitman führte Leonie den Perron entlang, ohne anderen Zweck als den, zu irgend jemand von sich selbst zu reden. Er hatte in Italien studiert, und er fuhr mit einem Koffer voll Lorbeer aus seinem ersten Engagement in sein zweites: Wien! Dort gedachte er zwei Winter lang sich zu üben, danach aus Amerika Geld zu holen – und dann sollte Europa ihn kennenlernen. Von jetzt in fünf Jahren war er Millionär und eine Größe. Das stimmte ihn weiter nicht überheblich; nur hatte er sich an die neue Bedeutung seiner Person und an die Tatsache, daß seiner eine so merkwürdige Zukunft wartete, noch nicht gewöhnt und ward tagein, tagaus gekitzelt von Lachlust und Mitteilungstrieb, beständig im Zustand jemandes, der vor fünf Minuten das große Los gewonnen hat.
Leonie betrachtete ihn von der Seite, wie er in seiner glänzenden Zuversicht zum Leben mit den leeren Händen schlenkerte, voll von sich, freigebig mit sich, und die feuchtkalte, rußige Luft kräftig durch seinen kostbaren Hals zog. Sie blieb stehen und machte: »I – i ... Nasal, nicht wahr?« Den Blick am Boden, ging sie weiter. Wie dieser da, war doch auch sie gewesen, vor – einem Jahr noch. Sie sann zurück mit einem Schauer des Befremdens. Was war seitdem über sie gekommen? ›Bin ich wahnsinnig?‹ Sie trug nun, geschädigt in ihrem Körper, ihrem Talent und ihrem Mut, den Stempel des Schwachen dort hinten. Er hatte sie zu dem umgewandelt, was er selbst war. ›Was kann ich noch wollen? Oh, er!‹ Ihr kränklich aufzischender Haß richtete sich gegen ihn, eins mit ihrer verbitterten Sehnsucht.

Der Tenor mißverstand den Eindruck, den seine Zuhörerin von ihm empfangen hatte. Er machte sich unvermittelt an eine komische und brutale Werbung und verlangte, daß Leonie mit ihm in den Schlafwagen steige. Sie dankte, auflachend, und ging zu den andern. Wie der sich die Liebe einfach dachte! Und wie der sich kurz und wild gebärden würde, wenn je eine Leidenschaft ihn ergriff! Angenommen, man war von einer gepackt, ihr den Mund stopfen, ihn schnell und gründlich stopfen und weiter – war das nicht einst auch ihre Auffassung gewesen? Leider war etwas dazwischen gekommen.

Sie saß unruhig auf ihrem Platz. Wie die Tür geschlossen werden sollte, erklärte sie plötzlich, etwas vergessen zu haben, ergriff ihre Handtasche und sprang hinaus. Der Kapellmeister stürzte hinterher. »Nanu, was ist –?« Sie kämpfte seit gestern mit der Versuchung, in Sankt Gereon jene Statue wiederzusehen, die sie einst um seinetwillen besucht hatte, und ein wenig von der Empfindung zu erbetteln, die er dem Bilde – dem Bilde! – geschenkt hatte. Es war das letzte Stück von ihm, das sie zurückließ – ohne sich umzusehen, hatte sie gewollt. Aber es ging nicht.

Als sie aus der Kirche zurückkam, war es Mittag. Sie schlief bis zum Abend. Tief in der Nacht in einer Bar meinte der Kapellmeister:

»Wollten wir nicht eigentlich nach Hause reisen?«

Sie erwiderte gequält:

»Weißt du vielleicht, was wir dort sollen?«

»Nun, zum Beispiel Geld sparen. Du ahnst wohl nicht zufällig, was wir in der letzten Zeit ausgegeben haben?«

»Geht mich auch gar nichts an.«

Sie fuhren tags darauf mit dem Rheindampfer. Da Regen drohte, waren sie fast allein. Leonie setzte sich auf die Bank an der hinteren Brüstung, stützte die Stirn gegen das Geländer und überließ sich, ungefesteten Blicks, dem Gleiten der Spiegelbilder durch das goldige Wasser. Schon flossen die Farben des Abends hinein, da fuhr sie auf: wo waren die

Türme Kölns? Weg? Das letzte weg! Und auf einmal war sie gewürgt von dem Gefühl des Auf-Immer! Jetzt hatte sie ihn verloren, jetzt erst ganz. Und in ihr ging Heros ratloses Stammeln an:

»Leb wohl, du schöner Jüngling!
Ich möchte gern noch fassen deine Rechte,
Doch wag ich's nicht; du bist so eiseskalt.«

Als sei er tot; so blieb es nun!

»Der Tag wird kommen und die stille Nacht,
Der Lenz, der Herbst, des langen Sommers Freuden,
Du aber nie, Leander, hörst du? – Nie!
Nie, nimmer, nimmer, nie!«

Aus dem Worte konnte man tausend Verse machen; man glaubte es nicht!
Der Kapellmeister hatte einen Einfall für seine Oper gehabt und ihn aufgeschrieben. Er kam herbei, noch blaß von der Empfängnis.
»Was machen wir denn, meine Gute? Wir weinen doch nicht?«
Sie schüttelte seine Hand ab, mit einem einsamen und armseligen Lächeln. Er äußerte selbstlose Teilnahme:
»Ich will nichts sagen – du machst was durch. Er war wohl viel für dich ...«
Sie lehnte sich plötzlich zurück, die Arme ausgebreitet auf dem Geländer, und gab mit vorgestrecktem Hals, aufgerissenen Augen und tief gefalteten Mundwinkeln ihrem Gesicht die weithin erkennbare Starre des Bühnenschmerzes. Sie formte, sorgfältig und stark:

»Sag, er war alles! Was noch übrigblieb,
Es sind nur Schatten; es zerfällt, ein Nichts ...«

Als sie zu Ende war, fühlte sie sich wieder fähig, die Last der nächsten Stunden zu tragen.

Sie fand sogar aufrichtiges Vergnügen an der Erdbeerbowle in Bonn, an der Fahrt nach Königswinter, an der Weiterreise. Sie machten es sich zur Aufgabe, in den Städten kein Café und kein Varieté zu versäumen; und ihr letzter, später Besuch galt immer Bols' Likörstube. Leonie hatte den Weg dahin zuerst im Scherz eingeschlagen, im Sinne einer Parodie auf jemand, der seinen Kummer vertrinkt, aus Galgenhumor. Dann spielte sie einen anmutigen, kleinen Rausch – und dann verschaffte es ihr ernstlich Erleichterung. Der Kapellmeister gönnte ihr und sich selbst ihre erträglichere Stimmung. Er unterwarf sich mit Genuß ihren Launen – und sie ließ ihn zahlen, ließ sich von ihm pflegen, ließ ihn ihrer größten Schwäche beiwohnen, ohne Gefahr, ihre Überlegenheit zu erwirken. Denn sie war versichert, ihm im Blut zu sitzen und daß sie selbst nie durch ihn werde beunruhigt werden. Sie behielt seine Begierde im Sinn, wenn er selbst sie vergaß. Eine vollkommen uneigennützige Güte kam in dem, was sie von Menschen erwartete, nicht vor. Auch dieser, was immer er für sie tat, wollte etwas. Die Gebende war sie: dadurch, daß sie da war.

Sie zeigte sich mehr als je geneigt, für das eine große Versagte ihre Sinne durch eine Menge unwichtiger Liebkosungen zu entschädigen und Wohlleben einzutauschen statt Liebe. Als habe ihre fruchtlose Leidenschaft sie geadelt, war sie anspruchsvoll geworden, hochmütig, weichlich und äußerst empfindlich gegen schäbige Hindernisse. Geschmackloser Zierat in einem Gasthauszimmer veranlaßte einen Wutausbruch. Man führte bereits eine Kiste mit zusammengekauften schönen Dingen mit, Bildern, bemalten Statuetten, einem Vorrat roter Kerzen. Der Kapellmeister dachte: ›All der Klimbim fällt von selbst weg, wenn sie einmal nicht mehr soviel Jammer dafür zu zahlen hat wie jetzt. Denn sie zahlt mit Jammer.‹

Sie saß, solange noch der Rhein nahe war, in keinem Theater, bei keiner Mahlzeit, ohne tödlich zu erschrecken, wenn jemand, den sie nicht hatte kommen sehen, ihren Platz streifte. Es konnte doch sein! Wieviel war er auf Reisen! Sooft neben ihr ein unerwartetes Wort fiel, fuhr sie bebend herum: jedes nahm die Laute seines Namens an. Auf der Straße packte sie plötzlich den Arm ihres Vetters, entgeistert geradeaus nickend. Dann: »Wo – war's denn?« Ihrem halluzinierten Blick hatte er sich gezeigt, er! Aus der sichtbaren Welt ausgeschieden, schien er sich in ein Gift aufgelöst zu haben, in etwas Fieberluft – die nun immer mit ihr zog, immer rings um sie stand, aus der sie alle ihre Atemzüge holte. Er vergiftete sie. Sie war ohne Unterlaß besessen von seinen Händen, seinem Gang, von hundert Gesprächen mit ihm, deren letztes Wort immer ausgeblieben war. Des Nachts lauschte sie krampfhaft in die Ferne; unter dem Fenster des Cafés, nach dem er an jenem letzten Abend hinaufgestarrt hatte, stand er gewiß auch zur Stunde, nicht ahnend, daß sie von dannen sei und daß sie hier auf Plätze niederweinte, in deren totes Mondlicht nie sein Fuß, seine verlorene Gestalt nie treten sollte!

Bei der Ankunft daheim verhielt sie sich stumpf, antwortete den Verwandten mit Plappern und kam erst zum Bewußtsein, als der Kapellmeister wegging, um sich in der Stadt ein Zimmer zu suchen. »Komm bald wieder!« Er behielt ihn noch lange vor Augen, ihren angstvollen, ganz verirrten Blick mit seinem ratlosen Flehen. Der Blick galt dem einzigen Menschen, der den dort hinten Zurückgelassenen gekannt, alles mitangesehen hatte und der sie noch mit ihrer Welt verband; und der Kapellmeister war trotz allem stolz auf ein solches Einverständnis und beglückt durch diese Art der Zusammengehörigkeit! Er durfte für sie eintreten, der Familie ihr schlechtes Aussehen erklären, ihrer Reizbarkeit Geltung verschaffen und ihren nächtlichen Gewohnheiten Duldung; durfte sich bei jeder Gelegenheit auf ihre Seite stellen und dafür die Wahrnehmung machen, daß sie nach Alleinsein mit ihm drängte. Unter vier Augen fing sie sofort von dem andern an.

Sie bekam dabei eine Stimme, klein und sanft, die irgendwie

den Eindruck machte, als käme sie vom Rande eines Bettes her; und sie klagte, zwischen ihren Erinnerungen, immer über Durst. Was sie erlebt hatte, erschien ihr nun voll geheimer Fügungen. Schon ein halbes Jahr vorher hatte sie lauter Spiegel zerbrochen, da mußte es wohl so kommen. »Man« – den Namen sprach sie nicht mehr aus – hatte sie nie auf der Bühne gesehen, rätselhafterweise nie. Und sie waren sich immer nur bei künstlichem Licht begegnet; hatten einander geliebt, ohne zu wissen, wie sie am Tage aussahen! Dazwischen: »In dieser Parfümerie waren wir noch nicht. Ich muß es herausbekommen.« Sie suchte überall nach seinem Parfüm, nach dem zu fragen eine seltsame Scham sie gehindert hatte; und nirgends fand sie es. Auch der Champagner, den sie mit ihm getrunken hatte, und seine Zigarettensorte waren vom Erdboden verschwunden! Wie bedeutsam und wie zauberhaft war das alles! Ein Aufschrei: Die goldene Kugel!
»Hab ich dir davon noch nie erzählt? Ja, ich gab ihm eine goldene Kugel, damit er sich ...«
Sie nickte vor sich hin. Der Kapellmeister hatte Lust zu fragen, woher sie die goldene Kugel genommen habe; aber zuletzt achtete er ihre Weihe. Beinahe redete sie sich ein, daß sie die goldene Kugel wirklich verschenkt habe. Immer wieder ließ sie das Wort durch ihren Mund rollen: »Die goldene Kugel ... Dabei mauschelte er! Bei den feinsten Dingen, die er sagte, oh, da mauschelte er!« Verzückung. Wenn sie zu sich kam, fiel ihr im Gegenteil auf:
»Obwohl alles eigentlich recht gewöhnlich war. Könnte man wenigstens sein wie die dummen kleinen Mädchen, die glauben, was mit ihnen geschieht, sei ungeheuer merkwürdig und nie einer widerfahren vor ihnen!«
Im Werk des Velasquez stieß sie auf einen Kopf, der sie wild belebte. »Mein Gott, wer ist das? Siehst du nicht? Siehst – du – nicht?«
Sie hängte im schwarzen Rahmen das schwarz und bleiche Gesicht über ihr Bett, steckte Kerzen daneben auf und führte den Kapellmeister davor.

»Ist er nicht schön? Sage, ist er nicht schön?«
Es schien, als fühlte sie das etwas Kindische in ihrem Gebaren und verstärkte nun erst recht den Ton. Die Hände gefaltet, schmachtete sie zu dem Bild hinauf.
»Ja, das bist du – ganz allein du. Nur das Bild eines längst Vergangenen konnte dir ähnlich sehen, ein Lebender nie.«
Der Kapellmeister fand es an der Zeit, einzugreifen.
»Dir fehlt 'ne passende Tätigkeit. Wenn ich mich recht erinnere, bist du beim Theater? Hast du wohl auch ein Engagement für kommenden Winter?«
Sie hatte keins, und es war ihr einerlei. Das Hoftheater, an dem sie als Hero geglänzt hatte, fand nun doch ihre Stimme unzulänglich.
»Sie ist es auch«, meinte Leonie, wegwerfend und bitter.
»Quatsch. Nach solchen blödsinnigen Aufregungen darf man wohl wenigstens eine angegriffene Stimme haben! Wir wollen uns jetzt mal kräftig um deine Zukunft bekümmern.«
Er tat es – und nur nebenher trachtete er auch für sich nach einer Anstellung am selben Theater, wenn es sein mußte, als Korrepetitor. Leonie aber sollte aufsteigen! Im vorigen Jahr würde er sie nötigenfalls unter die Statisten gesteckt haben, nur um sie sich zu sichern. Jetzt kam es vor, daß er Leuten, die ihn zu einem Konzert heranzogen, die Mitwirkung eines Rivalen vorschlug; daß er dem Journalisten, der sich an jenem ausgetobt hatte, seine Meinung sagte. Die Erfahrungen, die seine Natur freigelegt, ihn endlich in den Genuß der eigenen Zärtlichkeit gesetzt hatten, die Erfahrungen mit Leonie hatten den Kapellmeister ein wenig anständiger gemacht.
Und um vieles nachdenklicher. Er wiederholte mit ihr die Hero, denn das blieb vorläufig die einzige Rolle, für die sie zu haben war; und fühlte sich kaum von Eifersucht belästigt, wenn sie um den Begehrten die Augen verdrehte, brannte, irreredete. Den, der in Leonie Unheil angestiftet hatte, und ihn, den Ungeliebten, es wieder gutmachen ließ, bedachte er mit stiller Verachtung. Er gab ihr gelassen das Stichwort und

meinte, das alles sei nur halb noch für Rothaus; die andere Hälfte gehöre Leander. ›Sie benützt ihre Liebe schon zum Mimen. Auch vor dem Bilde hat sie gemimt. Ganz bei Kleinem gleitet sie aus der Wirklichkeit auf die Bühne – und da ist sie in Sicherheit.‹

Eines Tages traf er sie beim Unterschreiben eines Kontraktes und begann auf der Stelle, ihr Repertoire mit ihr zusammenzustellen. Dann hielt er ihr die Rollen vors Gesicht, bis sie wütend zwei Akte in einem Atem herunterlernte. Dem folgte die friedliche Genugtuung, etwas fertigzubringen. Der Kapellmeister nahm, was sie studiert hatte, mit ihr durch, sah zu, wie sie sich in Eifer spielte, hörte sie sich heftig versprechen, sie wolle nächsten Winter viel, sehr viel arbeiten. ›Alles kommt nur, weil der Regisseur, der mich haßte, mir nichts zu spielen gegeben hat!‹ Ihre Tatkraft war wieder da; er bekam rote Ohren vor Vergnügen.

Da aber fand er im Briefkasten eine Ansichtskarte für Leonie. Die anspruchsvolle Schrift glaubte er zu kennen; und dann las er auch den Namen. Was nun? Das war niederschmetternd. Die Karte unterschlagen? Soviel Entschlossenheit brachte er nicht auf. Übrigens konnten noch mehr kommen. Und, eine Hoffnung, war nicht Leonie über solche Gefahren schon hinaus?

Sie war es nicht. Sie entriß ihm das Blatt mit einem Raubtierschrei; und er mußte sie allein lassen. Als er sie wiedersah, hatte kein Schlaf sie abgespannt, und ihre Augen, durch etwas bessere Nächte schon leidlich beschwichtigt, glänzten wirr wie zuvor. Die Karte! Von einem Ausflug schrieb er sie, und die Namen von Fremden standen neben seinem. Das sollte Unbefangenheit bedeuten! Oh, sie erkannte ihn wieder; er hatte, als er das abschickte, eine schlimme Viertelstunde durchgemacht. Er erlitt ungezählte schlimme Stunden! Die Karte war nach ihrer dortigen Wohnung gerichtet; er wußte nichts von ihrer Abreise; und noch immer spähte er des Nachts nach Fenstern, hinter denen sie sein konnte – und floh! . . . Die alte Frage kam wieder herauf: »Was will er? Was

soll dies?« – und das alte entsetzte Horchen auf ein stummes Geschick.
Die volle Kraft des Rückfalls hielt zwei Tage an; dann war sie, mit großer Geduld, wieder bei einer Rolle festzuhalten. Zornausbrüche endeten jäh die Repliken. »Ich kann nicht!« Sie machte »I – i! Hörst du nicht? Durch die Nase! Was da wohl ist. Ich muß mir alles herausschneiden lassen!«
»Sonst nichts?« fragte der Kapellmeister. Aber er war allmählich darauf gekommen, daß ihr Zustand nicht die Nerven allein anging.
»Allerdings«, äußerte er, »geschehen muß etwas.«
Er dachte nach, sah aber die Wege zur Heilung nur gerade so undeutlich wie sie und vollführte eine allgemeine Handbewegung:
»Also mal operieren lassen.«
Leonie sank, die Hände zwischen den Knien, auf ihrem Stuhl ein und bekam starre Augen. Sie hatte das nur so hingeredet – ward es nun Ernst? Dann kam es fürchterlich. Wie sehr sie sich plötzlich krank wußte, in den Mitteln ihres Talents, in ihrer Weiblichkeit selbst, überall. Daß die Wahrheit über sie noch immer allen entging; daß er – er! – sie nicht durchschaut hatte! Er hatte sie nur des Abends gesehen, wenn sie schön war ... Jetzt sollte alles herauskommen! Am frühen Morgen, wenn es drückend still war, mußte man in die Klinik fahren. Man durfte nichts gegessen haben. Man hatte sich nicht geschminkt; Tränen, fremde Hände, Blut hätten alles weggewischt. Dann packten einen die Nonnen und legten einen auf den Tisch. Die Haube, das Haar ward unter eine Haube gedrückt! Schon erblickte sie im Spiegel ihren verunstalteten Kopf, ohne Haar, das Gesicht vom Chloroformschlaf in die Länge gezogen, die Nase hölzern und spitz. Sie vernahm, aufschreckend, dicht bei ihrem Ohr: »Ich denke mir ihr Haar weggestrichen ... Der weibliche Reiz ist ein beseitigter Trug. Die fremde Familie tritt darunter hervor ... Ich bringe es nicht fertig, die Töchter und Schwestern der andern zu lieben.« Er hatte das gesagt, er – und so sollte nun sie werden,

häßlich und ihm fremd. Wenn er dabeistände! Nie! Lieber sterben, versteckt und allein, als sich fremd und häßlich ihm zeigen!
Gleich darauf wehrte sich ihr Lebenswille; sie warf den Gedanken an Tod auf den andern hinüber, und sie sagte leise, nachtwandlerisch:
»Die goldene Kugel ... Ich wollte, er täte es.« Und ausbrechend, voll wilder Inbrunst:
»Wie wäre ich stolz auf ihn!«
Der Kapellmeister begriff, sie fürchtete sich, und tröstete. Er ließ mehrere Tage hingehen, ohne die Sache weiter zu besprechen. Höchstens sagte er, wenn es ihm schien, als beschäftigte sie sich damit: »Es wird ganz leicht gehen, und du wirst noch unanständig gesund.«
Es war seine Überzeugung. Seit er nicht mehr allein das bei ihr suchte, was er gebrauchen konnte für sich, sah er klarer in ihr. Was er jetzt für sie empfand, berührte wenig mehr seine Vergnügungssucht, gar nicht mehr seine Eitelkeit und kaum noch seinen Kunsttrieb. Er hatte sich in sie hineingelebt, zuerst unter Verzicht und mit Greinen, dann in der Heftigkeit einer neuen, merkwürdigen Freude, die eigene Persönlichkeit zu verlassen, fremde Erlebnisse in sich zum zweiten Male entstehen zu lassen. Man findet sie brennender, als je die eigenen waren, und weit bedeutsamer. Die Bestimmung des anderen Wesens arbeitet sich aus in uns selbst und in den Dingen. Das Durcheinander der Welt birgt diesen Sinn, und unser Ruhm ist dies, daß jenes Wesen groß werde. Auch das ist Liebe. Der Kapellmeister erschaute in inständigen Ahnungen Leonies Zukunft, und sie war glänzend.
Leonie klagte:
»Die Operation wird es auch nicht tun.«
»Nun, dann findet sich was anderes. Aber gesund wirst du, meine Gute, da gibt's nichts ... Denk nur mal einen Moment genau nach: bist du, ganz im Grunde, denn krank? Oder verzweifelt? Du! Bei dir ist das alles ja nur Zwischenfall.«
Allmählich durchdrang sie sein Glaube. Sie hatte Regungen

des Erstaunens, sich noch da, noch auf den Füßen und oft recht munter zu sehen. ›Wenn eine andere das hätte durchmachen sollen! Es waren eigentlich unglaubliche Dinge. Mehr als ich könnte keine leiden – oh, keine; aber bis zum Untergehen ernst nehme ich's also doch nicht mehr?‹ Und zurückgrabend: ›Wie war's denn, als es am ernstesten war?‹

Da hellte sich ihr auf, daß sie es nie, in der Zeit der wildesten Schmerzen nie ganz, ganz ernst, nie so ernst genommen habe wie eine, die nur hierfür bestimmt, deren Zweck und Ende dies gewesen wäre! Es gab in der Tiefe ihres Wesens eine Kraft, die aufhob, was ihr schaden wollte. Diese Kraft konnte stocken im ersten Entsetzen einer neuen Leidenschaft; – in kurzem aber belebte er sich wieder, Leonies Spieltrieb. In ihr war eine Bühne, auf der sie selbst, noch einmal und verkleinert, ihre Erlebnisse spielte, sich müde spielte. Sie sah sich zu, dieser Puppe dort unten; gab sich Nachdruck; klatschte sich Beifall; ward bald länger gefesselt von der Wiederholung ihres Schicksals als von ihrem Schicksal selbst, länger von dem mit lauten Gebärden erfüllten als von dem still durchpilgerten; vergaß, indes sie sich ihre Leiden vorführte, manchmal, daß sie litt; vergaß es häufiger ... Sie sagte sich: »Ich werde durchkommen, denn –«

Unter einem Schauer von Wehmut und Stolz:

»Ich bin eine Komödiantin.«

Die Branzilla

I

Die junge Sängerin verließ das Klavier und ging der dahinten noch lauschenden Gesellschaft entgegen. Ganz allein ging sie zwischen den Säulen, den Büsten mit pomphaft zurückgeworfenen Perückenköpfen über den weiten, spiegelnden Steinboden. Sie streckte sich sehr gerade, sah senkrecht vor sich hin; und die Arme ausgebreitet, hielt sie zwei blasse Fingerspitzen an ihrem großen, runden Rock, der sich rings um sie her am Estrich zerdrückte, wie sie vor der Prinzessin das Knie bog. Die Prinzessin bot ihr gnädig die Bonbonniere. »Welch einen Engel diese Kleine in der Kehle hat!« Die alten Frauen bewegten befriedigt die Fächer und lächelten ihren alten Galans zu, die sich räusperten und von Erinnerungen anfingen. Die jungen Männer zogen die Köpfe in die hohen Kragen ihrer braunen Röcke, ließen ihre Lorgnons gesenkt und preßten bleich die Lippen aufeinander. Eins der jungen Mädchen, das begehrteste von Rom, stand plötzlich auf – die gestickten Kränze ihres Saumes schaukelten über ihren kleinen Schuhen – und warf die Arme um die Branzilla.

»Wie Ihr glücklich sein müßt!« flüsterte sie am Halse der Sängerin. »Alle Liebe gehört Euch. In Eurer Stimme ist alle Liebe der Welt.«

Aber sie verwirrte sich unter dem harten und traurigen Blick aus den Augen der anderen. Sie trat zurück; die Branzilla stand wieder allein: ihr klares Vogelprofil gegen den Haufen gerichtet, den sie bewegt hatte.

Hinter ihr seufzte es. Einer ihres Alters, einer in schwarzer Seide, richtete Schwärmeraugen auf sie.

»Fräulein Adelaïde!«

»Exzellenz, Eure Dienerin.«

»Ihr dient niemandem«, sagte seine bedeckte Stimme, »auch nicht der Kunst. Die Kunst dient Euch. Sie kniet vor Euch: sie, unser aller Mutter. Und auch ich, dem die Kunst doch alles war, will nur noch vor Euch knien.«

»Das ist bequem.«

Und sie ging an ihren Platz. Er folgte sanft.
»Mein Haus, Adelaïde, erwartet Euch. Die Fenster blicken nach Euch aus, die alten Bilder sind erwacht und sind neugierig auf Euch. Meine Diener gehören Euch und wissen es. Die ersten Lehrer Italiens stehen bereit, Euch zu vollenden. Wann kommt Ihr? Die Hecken im Garten sind höher gewachsen, um vor den Weihelosen Euer Bild zu hüten. Die Mauern umtürmen eifersüchtig Eure einzigen Töne.«
Sie tat kleine harte Fächerschläge. Mit kalter Unterwürfigkeit:
»Ich stehe zu Diensten, Exzellenz. Meine Tante und ich, wir nehmen Eure Einladung an.«

Sie kamen; und wie die Branzilla zwischen ihren neuen Atlaswänden aus zerrissenen Schachteln ihre Kleiderfetzen nahm, war Dario Rupa es, der sie ihr vom Arm hob.
»Wir sind so arm, Exzellenz, daß wir unsere Wohnung nicht länger bezahlen konnten. Hätten wir Euch sonst belästigt?«
»Ich werde Euch durch dies Haus führen, das Eures ist.«
»Habt die Gnade, mich in das Musikzimmer zu führen ...«
»Habt die Gnade, mir zu erlauben, daß ich hier bleibe und studiere ... Ihr wollt mich schon hinausweisen? Nur mir zuhören? Das wäre Eurer Exzellenz nicht würdig. Ihr müßt Besseres zu tun haben ... Nein, ich esse nicht; Eure Exzellenz möge mich entschuldigen. Ein rohes Ei, einen Fenchel, und es ist genug. Keinen Wein. Ich bin Eure Dienerin.«
»Niemand sah Euch, Adelaïde, auf dem Korso, unter den Müßigen ohne Schicksal. Waret Ihr nicht auch heute in geschlossener Karosse draußen bei den großen Ruinen? Allem Großen wißt Ihr Euch nahe; mühelos verkehrt Ihr mit der Größe und wachst an ihr. In den Denkmälern der Alten öffnet sich Euch die geisterhafte Pforte Eurer Kunst. Ihr selbst werdet groß werden.«

Ich werde nichts lernen als heulen, wenn ich mit Euch schwatze.«
»Verzeiht mir! Ich gehe und lasse Euch Eurer Arbeit, die Euch so reich macht. Wie ich mich meiner ärmlichen Muße schäme!«
»Auch als er Eure Exzellenz erschuf, wird Gott gewußt haben, wozu.«
Sie dachte: ›Zu meinem Nutzen.‹
›... Da steht sie am Fenster, weiß umflossen. Ich habe im Dunkeln das Knie auf einen Stuhl gesetzt, recke den Hals nach ihrer Welt, atme ein wenig von ihrer Luft. Weiß sie von mir? Sie singt! Fünf Jahre schon höre ich sie singen, so nahe bei mir, und schweige. Schweige ich? Ist nicht ihr Gesang meine Seele, die endlich fliegen lernte und klingen? Ich breite die Arme aus; ich bin frei ... Schwärmer! Sie singt: du bist stumm. Nur sie hat die geklärte, gleichmäßige Flamme: deine wälzt sich plump zum Himmel auf und fällt zurück in düsteres Schwelen. Du weißt deine Leidenschaft nicht zu ordnen; du stammelst, machst dich trunken und versagst wieder. Sieh ihre nüchterne Begeisterung, nüchtern wie die Ewigen, Himmlischen! Und vergeh! Nein: leben in ihr! Wenn es sein könnte: sie immer im Schauer des Mondes, ich immer dunkel zu ihren Füßen; und unsere Seelen fliegen auf, meine in ihrer, getragen von ihrer! Sie darf nicht fort, ich kann nicht hier unten allein zurückbleiben! ... Adelaïde!‹
»Was hat Eure Exzellenz?«
»Verzeiht meinem verwirrten Sinn! Ich sah Euch mit dem Mondlicht das Fenster hinaufschweben, in den blauen Garten, schon fort, schon fort ...«
»Das Fenster ist geschlossen, Exzellenz. Auch kann ich nicht fliegen.«
»Ich bin ein wenig erregt, vielleicht ein wenig in Angst, ich gestehe es, denke ich daran, daß Ihr nur noch einen Monat in diesem Hause weilen werdet.«
»Allzulange habe ich die Güte Eurer Exzellenz mißbraucht. Es wird Zeit, daß ich meine Schuld abtrage, indem ich durch

meine Kunst, wenn es sein kann, den Ruhm Eurer Exzellenz erhöhe.«

»Adelaïde! Verstehe mich! Wolle mich verstehen! Ich bin ein eifersüchtiger Narr; ich würde leiden, wenn die andern dich hörten. Ach, nicht das ist's, was hatte ich zu sagen? Ich werde ohne dich ins Elend fallen, Adelaïde; ich werde sterben.«

»Ich bitte Eure Exzellenz, sich zu erheben. Vergißt sie denn den großen Abstand zwischen ihr und ihrer Dienerin? Es ist unmöglich, daß Ihr noch länger Eure Arme um meine Knie preßt!«

»Was tun? Welche Worte finden, die bis an dein Herz dringen? Ich liebe dich, du darfst nur mir singen! Ich will es!«

»Eure Exzellenz ist hart und erschreckt mich.«

»Verzeih! O verzeih! Nimm die Hände von den Augen. Ich könnte es keine Minute länger ertragen, daß du deine Augen gegen mich schützest! ... Was hast du vor? Sprich mir mein Urteil!«

»Ich werde nach einem Monat im Teatro Argentino auftreten, Eure Exzellenz hat es versprochen! und werde, wenn Gott mir hilft, Eurer Exzellenz Ehre machen. Wer weiß, vielleicht bald werde ich Eurer Exzellenz das an mich gewendete Geld zurückzahlen können und Eure nicht mehr ganz so unwürdige Dienerin sein. Befehlt Ihr, daß ich die Arie beende?«

Er wankte ins Dunkel zurück.

»Nun singt sie wieder, wie Liebe selbst singt – und sie hätte kein Herz? Dies wäre nur der Schein eines Herzens, seine erdachte Nachahmung? Oder ist, was sie singt, ein Gebet an sie selbst? Die einzige, zu der sie betet? Die sie liebt? ... Das also muß man sein, um groß zu sein? Oh, jetzt ist es an mir, meine Augen zu verhüllen ...«

II

»Welch ein Lärm? Ich kann nicht mehr singen. Mir scheint es gar, man schießt im Garten ... Auf der Straße, glaubst du, Tante Barbara? Aber was hat man vor diesem Hause zu schießen? Weiß man nicht, daß ich heute abend auftreten soll? Daß heute abend alles sich entscheidet? Wer darf da lärmen? Ich begreife nicht, daß Seine Exzellenz es duldet. Wo steckt er? Er, der immer an meinen Röcken hängt. Suche ihn!«

»... Was kehrst du allein zurück, läufst und schreist? Und nun schießt man sogar im Hause, daß es hallt? Und Schritte, die durcheinanderrennen, und wilde Stimmen? Sage ihnen, daß ich singen will! ... Geh doch! – daß ich singen will! ... Aber du versteckst dich wohl? Du bist ganz weiß. Was stammelst du? Ich verstehe nicht, deine Lippen zittern zu sehr ... Wie? Sie machen Revolution? Sie verjagen den Heiligen Vater? Aber das ist unmöglich! Sage doch, daß es nicht wahr ist! Du hast Angst, und du liebst den Klatsch, du Alte. Sie schießen: Was wird's sein? Irgendein Mord. Dieser Palast steht in einer Straße voll übel Lebender. Auch begegne ich schon seit Wochen Fremden auf den Treppen. Sie drängen sich an Seine Exzellenz und machen sich Freund mit ihm. Ich habe ihnen mißtraut ... Gleichviel: mögen sie hier schießen; drüben beim Theater werden sie's nicht wagen. Dort werden die Soldaten des Heiligen Vaters dafür sorgen, daß ich singen kann ... Zwar, heute früh sind mir zwei Pfeile aus den Haaren gefallen und als Kreuz am Boden gelegen ... Und du? Du bist einer Buckligen begegnet und hast nicht ausgespien? Weil du den Mund voll von Süßem hattest? Und heute abend soll ich singen! Möge jene Bucklige dir die ganze Hölle schicken! Dir: nicht mir! Ich muß singen!«

»... Wie sie schießen, wie sie schreien. Auf dem Flur, vielleicht schon im ersten Vorzimmer! Und wo ist Seine Exzellenz, die mich schützen sollte? Hat er sich versteckt, wie du, Alte? Haben sie ihn gemordet? Ist er's, der hier gemordet wird? Aber ich brauche ihn noch! Noch bin ich nicht aufge-

treten. Er soll zum Heiligen Vater, ihn bitten, daß er das Theater bewachen lasse. Ich selbst will ihn begleiten, der Heilige Vater wird mich segnen, und ich werde gut singen ... Wo also steckt Seine Exzellenz? Dieser Hund muß hervor, ich will ihn suchen, bis in den Keller. Wie oft hast du denn den Schlüssel umgedreht, Verdammte, die du bist? Und schon schlagen sie gegen die Tür. Ich öffne! Ihr sollt sehen, daß ich öffne. Wo habt ihr Seine Exzellenz? Ah!«
Die Branzilla schrak zurück: sie erblickte Dario Rupa in den Armen zweier Sbirren, bleich und mit geschlossenen Lidern, über die Blut rann.
»Was habt ihr da um Gottes willen getan? Dieser war der unschuldigste Mensch, der nichts weiter konnte als im Winkel hocken und meinem Singen zuhören! Nie hat er daran gedacht, unsern Herrn Papst zu verjagen.«
»Wir werden sehen, mein Liebchen, ob nicht du selbst ein wenig daran gedacht hast!« – und der Hauptmann der Sbirren lächelte sie frech an aus seinen schmutzig gelben Falten, mit seinen schleichenden Augen, deren Klugheit einen entsetzte.
»Nicht umsonst ist dies Haus voll Waffen, voll Menschen ...« Klirren und Kolbenstöße. Junge Leute wurden hereingetrieben. Ihre Kleider waren aufgerissen, in ihre Haare hatten Fäuste gegriffen, ihre feinen Gelenke schnürten Ketten. Sie sahen niemand an. Einer spie dem Polizeisoldaten, der ihn herzerrte, ins Gesicht und bekam einen Säbelstreich über seins.
»Spielt nicht zu eifrig, Kinder«, sagte der Hauptmann. »Bald werdet ihr vom Heiligen Vater zu Bett gebracht werden ... Und was Euren Liebsten angeht, meine Schöne, so denke ich mir in meiner Einfalt, daß er Euch so viel hat singen lassen, damit man die Flinten nicht klappern höre. Wie, wenn Ihr aus Begeisterung für die Freiheit so laut gesungen hättet?«
Die Branzilla entwand sich einem Häscher.
»Ihr lügt! Wißt Ihr denn nicht? Heute abend trete ich im Argentino auf. Eure Sachen verstehe ich nicht. Ein paar von

jenen da sah ich wohl auf den Treppen schleichen, ich leugne es nicht. Aber mir ist fremd, wozu sie kamen. Exzellenz, erwacht doch! Sagt ihm, daß ich nichts weiß!«

Der Ohnmächtige öffnete die Augen und suchte.

»Ihre Stimme war's ... Wie! Ihr schämt euch nicht, Schurken, an ihr euch zu vergreifen, an ihr? Erst jetzt seid ihr Schurken!«

»Eure Exzellenz«, sagte der Hauptmann, »vergißt, daß Ihr Euch schonen müßt. Ihr verschwendetet Eure Kraft und zoget Euch nutzlose Wunden zu, da Ihr Euch der Gewalt der Regierung widersetztet. Ich heiße nicht Rupa und komme von Natur Eurer Exzellenz nicht gleich. Dennoch bin ich nun durch Gottes Fügung und die Macht unseres Herrn Eurer Exzellenz so sehr überlegen, daß ich sie, als einen bei bewaffnetem Aufruhr Ergriffenen, an jeder Straßenecke, die mir beliebt, erschießen lassen kann.«

Der Hauptmann machte zu seinem schamlosen Lächeln eine demütige Handbewegung.

»Aber Eure Exzellenz wird uns gewiß nicht gleich zum Schlimmsten nötigen, sie wird sich in Güte von uns verhören lassen, gleichwie ihre schöne Freundin. Wie manches Interessante mögen wir durch Euer Wohlwollen erfahren und durch die Gefälligkeit des Fräuleins! Kommt, ich bitte Euch, verweilen wir nicht länger!«

Die Sbirren packten zu. Die Branzilla arbeitete sich ab in ihren Armen. Aus den Gefangenen sprach eine zornige, klare Stimme:

»Wir haben sein Haus gebraucht, ohne daß er es wußte. Er glaubte, wir kämen, die Branzilla singen zu hören. Er war blind und taub vor Liebe, wie der Auerhahn. Er ist unschuldig.«

»Ich bin unschuldig!« rief die Branzilla. »Könnt Ihr nicht mehr reden, Exzellenz? Immer waret Ihr zu schönen Worten bereit. Ihr habt mir versprochen, daß ich singen soll; keine Stunde ist's bis dahin; und da laßt Ihr Euch und mich in die Hände dieser Schweine fallen! Ihr laßt zu, daß ich nicht sin-

gen soll! Ihr seid feige! Habt Ihr keine Diener mehr, diese davonzujagen? Was wollen sie? Sagt ihnen doch, daß ihr Papst und ihre Freiheit mich nicht schiert und daß ich singen muß!«
Die Polizisten lachten; ihr Hauptmann feixte verächtlich. Dario Rupa sah ihn an. Die Hand am Hals, in letzter Not und hastend:
»Ich biete Euch alles, was ich besitze, laßt Ihr sie los. Nehmt mich, tötet mich, ich bitte Euch, und laßt sie frei!«
»Was haltet Ihr mich auf! Alles wartet auf mich. Die Zeit ist erfüllt. Alles wartet: Gott selbst wartet!«
Sie bekreuzte sich. Die Sbirren lachten roher. Sie begriff nicht und starrte wirr in die unheilvollen Gesichter. Der Geruch machte ihr bange: dieser Geruch von Pulver und schweißigem Leder, der ihr der jäh eingedrungene Geruch des Unglücks schien. Sie haßte diese Menschen, die Lachenden und die Wutbleichen, die Gefesselten wie ihre Häscher: alle. Und jenes machtlose, blutende Gesicht, das sich ihr darbrachte, erbitterte sie wild. ›Geh zum Teufel!‹ sagte sie ihm mit den Augen. ›Du bist mir zu nichts mehr nutz!‹ Sie fuhr auf.
»Aber hört, ihr alle! Ich werde euch zeigen, wer ich bin. Ihr werdet es bereuen, euch an mir vergriffen zu haben. Es gibt Mächtige, die mich heute abend zu hören wünschen. Seine Exzellenz hat einem Herrn Kämmerer von mir gesprochen, und Seine Heiligkeit weiß von mir. Der Kardinal Aldobrandini will ins Theater kommen. Hütet euch, einer Eminenz ihr Vergnügen wegzunehmen. Es könnte euch alle verderben!«
Der Hauptmann winkte den Soldaten, nicht zu lachen.
»Es ist wahr« – und seinem Blick hielt ihre Scham nicht stand; »Ihr könnt noch vielen Vergnügen machen. Es wäre schade um Euer zartes Fleisch, käme es auf die Folter ...«
Plötzlich befahl er, alle abzuführen. Dario Rupa, den sie stießen, wandte sich nach ihr um; sie sah auf seinen Lippen ein

Lebewohl, in seinen Augen einen letzten sehnsüchtigen Zuruf: »Werde groß!«
Und allein stand sie vor dem Hauptmann.
»Gesteh mir ein, daß du sein Werkzeug warst, und ich laß dich singen.«
»Was soll ich gestehen?«
»Er ist dein Liebhaber, und es ist peinlich, gegen einen Liebhaber auszusagen. Bedenke aber, daß er ohnedies verloren ist. Sein Haus hat Verschwörern gedient. Du schadest ihm kaum, und uns machst du dich beliebt. Anstatt daß ihr beide das Verhör erleidet, werde ich ihn sogleich erschießen lassen. Du aber bist frei . . . Sprichst du?«
Sie hatte es gewollt, nur war ihr der Ton versiegt; und sie haßte sich selbst, weil sie noch nicht hervorgebracht hatte, was sie frei machen sollte.
Der Hauptmann sagte:
»Du bist jung; auch heißt es, du seist eine Künstlerin. Wer weiß, zu welchen Triumphen du bestimmt bist. Der Amati haben sie neulich eine Pforte aus Rosen gebaut. Viele werden dich lieben. Halte dich nicht bei dem einen auf, der verloren ist. Ein Verlorener kann nicht länger dein Liebhaber sein.«
Es war sehr schattig geworden im Saal. Von den verschränkten Armen des Hauptmanns fiel sein Mantel in weiten, dunkeln Flügeln. Sie hatte seine Worte im Kopf, ohne daß seine Stimme darin nachklang. Es war, als sei sie reglos, ohne Laut mit sich allein. Da warf sie sich herum.
»Er ist nicht mein Liebhaber. Er wollte mich singen hören. Liebte er mich? Ich liebe ihn nicht. Was geht er mich an?« Sie sprach hinter sich, als habe sie jemand zu beschwichtigen, der dort im Dunkeln versteckt läge: vielleicht ihre Tante Barbara, vielleicht etwas anderes, Namenloses. »Er hat mich aus dem Elend gezogen, sagst du? Andere hatten mich singen gehört und mich dennoch darin gelassen? – Aber, habe ich ihn darum gebeten? Versprach ich ihm Dank? Ich soll singen; Gott gab ihm den Befehl, es mich lehren zu lassen! . . . Was sagst du?

Niemand lebe so mit meiner Stimme, gehöre ihr so? ... Aber ich fürchte mich nicht, allein zu bleiben! ... Er will mich groß? Daß er verschwinde, werde mir Unglück bringen? ... Es gibt kein Unglück, fühle ich, das mich nicht nährt. Für mich sind Gott und Teufel nur eins.«

Sooft von hinten eine neue Frage kam, schnellte sie herum nach dem Hauptmann, und in seinen Augen, die sie mitten im Schatten deutlich erkannte, war schon die Antwort entschieden. Seine Klugheit gab ihr Grauen und Trost. »Und endlich verlangt er selbst nichts Besseres. Wie könnte ich ihn glücklicher machen, als wenn ich ihn sterben heiße! ... Herr Hauptmann, ich will gestehen.«

Sie mußte hinunterschlucken. Aber hinter ihren zugedrückten Lidern entstand das hell wogende Festhaus; auf tausend Zetteln, tausend Zungen war ihr Name; auf der Bühne warteten ihrer die Abenteuer eines ganzen Himmels; schon gingen Geigen- und Harfenklänge ihrer Stimme voraus, als der Königin; und da sie ausblieb, erhob sich irgendein Wirbeln und Tosen: nach ihr lärmte ein Volk ... Sie riß die Augen auf.

»Er war mitverschworen. Ich hörte ihn mit den andern von Mord sprechen. Sie machten Kugeln, indes ich sang ...«

Sogleich sprangen beide Türflügel auf. Der Wächter im Vorzimmer trat beiseite. Eine Fackel sprengte große Schatten durcheinander ... Die Branzilla wagte sich hinaus; ihre Hände preßten ihr Herz. Sie eilte verzweifelt; ihr schien's, ihr Fuß bleibe stecken, der Hauptmann hinter ihr werde zufassen ... Da überschritt sie die letzte Schwelle. Die Treppe war wirr von Lichtern und Menschen. Neugierige quollen herauf, zwischen die Soldaten, die Diener. Sie mußte haltmachen. Der Hauptmann hinter ihr sagte:

»Adelaïde Branzilla, Ihr seid genötigt worden, in diesem Hause zu singen, damit man nicht merke, daß Staatsverbrechen darin geschehen. Gebt Ihr zu, im Dienste des Dario Rupa gestanden zu haben? ... Sprecht laut!«

»Ja.«

Die Menge sah sich an und wich. Elegante Abbati verbeugten sich vor der Branzilla, sagten ihr, das Theater warte, und geleiteten sie hinab. Vor dem Tor stand, inmitten alles Volkes, ein Wagen. Wie sie den Fuß hineinhob, fuhr sie zusammen. Die Stimme des Hauptmanns hatte sich nochmals geregt.

»Dario Rupa hat sich gegen das Leben und die Regierung seiner Heiligkeit verschworen? Ihr bezeugt es, Adelaïde Branzilla?«

Sie stand inmitten alles Volkes und zitterte. Der Zweifel lähmte sie, wenn sie sich umwende, werde der Hauptmann verschwunden sein; alles werde nicht wahr und sie werde gerettet sein. Sie riß sich empor.

»Ich bezeuge es.«

Sie saß im Wagen, wild ging es von dannen. Die Gasse war schwarz; entsetzt klapperte das Echo von den Mauern; die Branzilla litt Furcht und Reue... Aber Lichter kamen, Wagen, Menschen: und sie richtete sich auf.

»Sollte ich denn sterben seinetwegen? Sterben, bevor ich gesungen habe? Nicht sein Verdienst ist's, daß ich erwählt bin: es ist Gottes Sache. Seine Wege sind die eines Fremden; er muß sie sich selbst suchen; und sind sie schlimm, kann ich's nicht ändern. Nicht für ihn habe ich mich kasteit die vielen Jahre. Denn ich lebte fern von den Freuden der Welt, hatte keinen Teil an den flüchtigen Lüsten der Menschen und arbeitete in der Zucht des Herrn für die Ewigkeit. Ich bin seine Nonne: nun will er mich in seine Gnade aufnehmen, ich soll seinen Glanz sehen. Der Himmel wartet, und ein Mensch will mich zurückhalten? Ich hasse ihn, mag er sterben! Jetzt weiß ich's, nicht der Hauptmann war der Teufel, der mich versuchte: der andere war's! Ich bin ihm entronnen, ich habe ihn besiegt; nun kommt die Seligkeit!«

Sie war gekommen. Die Branzilla sang. In ihr spielte die Kraft, die dem Himmel gleichkommt. Sie erreichte ihn, schwelgte in ihm und in der Herrschaft über alle jene, die tief dort unten verstummt waren ... Aber sie wagten zu atmen?

Nicht für immer waren sie unterworfen? Sie murrten; sie riefen ihr einen Namen zu, einen schon vergessenen Namen, der nach Rache verlangte? Ein Dolch flog auf die Bühne und blieb vor ihr in der Diele stecken? Der Vorhang fiel krachend zu?

... Sie stand, die Stirn gegen eine dunkle Kulisse, und betete. Als sie zurückkehrte, war ihre Stimme der Engel, der, vom Himmel entsandt, mit dem Ungeheuer ringt, mit den Sünden der Welt. Sie hielt es unter sich; es rauchte, spie und würgte. Es zuckte erlahmend, seine grausamen Augen sahen verschwimmend auf sie, die sich von neuem erhob und plante in Herrlichkeit. Von fern erlebte sie, wie schon Anbetung die Herzen weitete, in denen Haß kaum erst schmolz.

III

»Du siehst recht wohl, daß ich in diesem Kleide nicht auftreten kann. Die Ärmel sind zu lang, und am Rock sitzen die Falten schief. Aber wie sollte es anders sein, da du noch gestern abend dich mit deinem Liebhaber den Leuten zeigtest! Ich sah euch vom Fenster. Ich arbeitete an meiner Rolle, indes du dich vergnügtest.«

»Mein Geliebter hat mich verlassen, Signora. Vor Verzweiflung lag ich krank, die Nacht und den ganzen Tag. Die Signora möge verzeihen, wenn ich nicht aufmerksam war.«

»Ich verzeihe nichts. Würden sie mir verzeihen, wenn ich schlecht sänge? Niemand würde fragen, ob ich krank war. Ich singe nur die Tullia. Die Lukrezia gehört der Amati, die so viel größer ist als ich, so viel schöner, liebenswerter, kunstreicher. Ich bescheide mich und bin ihre Dienerin. Aber auch die Dienerin will ich ganz sein. Ich übe meine Cavatine Tag und Nacht, ich küsse hundertmal den Saum meiner Herrin, die mein Geist vor sich sieht. Meinst du, ich fürchtete jene, die pfeifen möchten? Arme Unwissende! Mich ängstigt nur der göttliche Wille in mir. Darf ich denn ruhen, solange irgendein Mensch meine Rolle besser machen könnte? Sie müssen sich beugen: nicht vor mir, ich bin nichts; doch vor dem Vollkommenen. Sie widerstreben, ich weiß es wohl, dem Vollkommenen. Es ist stolz, es demütigt sie. Sie fühlen sich wohler bei den Hübschen, die es sich und ihnen leicht machen ... Ah! Sturbanotte. Nur herein! Ihr könnt davon reden. Ihr seid ein Buckliger, und Ihr singt herrlich gut. Seid Ihr schon einmal an einem Theater zum erstenmal aufgetreten, ohne daß sie Euch ausgelacht hätten? Immer mußtet Ihr Euch zuerst vor die Rampe stellen und ihnen versichern, Ihr seiet nicht gekommen, Euch sehen, sondern Euch hören zu lassen. Nun also: das Vollkommene erscheint ihnen immer bucklig. Es stößt sie ab und muß sie überwältigen ... Ich spreche nur zu Euch, Sturbanotte – da Ihr mir die Ehre erweist, in meine Garderobe zu kommen, die von Männern leer ist: nur zu Euch. Ihr allein versteht mich. Ihr denkt doch nicht, ich redete zu jenem albernen Mädchen, das aus unglücklicher Liebe krank wird? Sie hätte ein Kleid machen sollen. Ein vollkommen gemachtes Kleid würde ihr dummes kleines Dasein gerechtfertigt haben. Was tut sie? Sie ißt, trinkt, liebelt, sie zerstreut sich, bis sie ganz verschwindet. So machen es alle. Hat Euch schon einer einen Schuh oder einen Bart gefertigt um anderes, als das bißchen Geld? Habt Ihr schon einen singen gehört, dem's nicht bloß um den Beifall war? Wie wohlfeil alle sich nehmen! Wie ich alle verachte!«

»Ich verstehe: auch die Amati.«

»Das könnt Ihr nicht glauben. Eine so große Künstlerin! Sie ist berühmt, und wie viele lieben sie! Ich bin ihre Dienerin.«

»Ihr spielt ihre Dienerin, es ist wahr. Auch genießt sie noch große Anbetung. Nicht mehr lange, sagen die Ärzte. Der arme Ritter Rosaspina! Wie er sie liebt! Aus seinem Blut würde er ihr ein Elixier pressen! Sie schwindet dahin. Ihre Stimme war gestern so schwach, daß im Theater mehrere weinten. Ein Mittel gegen das böse Feuer, das sie verzehrt! Ein Gegengift!«

»Ein Gegengift? Signor Sturbanotte, Euer Grinsen ist ensetzlich. Nie sah ich so sehr, daß Ihr ein Buckliger seid, ein boshafter Buckliger. In Eurer roten Kappe, mit Eurem langen Schwert! Was für einen schrecklichen Schatten Ihr werft! Verlaßt mich! Was ängstigt Ihr mich! Kein guter Mensch wird glauben, eine so liebenswerte Künstlerin könne vergiftet werden.«

»Ihr mißversteht mich, Signora. Ich sprach von einem bösen Feuer in ihr. Seht doch ihre Augen an! Ihr Blut verzehrt sich selbst. Es ist ein äußerst trauriger Anblick, wie sie daliegt und Schwäche und Angst erleidet und sich nicht begreift. Ihre Garderobe ist wie ein Sarg, worin die Liebhaber sich mit ihr verschlossen haben. Unterirdisch still ist's darin. Das Lachen derer, die zu lachen wagen, klingt ohne Widerhall und als drückten fünf Fuß Erde darauf. Das Schluchzen des Ritters Rosaspina bricht sich an den Füßen der Amati. Wollt Ihr das nicht sehen? Bliebet Ihr fern, man würde glauben, daß Ihr der Amati nicht wohlwollt ...«

»Ich komme. Kein Wort mehr! Denkt Ihr denn, ich wäre nicht längst schon bei ihr, hätte nicht die ungeschickte Schneiderin mich aufgehalten?«

»Oh, Signora! Laßt zu, daß ich Eure Füße umfasse! Ritter, Ihr müßt mir diese Minute gönnen: ich bin die Dienerin Eurer Herrin. Wie wohl Ihr ausseht, Signora! Wie es hier lustig ist! Die Herren ersticken wohl ihr Gelächter in den Taschentüchern. Ihr seid wiederhergestellt, nicht wahr, Signora? Ihr werdet es keinen Tag hinausschieben, die Lukrezia zu singen. Eure Tullia bittet Euch.«

»Ihr selbst, Signora Branzilla, werdet vielleicht die Lukrezia singen. Vielleicht werde ich tot sein.«

»Was habt Ihr! Mein Gott! ... Sie antwortet nicht. Sie hat sich verfärbt und die Augen geschlossen. Welche Gesichter ringsum! Signora! Kommt zu Euch!«

»Ich weiß nicht, was mir geschieht ... Ja, Ihr sollt die Lukrezia singen. Eine Stimme verlangt, daß ich sie Euch auftrage, sie Euch hinterlasse. Ihr seid größer als ich. Wehrt nicht ab!

Ich liebe Euch nicht, verzeiht! Aber Ihr seid größer; und Festeres, Stolzeres werden sie Euch errichten als eine Rosenpforte. Mich sahen sie gern. Mein Gesicht machte sie ein wenig glücklicher. Sie fühlten Wohllaut in meinen Wendungen. Wenn ich lächelte, verziehen sie mir meine Stimme, die so wenig vermochte. Ich hatte nichts gelernt, ich gestehe es Euch. Man ließ mich nie, und mein Herz ließ mich nie. Ihr seht, daß ich noch erröte. Und soll doch bald ganz erblassen. Ritter, näher zu mir! . . . Ihr aber, Signora Branzilla, seid eine große Künstlerin. Ihr werdet herrschen, wo ich nur Vergnügen machte. Ich lasse Euch die Lukrezia. Hier habt Ihr die Rolle! Morgen sollte ich sie ihnen singen. Singt sie ihnen morgen, damit Eure große Kunst sie rascher mich vergessen macht. Nicht den Ruhm ja liebte ich. Meinen Schatten tröstet das Gedächtnis eines einzigen. Nehmt, Ritter!«

»Wollt Ihr Eure Hand nicht auch mir verstatten? Verzeiht, daß ich sie mit Tränen befeuchte! Ihr macht mir Schmerz und Scham. Ich habe Euch zu sehr bewundert: wie darf ich leiden, daß Ihr Euch vor mir demütigt! Laßt mich Euch bedienen! Wollt Ihr trinken? Ich muß Euch zuerst ins Ohr sagen: schickt von Eurem Lager den Buckligen fort! Er ist voll arger Gedanken und wird Euch Unglück bringen. Legt Eure Lippen an das Glas; das Cordiale ist hineingemischt . . . Ich durfte nicht zu Euch aufsehen, Ihr wurdet so viel geliebt. Ich selbst fand Euch liebenswert – und ich habe es so schwer, zu gefallen. Mit ein wenig Gesang? Ein wenig klingender Luft? Sagt selbst, was das bedeutet, wenn man eckige Glieder und eine ungefällige Miene hat. Nein, Signora, ich bleibe Tullia, Eure Dienerin. Laßt mich immerhin für morgen die Lukrezia erlernen: darum weiß ich doch, daß ich sie, beschämt und erleichtert, Euch, der Genesenen, zurückgeben werde. Aber was ist Euch? Kommt Euch denn schon wieder Ohnmacht an? Helft doch, ihr Herren! Wie? Ihr Herz –? Signora! O Himmel!«

»Wir sind allein, Signora, denn die Tote zählt nicht. Für Euch zählen doch keine Toten? Den Ritter haben seine Freunde hinausgebracht. Jetzt seid Ihr Lukrezia – und was immer Ihr wollt.«

»Ich will ihr Gewand ordnen. Findet Ihr sie nicht noch schöner als im Leben?«

»Ich weiß nicht. Einen Buckligen kümmert das nicht.«

»Sie wird doch einmal aufhören zu gefallen? Sie muß doch werden wie die andern Leichen?«

»Habt Ihr Furcht, sie möchte Euch noch mit geschlossenen Augen überstrahlen?«

»Ich fürchte niemand, Signor Sturbanotte. Seht, wie ich ihre Augen auf- und zuklappe! Mit diesen Wimpern wird sie keine Liebe herbeiwinken.«

»So furchtlos als geschickt! Wie Ihr zu spielen versteht, noch an einem Sterbebett! Wie trefflich Ihr ein Cordiale mischt! Ihr müßt Übung darin haben.«

»Was tragt Ihr da im Ärmel, Signor Sturbanotte? Ei, seht: ein rundes flaches Fläschchen mit einer wasserhellen Flüssigkeit darin! Wäre das gar das übel berufene Tofanawasser? Das müßt Ihr häufig angewendet haben, Sturbanotte. Seit Monaten hat sie's bekommen: jetzt begreife ich das seltsame Feuer, an dem sie starb und das nur Ihr erkanntet! Aber welche furchtbare Rachsucht, buckliger Sturbanotte. Weil sie Euer Liebeswerben abwies! Ihr seid ein schrecklicher Mann, ich werde allen gegen Euch zur Vorsicht raten ... Ach nein, ich scherzte: Ihr braucht nicht zu erbleichen. Das Wasser, sag ich Euch ins Ohr, trugt nicht Ihr im Ärmel. Ich habe Euch nur zeigen wollen, daß ich noch geschickter bin, als Ihr meintet – und Euch warnen ... Und nun wißt, daß ich niemand zu scheuen habe. Denn ich tat recht. Gott selbst trug es mir auf. Er ließ mich träumen und zeigte mir die Amati in der Hölle und in der Pein. Sie hatte keine Nase mehr, und die Teufel zwickten ihr die Brustwarzen ab. Aber hoch darüber, gleich unter Gottes Thron, auf Wolken stand ich selbst und sang! ... Das ist Gerechtigkeit, Sturbanotte. Denn sie schändete die Kunst. Sie gab vor, eine Sängerin zu sein, und war eine Dirne. Mit ihrem Dirnengesicht, ihren Dirnengliedern betäubte sie das Volk, daß es nicht merkte, wie die Kunst verdarb. Die Kunst war in mir, und niemand hörte sie. Gott war verlassen, er schrie nach Rache. Ich folgte ihm und tötete sie und lernte, indes ich sie tötete, seit Monaten ihre Rolle. Wäre ich nicht Gott gefolgt, noch immer würde das Volk nur das Fleisch lieben. Jetzt hab ich es erlöst. Jetzt kann ich ganz die Flügel ausbreiten, und zwischen Himmel und Erde hindert nichts mehr meinen schönen Flug. Sie werden sehen, daß ich schöner bin als die Amati. Sie werden mich nicht lieben, weil ich süß bin, mich zerflattern lasse und Mitleid verdiene. Sie werden mich lieben, weil ich stark bin, mit Leidenschaft bei mir bin und ihnen Reue über ihre verlorenen Leben mache! ... Was murmelt Ihr, Sturbanotte?«

»Daß ich alt bin und obendrein bucklig. Sonst blieb ich keine Nacht mehr in Rom.«

»Auch Ihr versteht mich nicht, Sturbanotte.«

IV

»Sind die Leute schon fort?« fragte die Branzilla.

»Laßt uns sehen! Zieht doch den Vorhang auf, ihr Kleinen! Wenn auch nur drei Personen im Saal geblieben sind, werde ich noch etwas singen: ihr sollt staunen. Nie war ich so in Stimmung: in Paris nicht, in London nicht.«

»Zu viel Ehre, Signora! Ihr habt uns sehr glücklich gemacht. Mindestens acht Tage lang werden wir alle zu essen haben.«

»Kein Mensch mehr da? Nun, gleichviel, ich bin zufrieden. Es war ein guter Gedanke, daß ich die Postpferde abbestellte und in eure Schmiere zu Gast kam.«

»Ein sehr guter Gedanke!« – und die armen Komödianten umdrängten sie gebückt. Die alte Königin wischte mit ihrem Purpur den einzigen Stuhl ab.

»Er war ein Baumstumpf«, sagte die Branzilla. »Das grüne Tuch dort hinten will sagen, daß wir in einem Walde sind. Warum nicht? Die Leute haben es uns geglaubt. Welch gierige Gesichter aus den zerbrochenen Bänken zu uns herauf atmeten und funkelten! Ach, ihr Geruch ist noch da: Knoblauch und Rauch, der Geruch der Armen. Lange schmeckte ich ihn nicht mehr ... Auch ich war arm. Auch ich saß, ganz jung, auf den Bänken wackliger Vorstadttheater und starrte durch den Tabakrauch auf den Götterglanz hier oben: euren Götterglanz, liebe Freunde! Es war schön ... Vielleicht saß auch heute abend solch ein junges Mädchen drunten? Eins, das einmal groß sein wird? Oh, sehr reizend sind, die noch alles vor sich haben. Und sehr schrecklich!«
Die Branzilla sprang auf. In ihrem Samt und ihren Spitzen fuhr sie hin und her vor der elenden Schar. Plötzlich entschloß sie sich.
»Euer Tenor – wie nennt ihr ihn? – ist nicht übel. Ich möchte sagen, daß er etwas taugt. Ich kann sogar zugeben, daß er große Mittel hat. Was wollt ihr noch mehr von mir? Soll ich gestehen, ich erkennte ihn an? Schließlich hat er ein wenig Übung: und wer weiß von ihm, wo gilt er? Gleichviel: ich habe ihn gehört und werde ihn nicht verleugnen. Sagt, wo steckt er? Er ist der einzige von euch, der davonläuft, wenn euch die Branzilla beehrt. Übrigens hat er auch vom Beifall vorhin zu viel für sich genommen ... Nun, sagt ihm, daß ich ihm Glück wünsche, und lebt wohl!«
Aber in den Kulissen machte sie kehrt.
»Ja, was tun: Die Nacht ist noch lang. Du bist ein hübsches Kind. Erstaunlich viele Kinder habt ihr hier; aber du bist das hübscheste. Soll ich dir etwas schenken? Willst du den Ring? Es heißt, die Branzilla sei geizig. Nicht immer ist sie's. Verlier ihn nicht! Deine Mutter bekommt hundertundsechzig Taler dafür. Wer ist deine Mutter?«
Mehrere grelle Frauenstimmen antworteten: »Sie liegt schon wieder im Kindbett. Diesmal hat sie es von Ulisse.«
»Wer, Ulisse?«

»Cavazzaro, der Tenor.«
»Ach du –«, und die Branzilla stieß das Kind von sich.
»Gib den Ring wieder her! Deine Mutter hat es mit jenem Ulisse gehalten. Welche Schamlose!«
Sie wandte sich ab, tief errötet.
»Nichts begreife ich so wenig, wie solche Frauen ... Und er! Er ist bei ihr! Rasch, sagt mir, ob er nicht bei ihr ist. Was denn? Bei einem Liebchen in der Stadt soll er sein? Er soll viele Frauen haben, überall, und Kinder zu Haufen? Seid ihr verrückt? Er ist ein Künstler, ja, ihr sollt die Wahrheit wissen: ein großer Künstler. Wie könnte er sich also vergessen? Sich zu euch herablassen, ihr Weiber? Ihr verleumdet ihn! Ich kenne euch. Du lange Blonde, du bist eifersüchtig, du hast ihn vergebens begehrt. Nimm diesen Backenstreich! Und geht! Geht alle zum Teufel!«
In der staubigen Garderobe schrie sie ihre Kammerfrau an, stieß sie hinaus, schleuderte einen silbernen Schminknapf zu Boden und untersuchte, ernüchtert, ob er beschädigt sei. Es klopfte; sie schlich zur Tür.
»Ach, Ihr! Geht nur wieder fort! Ich mag keine Taugenichtse.«
»Ihr habt von mir gesprochen, Signora, Ihr wünschtet mich zu sehen.«
Er nahm, um zu reden, einen Nelkenstengel aus den Zähnen und lächelte, schmeichlerisch und lässig. Die Branzilla senkte die Lider und gab die Schwelle frei.
»Ihr seid ein Künstler, ich leugne es nicht. Aber glaubt mir: ein Leben wie das Eure führt kein der Größe Bestimmter. Haltet Ihr mich für eine große Sängerin?«
»Ihr seid die einzige. Wer Euch hört, vergißt, daß es vor Euch eine Kunst des Gesanges gab. Ich liege zu Euren Füßen, Signora.«
»Laßt die Redensarten!«
Aber ihrer bösen Miene entrang sich ein ungeschicktes Lächeln. Er sah sie an; er schob, und wendete sich dabei halb in den Hüften, die Nelke wieder in den Mund.

»Wann seid Ihr zuerst aufgetreten? Siebenundvierzig? Das ist mein Jahr! Ihr habt mein Jahr und seid der einzige, der mir je –. Ihr erschreckt mich! Bringt Ihr mir Glück oder Unglück? ... Aber vergeßt nicht, daß Ihr noch nichts seid, noch gar nichts. Was schaden mir Eure Gaben, solange Ihr an armseligen Orten ein unordentliches Leben führt! Ihr habt wenig gelernt, und Ihr wagt, an Größe zu denken? Wollt Ihr meinen Rat? Geht in ein Kloster! Schließt Euch ein, acht Jahre lang, und lernt singen! Dann werden wir sehen, dann werden wir uns wieder sprechen. Vorher hofft nichts! Geht!«
Er prüfte sie aus den Winkeln und drehte sich zögernd von dannen. Sie atmete stockend. Plötzlich, auffahrend:
»Nein! Nein! Ich darf nicht, darf Euch nicht untergehen lassen. Ihr seid der einzige, der mir je gleichkam. Und wie geschieht es, daß ich Euch auffand: ich, die Branzilla, die nur an der Scala, an San Carlo, am Argentino singt und eines Abends sich herbeiläßt, auf Euer Gerüst zu steigen? Als man mir im Gasthaus sagte, in diesem schwarzen Loch werden Opern gesungen: wie doch kam mir die Lust, allen Glanz meiner Kunst zwischen euch zu tragen, unberechenbar gnädig, wie Gott? War's nicht vielleicht Gott, der durch mich handelte? Seine Hand nach Euch ausstreckte, Cavazzaro? Es wäre besser, er hätte mich Euch nicht kennen lassen. Da ich aber nun weiß, daß Ihr lebt, darf ich Euch nicht verleugnen. Kommt mit mir! Ich will Euch groß machen.«
»Signora! Eure Hand!«
»Berührt mich nicht! ... Ach, laßt, ich will Euch trotzdem wohl. Warum nennen wir uns nicht du, wie alle Komödianten? Sage also: kannst du Strenge üben gegen dich und dich frei machen? Von allem, was nicht du selbst bist? Niemand mehr lieben? Keine Frauen; denn sie schaden dir. Hörst du: keine Frauen mehr!«
»Auch du bist eine Frau.«
»Euer Du ist schamlos. Vergeßt nicht, wer ich bin!«
Sie warf sich zurück, sie sah ihm mit Tränen des Zornes in die Augen. Er fragte weich:

»Habt Ihr nie geliebt, Signora Branzilla? Wie könntet Ihr sonst singen?«
»Ich habe alle Leidenschaften, und ich mache Kunst daraus. Nichts bleibt übrig, für euch alle nichts. Wer von euch wäre das Herz der Branzilla wert? Nur Gott verdient es.«
»Ich, Signora, denke, indes ich singe, an schöne Frauen: an solche, die ich hatte, und an solche, die ich haben werde. Manchmal denke ich nur an die Kneipe.«
»Es ist wahr, Ihr riecht nach Wein.«
Er sah sie abgestoßen. Seine Augen baten, unschuldig und schmelzend. Zwei zaghafte Schritte: und er ließ sich sanft vor ihr auf ein Knie.
»Ich spreche zu Euch, Signora, wie ein Kind: wie ein Bettelkind, das Ihr in Euren Palast aufnehmen wollt und das Euch noch von seinen Lumpen und seiner schlechten Kost erzählt. Verzeiht! Ihr wißt gleichwohl, daß ich künftig nur Euch zu Ehren singen werde. Wie wäre ich würdig, die Kunst zu üben, wenn ich, Eure Töne noch im Ohr, an andere Frauen zu denken vermöchte!«
»Hört, Cavazzaro! Ich rede im Ernst. Ich werde Euch neben mich stellen, weil ich muß: weil Ihr schon neben mir steht. Ihr sollt groß werden, Ruhm und Reichtum sollen Euch zufallen.«
Er setzte auch das andere Knie auf den Boden.
»Ich werde mit Euch zusammen singen? Ich begehre nichts weiter, Signora. Ich liebe Euch.«
Sie entriß ihm hastig, daß es zerriß, ihr Kleid.
»Belügt mich nicht! Ich bin nicht liebenswert. Die Masse der Schwachen, Schicksallosen liebte mich oft. Was ging mich's an. Ich liebte nur mich. Niemand sonst, nie! ... Haltet Ihr mich für schlecht? Seht: ich fand noch nie meinesgleichen. Immer war es mein Los, zu verachten. Zuzeiten, ich gestehe es, trug ich schwer daran. Heute besinne ich mich darauf wie auf das größte Glück: als ich noch verachtete. Wollte Gott, ich könnte auch Euch verachten!«
»Signora, ich liebe Euch.«

»Immer nur: ich liebe Euch. Ihr wißt nichts weiter. Kein Grauen schlägt Euch entgegen aus dem Unheimlichen, das hier geschieht. Ich bin allein. Ich möchte nicht länger allein sein!«
Ihre Schultern zuckten, ihr Atem schwoll an. Ihr Körper zitterte ganz, und ihre Blicke jagten umher, als ränge sie gegen hundert Fangarme, nach allen Seiten. Er sah hell und sicher darein, wie sie, böse und von Angst gebändigt, sich abarbeitete. Auf einmal breitete er, staunend ergriffen, die Arme aus. Denn ein Glanz aus Tiefen besiegte in ihrem Gesicht alle Härte, alle Qual, und verwandelte sie. Die Branzilla ward schön. Den ganzen Himmel in ihrer Stimme, sagte sie:
»Ich liebe dich.«

V

»Du hast getrunken. Laß doch endlich das Trinken! Es ist deiner nicht würdig, und es wird dich zerstören.«
»Höre auf, mich zu quälen! Ich trinke, weil es mir schmeckt.«
»Weil es dir schmeckt. Und wenn es nun deiner Kunst nicht schmeckt? Wer ist wichtiger: deine Kunst oder du?«
»Ich ... Und dann, meine Kunst tut, was ich will. Ich trinke, und sie läßt mich singen. Du hast eine andere Art, um gut zu singen. Du kasteist dich, du fliehst die Menschen, du bist schlechter Laune. Jeder treibt es, wie er vermag.«
»Nur eine Art gibt es, der Kunst zu dienen. Wählst du eine falsche, wird sie dich strafen. Ich werde dich noch gestraft sehen. Wehe dir!«
»Du sprichst, als wünschtest du es. Du bist eifersüchtig, weil ich genieße.«
»Eifersüchtig auf Genüsse, die ich verachte?«
»Dir tut das Trinken nicht gut, mich aber begeistert es.«
»Begeisterung aus einem Faß! Sich selbst einen Feind in den Leib gießen!«

»Zum Glück fühle ich mich gesund, meine Stimme ist größer geworden, ich bin sehr beliebt.«
»Auch ich; und seit kurzem sind wir es beide noch mehr als sonst. Du, der du eine Geliebte in der großen Welt hattest, bist es so sehr wie ich, die in die Loge deiner Geliebten hinaufschoß. Wie wagst du davon zu sprechen, im Augenblick, da wir von der Kunst reden?«
»Verzeih – und entschuldige mich; ich gehe zu Freunden. Morgen abend bin ich Theseus – und du Ariadne. Lege dich also ins Dunkel und bete! Ich gehe zu Freunden.«
»Nicht zu Freunden: zu Weibern! Ich will dir deine Schande ins Gesicht schreien. Morgen abend sollst du an Götter streifen, und heute nacht willst du bei Dirnen liegen. Du bist der Gatte der Branzilla und hast nicht Stolz genug, ihr treu zu sein. Wie du mich herabgezerrt hast! In welchen Schmutz du mich gestürzt hast! Du bist verächtlich wie die andern und kein Künstler. Blind war ich, als ich mich mit dir belud!«
»Ich verdanke dir viel, das ist wahr, und bin deiner wohl nicht würdig. Aber ein Künstler bin ich, und du weißt es. Vielleicht hab ich dich sogar überholt. Deine Clelia gestern war ein wenig matt. Und doch kam ich betrunken auf die Bühne, und du hattest gefastet. Rege dich nicht auf! Es würde dich ermatten. Ich wünsche von Herzen, daß du morgen eine sehr gute Ariadne seist. Ich bin nicht eifersüchtig, ich nicht.«
»Du bist morgen ein kraftloser Theseus. Seine Kraft wird in Schenken und bei Weibern geblieben sein.«
»Ich bin, noch wenn ich auf der Bühne stehe und singe, immer mitten im Leben: heraus aus den Brettern, in denen du dich einsargst.«
»Einen Sarg nennst du die Bühne! Dies Heiligtum, worin wir uns selbst haben!«
»Mir ist es zu heilig. Deine Kunst scheint mir so heilig wie der Tod. Ich singe den Leuten; mir ist, als sänge ich auf der Straße; meine Stimme sei eine unter vielen und verwehe in sonniger Luft.«
»Du singst auf der Straße!«

»Ich singe, wo man will. Ich darf freigebig sein: was kostet's mich! Da, in meiner Kehle, nimmt das Kapital nie ab. Heute auf dem Pincio winkte mich der Fürst Torlonia an seinen Wagen und wünschte drei Takte aus ›Ihr Sterne, ihr Tränen‹ zu hören. Drei Takte; dann wisse er selbst weiter. Ich sang, ihm gefällig zu sein, das Ganze vor allen Spaziergängern – und hier ist der Beutel, den er mir dafür gab. Willst du ein freundliches Gesicht machen? Du bekommst die Hälfte.«
»Gib her! Die Dukaten werden nicht vom Torlonia sein, sondern von einer Frau. Gib immerhin her! Ich will sie aufheben, für die Zeit, da du dich zugrunde gerichtet hast und ich dich erhalten muß.«

Sie hatte hinter ihm die Tür verriegelt, gierig das Geld gezählt und es in die Truhe gesenkt. Sie lag im Zimmer, worin kein Licht mehr brannte, und zog sich angestrengt ganz auf ihr Innerstes zusammen. ›Morgen bin ich Ariadne, welche Wichtigkeit hat alles andere? Morgen werde ich leben. Es wäre falsch, zu sagen, daß ich gut singen werde. Ich werde einfach aus diesem Tode aufwachen in meinem eigenen Himmel. Jetzt ist Dunkel und Tod: plötzlich entbrennen alle Lichter. Ich werde leben! ... Nun bin ich ruhig und gefeit. Nun will ich arbeiten. Ich will in meinem Geist das Gebäude von Tönen errichten; will lautlos singen ...‹
Aber sie fühlte alles mißlingen und eine geheime Zerstreuung ihrer Kraft.
›Es ist nichts; es ist nur der Körper. Er ist krank, er sträubt sich. Ich habe ihn noch immer besiegt. Ruhe! Ich bin eine Schülerin und habe singen zu lernen. Denn der Geist erwächst aus der Technik.‹
Sie stand auf und machte sich an Übungen.
›Alle Kraft muß in der Lippe sein, der Hals ganz weich, wie tot ...‹
In der verstreichenden Nacht versteifte sie sich und hielt kaum noch stand. Dieser Druck um die Mitte des Rumpfes begann, der sie niederzog; diese Angst des Herzens. Sie lag,

das erschlaffte Gesicht in den Händen, über dem Flügel und betete. Draußen entstand ein Poltern; etwas Weiches fiel gegen die Tür. Sie öffnete und empfing den taumelnden Körper des Trunkenen schwer gegen ihre Brust. Heftig warf sie ihn hin. Nun stand sie über ihm, atmete kurz und schüttelte die Hände.

»Mich ekelt's, ihn anzufassen, und ich habe mit ihm geschlafen; und habe ein Kind von ihm! Rom weiß es. Jetzt kommt er von anderen Weibern; Rom weiß auch das. Unser beider Unehre ist der Welt geläufig, wie unser gemeinsames Vergnügen. Und ich bin die Branzilla! Wie ich ihnen fern war, einst! Wie ich bei mir selbst war, allein und rein! Das soll nie wieder kommen? Allein und rein sein! ... Du möchtest trinken, Lieber? Da, ich mische dir etwas: es wird dich für immer zufriedenstellen. Nimm! ... Nein! Gib her! Ich kann nicht. Gott will nicht, daß ich's tue. Ich verstehe Gott nicht.«

Das Glas, das sie hinsetzte, funkelte böse im Mondlicht. Sie raffte einen Vorhang über ihr Gesicht. Grabdunkel war's und still. Nur der sorglose Atem des Schläfers. ›Ihm ist wohl. Ihm war wohl, als er trank, als er Frauen umarmte; ihm wird wohl sein, wenn er morgen den Theseus singt – den er nicht gelernt hat. Mich sprengt das Klopfen dieses Herzens, das der Kampf um Ariadne toll und ohnmächtig gemacht hat. Ich habe Martern gehabt, indes er Vergnügen hatte. Und er soll mich auch noch einholen, mir vorauskommen? Ich war matt als Clelia. Ich werde eine kranke Ariadne sein. Wer anders als er macht mich krank! Lauter Unwürdiges legt er mir auf, hundert weltliche Gedanken, die mich dem Heiligen entfremden und mich verbrauchen. Meine Ermüdungen nähren ihn. Er fühlt sich schwellen, je blasser ich neben ihm werde. Nach meinem Untergang wird er ins Unermeßliche wachsen. Das ist nicht zu ertragen! Er, den ich zu mir heraufzog! In dessen Hände ich meine Einsamkeit abdankte! Dem ich meine erarbeiteten Schätze verriet! Er, mein Geschöpf! Nie ward einem menschlichen Wesen so Schlimmes erdacht. Nicht von dir, mein Gott: von deinem

Widersacher! Du wolltest mich groß; du befiehlst mir, zu verderben, was mich anficht!‹
Sie legte das Glas an den Spalt in den Lippen des Schläfers.
›... Er ist ein Künstler. Ich töte einen Künstler. Nicht ein Geschöpf, das dem Vollkommenen feind ist, wie jene Amati; keins, das Gott aufhält: nein, den Freund des Vollkommenen, den Gott höher vielleicht weihte als mich. Ich diene, töte ich ihn, nicht mehr Gott: nur einem Götzen, nur mir. Dann verwirft er mich, dann ist's aus mit mir, und nie mehr ersing ich mir den Himmel.‹
Es dämmerte; schaudernd schob sie das erblindende Glas fort.
»Also nichts. Ich vermag gegen ihn nichts. Ich muß ansehen, daß er das Leben hat und die Kunst obendrein – der ich mich opfere; daß er spielt, wo ich mich zerquäle, und dennoch groß wird. Wie ich ihn hasse! Wie ich ihn zerstören, ihn in mich hineinraffen möchte, daß ich all seins zu meinem hinzu hätte! Das wäre Reichtum: mein innerer Herd und das, was diesem die Welt gibt. Nun aber muß er vom Leben, dem ich nicht gewachsen bin, immer reicher werden, und ich muß in mir selbst verkohlen und langsam erkalten. Gott, ich beuge mich. Du, ich bitte dir ab. Ich bin nicht groß genug, dich zu verachten: ich beneide dich nur. Ich sehne mich aus meiner Heiligkeit nach deinem gemeinen Wandel, nach deiner Gutherzigkeit und Niedrigkeit, nach deinem Schmutz, nach deinem gewöhnlichen Schmutz. Ich liebe dich! Immer liebte ich dich aus Sehnsucht nach Erniedrigung, guter, warmer Erniedrigung!«
Sie ließ, die Arme in die Luft gebreitet, ihr Gesicht auf seines sinken, vermischte ihre Lippen mit seinem Fleisch, und in seinen Mund, der das Gift hatte empfangen sollen, flossen ihre Tränen.
»Ich liebe dich! Ich will dir dienen, ich danke ab, ich bin nicht mehr die Branzilla! Hörst du mich? Küsse mich! Ein Kuß von dir ist mehr als alle Herrschaft, alle Himmel!«
Da gingen seine Lider auf; sie riß sich zurück. Sie wich, und

bekreuzte sich, bis an die Wand, erwartete atemlos, daß er wieder schlafe – und brach in die Knie und schlug die Stirn gegen den Fußboden.
»Nun verstehe ich dich, Herr. Du hast mich versucht und schwach gefunden. Ich war dir zu hoch gestiegen, da schicktest du mir diesen. Ich muß ihn lieben, er verdirbt mich und ist unantastbar. Dein Wille geschehe.«
Aber sie schnellte auf aus dem Staube.
»Gib mir ein Zeichen, daß die Prüfung nicht immer dauern soll! Daß ich des Feindes Herr werden soll! Wo nicht, laß mich sterben! Auch du, Herr –«
Sie ging auf den Knien bis unter den Kruzifixus.
»– auch du ersehntest das Ende deiner Marter. Und von deinen Wunden hast du keine mehr vor mir voraus. Sage, daß du ihn zu deiner Zeit schlagen wirst und verderben und mich erhöhen! Gib mir das Zeichen!«
Fahler Morgen traf sie in die Augen; sie schloß sie. Ihre Stirn war kalt vom Schweiß. Ihr Mund krümmte sich zuckend nach unten. Ihre erhobenen Hände waren ineinandergekrampft und zitterten. Plötzlich ein Schrei: gellend, entsetzensvoll.
»Du hast mich geküßt! Mit meiner Stirn habe ich deine Leichenlippen gefühlt!«
Und sie sank zusammen und weinte.

VI

»Neigt Euer Ohr, Vater! Ja, ich komme spät; dahinten im dämmerigen Schiff kniet höchstens noch ein Bettler; aber wir können nicht leise genug flüstern. Wißt Ihr, von welcher Sünde Ihr mich freisprechen sollt? Von derselben, die Sankt Petrus an unserm Herrn beging. An seinem Vertreter auf Erden begehe nun ich sie; ja, ich will unsern Herrn Papst verraten! Ich will vor seinem Henker, dem König, die Aïda singen ... Ich dürfe es nicht, sagt Ihr? Um meiner selbst willen nicht; denn alle Ehre in Rom komme mir von Seiner Heiligkeit, die mich so oft in ihrem Vorzimmer singen läßt, die mir Gnadengeschenke und Orden gibt, ja, die mit ihrer heiligen Person mein Haus beglückt? Das ist noch nicht alles, Vater; Ihr wißt nicht alles. Ehre habe ich auch draußen, wo nicht Seine Heiligkeit befiehlt. Ich bin die Branzilla, auch draußen. Aber ich habe einen Schwur auf mir, einen Glauben, eine Pflicht. Hört mich! Dies ist eine Sache um Leben und Tod.

Ihr seid nicht jünger als ich. Ihr werdet wissen, daß an dem Tage, als die Branzilla zum erstenmal vor Rom hintrat, Rom in Revolution war. Die Liberalen wollten mich hindern zu singen. Ich glaube, daß Gott die Revolution nur darum zugelassen hat, daß mein Weg dorniger, meine Ankunft glänzender und ihm gefälliger sei. Sie hatten verbreitet, daß ich im Hause des Fürsten Rupa meine Stimme erhebe, um ihre Verschwörung zu übertönen. Ich war in höchster Gefahr, in den Kerker geworfen zu werden, an eben dem Abend, da ich zuerst mich hören lassen sollte! Aber ich entging ihren Netzen und ließ sie statt meiner den Rupa fangen. Wie sie dann im Theater gewütet haben! Wie ich kämpfen mußte, sie zu erobern, ihnen ihre Kraft zu nehmen, diesen tausend Geliebten! Denn ja, ich liebte sie, wie Dalila den Simson! ... Damals, Vater, während jenes Ringens, habe ich mich für immer der Partei des Papstes versprochen. Ihr seid wenige, und ihr liebt die Menschen nicht. Aber auch ich liebe sie nicht und will nicht ihre Gemeinschaft. Ich war euer, ich war des Papstes. Ich hatte das Glück, ihm nützen zu können. An den Höfen da und dort konnte ich einige Worte sprechen, die sein Geschäft besorgten; konnte mehrere schwärmerische Seelen zu seinem Vorteil stimmen. Und jedesmal nachher sang ich besser. Immer, wenn Seine Heiligkeit oben war, fühlte auch ich mich oben. Ich zitterte, sang ich in London, um den Kirchenstaat und daß die Italiener, noch ehe mein Gastspiel zu Ende sei, in Rom einbrächen ... Nun sind sie eingebrochen. Ihr versteht mich kaum, so widerlich gellen draußen die Hörner ihrer Bersaglieri ... Sie sind vorbeigelaufen mit ihren Fahnen, mit dem dummen Jubel des Volkes. Was nun, Vater?

Ich hatte alles auf die Sache des Papstes gesetzt, und er ist geschlagen. Ich werde also vor seinem Sieger singen. Sprecht mich frei!
Ihr wollt nicht? Ihr sagt, mein Verrat sei Todsünde? Unser Herr Papst habe die Seinen nie nötiger gehabt als jetzt? Laßt! Ich weiß, wieviel ich wage und wie leicht mich dies in die Hölle führen kann. Ihr waret nicht dabei, als ich kämpfte! Es ist furchtbar, daß diese Brut unsern Herrn überwältigen mußte. Aber ich habe – neigt Euer Ohr! – den Verdacht, daß Gott hiermit eine große Versuchung für mich plant ... Hört, eine andere Versuchung, nicht weniger schrecklich, hat er soeben beendet. Ihr wißt, daß mein Mann, der Cavazzaro, die Stimme verloren hat. Endlich ist er bestraft dafür, daß er sich selbst und die Kunst verließ und unheilig lebte. Wildes Glück packte mich, als es offenbar ward. Aber ich bezwang es. Denn sorgsam mußte zuvor erprobt werden, ob Gott mir wirklich den Sieg bestimmte. Und ich schickte Ulisse nach Paris, daß sie ihm eine künstliche Stimme machten, wie sie's dort können. Nun ist er zurückgekehrt und krächzt. Gott hat's gewollt. Der, an den ich meine Kunst hätte abdanken wollen; der, den ich gern vergiftet hätte; der, den ich lieben mußte; nun liegt er darnieder. Ich aber singe, wie mit zwanzig Jahren. Alle Versuchungen, zu denen er mir geschickt war, sind gebrochen; ich habe sie überstanden. Jetzt muß ich singen, vor wem immer, muß singen und triumphieren. Wozu hätte ich gelebt, wenn ich jetzt nicht sänge? Soll ich's bezahlen, wie Ihr sagt, Vater; gut denn, ich bezahle. Mit dem ewigen Feuer, sagt Ihr? Es sei, mit dem ewigen Feuer. Immerhin: ich flüsterte Euch von meinem Verdacht, daß auch dies nur eine große Versuchung sei, die allergefährlichste, und daß Gott wissen wollte, ob ich so heilig sei, daß ich auch noch der Hölle und all ihren Ängsten trotze, wenn es zu singen gilt. Wer weiß, vielleicht werde ich vor Gottes und unseres Herrn Papstes Feind singen und dafür maßlos erhöht werden ...
Ihr glaubt es nicht? Ich lästere, sagt Ihr? Ich sei verworfen? Ihr könnt mich nicht frei machen? So bitte ich Euch nur noch:

betet für mich, denn ich werde singen. Ich werde vor dem Feinde Gottes, vor dem Schänder seiner Stadt singen und dabei wissen, daß ich auf meinen Tönen nicht mehr zum Himmel, sondern in die Hölle steige. Aber die Kunst, die Gott selbst ist, will es. Er will, daß ich die Verdammnis verdiene, und ich gehorche ihm. Ihr hört, wie mir die Zähne aufeinanderschlagen. Ich bin in kalter Hitze. Die Gedanken verwirren sich mir. Gelbe Flammen schießen vor mir auf. Die Hölle! Die Hölle! Rettet mich! Ihr rettet mich nicht? Dann muß ich in den Flammen stehn und singen!«

VII

»Wer sagt, daß wir alt sind! Du, ja, du bist's! Da keine Frau dich mehr gebrauchen kann und du zum Wein kein Geld mehr hast! Ich bin noch immer die Branzilla; und sing ich nicht mehr alle Abende, so singe ich immer noch jeden Monat einmal oder doch einmal die Saison. Niemand geht es an, wie ich inzwischen lebe. Du brauchst es mir nicht zu sagen; oft verwirrt sich mein Kopf. Mag sein, daß ich die Menschen oft gequält habe: meine Tochter und auch dich; daß ich mich mit Wirtinnen herumzanke, nicht bezahlen mag, und daß es Städte gibt, in denen kein Haus mehr mich aufnimmt. Wo bleiben all diese Miseren, wenn ich singe, noch einmal singe. Ich habe vier Wochen lang im Dunkeln gelegen, habe gefastet, mich gereinigt und meine Kraft von Gott zurückerbeten. Nun aber trete ich hervor. Für eine Nacht, für drei Stunden: gleichviel, da stehe ich noch einmal im Glanz und höre das Volk zu meinen Füßen atmen. Ich singe; mein Herz hat wieder die Gewalt eines zwanzigjährigen Herzens; meine Glieder spannen sich; meine Lippen sind fest und jung. Fragt nicht, mit welchen Qualen ich meine Auferstehung bezahle. Klatscht! Schreit! Seht hier den Schatten größerer Zeiten durch eine eurer Nächte streichen! Ihr fühltet nie diese Leidenschaft. Keiner von euch erfuhr, wie das Leben heilig ist. Faßt, bevor euer Scheindasein schwindet, einmal doch

Bewunderung für die, der von Gott die volle Wirklichkeit ward! Ja, eine Siebzigjährige, und noch immer die Branzilla!«

»Ich muß wohl gehen? Meine blinden Augen sehen dich nicht; aber deine Stimme klang sehr erregt. Du wirst nun für den Rest des Tages krank sein und nicht wollen, daß wir essen? . . . Du antwortest mir nicht. Ich gestehe dir, daß ich Hunger habe.«

»So geh und mäste dich!«

»Ich habe kein Geld, um zu essen.«

»Ach, kein Geld. Und die zehn Soldi, die ich dir am Dienstag gab? Wir haben erst Freitag.«

»Ein wenig Tabak, einen kleinen Kuchen für die Kinder, die so gut zu mir sind und mich armen Blinden über die Straße führen.«

»Jaja, alle sind gut zu dir. Du bist so sympathisch: ein milder Greis mit einem bleichen, edeln Antlitz in ehrwürdiger Locken Zier, der das Augenlicht verlor. Dich bemitleiden sie und nahen dir gern, trösten und helfen gern. Mir sehen sie mißtrauisch und feindlich entgegen. Sie verstehen nicht, warum diese alte Frau so grade vorbeigeht und niemand anspricht. Mein Gesicht finden sie böse. Um mein Leiden sorgen sie sich nicht. Seine Herkunft ist freilich seltener und dunkler als die Herkunft des deinen. Du hast leicht gelebt und wirst leicht sterben.«

»Auch ich habe wohl manches ertragen müssen. Meinst du, es sei eine Kleinigkeit gewesen, als ich die Stimme verlor? Vorher saß ich bei den Großen zu Tisch. Ohne dich kränken zu wollen, darf ich sagen, daß vornehme Damen mir ihre Gunst anboten. Wie schön war's, wenn ich in einem Garten stand und den Frauen sang, die um mich her auf dem Rasen saßen. Wieviel Sonne auf ihnen! Weh mir! Die Sonne ging mir unter, noch vor dem Tode. Keine Stimme, keine Augen, mir ist nichts übrig.«

»Nichts. Denn du kannst dir nicht denken, wie jemand ohne Stimme, in ewigem Dunkel einen Palast aus Tönen bewohnt.

So Großes ahnte dir in deinem Glanze nie; wie sollte es dir als verbrauchtem Lustigmacher noch einfallen! Alle Tage ward bei dir ein Heiliger gefeiert. Nun ist das Deine verputzt; Narr, der du einst vom unerschöpflichen Kapital in deiner Kehle prahltest! Nun bekommst du bei mir ein wenig geringeres Essen als ehedem von den Reichen. Und darum wagst du es, mir von deinem Leiden zu flennen? Mir, deren ganzes Leben einsame Marter war? Ach, laß dich von den Leuten liebhaben, jetzt wie früher. Behalte jeden deiner Freunde und die Erinnerung all deiner Genüsse – aber mache mich nicht rasend dadurch, daß du vom Leiden sprichst! Dein Mund ist des Wortes nicht würdig. Er ist zu edel und wohllautend, dein Mund. Ach, ach, du! Du hattest am Ende nur Wert, weil du zu meiner Qual beitragen solltest: zu meinem Schicksal.«

»Was habe ich dir getan?«

»Jaja! Nichts. Du tatest nichts; du warst da. An dir erlebte ich, daß meine ganze qualvolle Größe vergeblich war. Du hattest ja das Abbild davon. Nichts brauchtest du zu erarbeiten, nichts zu erleiden, und hattest doch noch das genaue Abbild. Kein Zweifel, du warst ein Künstler. Es war schrecklich. Zum Glück sind wir darüber hinaus. Es war so schrecklich, weil ich selbst dich habe ans Licht ziehen müssen, dich abrichten und herausstaffieren. Was hattest du je, Elender, das dir nicht von mir kam? Zeige mir ein Lorbeerblatt oder einen Dukaten, die nicht eigentlich mir gebührten!«

»Ich war doch ein Künstler! Du beleidigst mich alten Mann, du machst mich krank. Ich war doch ein Künstler! Millionen sind durch diese Hände geflossen. Ich möchte schwören, daß ich mehr verdient habe als du.«

»Aber du ziehst mir mein Geld aus der Tasche!«

»Seit drei Tagen gabst du mir zehn Soldi.«

»Ich mäste dich; und anstatt zu sterben und mich von dir zu befreien, ehe mein Geld zu Ende ist, machst du mir Auftritte!«

»Ich bitte dich, ich bitte dich ...«

»Ach, er weint. Tränen entquellen seinen blinden Augen. Wenn das die Leute sähen, wie sympathisch du ihnen wärest! Aber du hast wohl vergessen, daß du mich, als ich die Celimena sang im Pagliano zu Florenz, um den ganzen Erfolg betrogen hast? Nicht immer warst du so voll Güte und Sanftmut wie heute. Ich singe die Celimena, ich erschöpfe meine Kunst, diese faulen Bäuche zu bewegen, und auf einmal hör ich sie lachen. Ja, sie lachen, weil hinter mir du stehst und deine Fratzen machst. Sie sehen deinem stummen Spiel zu, und ich singe vergebens.«
»Ich mußte spielen. Der Pandolfo, du weißt es wohl, trägt den Spiegel herbei. Er fängt den Nacken der Celimena darin auf und küßt ihn. Er hat sich mit anmutiger und etwas possierlicher Traurigkeit zu benehmen.«
»Auch wenn die Branzilla singt? Du bist neidisch und tükkisch. Am Abend der Celimena hat man mich vor dir gewarnt. Ich würde dir sagen, wer, wenn ich nicht für ihn, der mir wohlwill, deine Rache fürchtete. Du selbst warst als Pandolfo durch Trunk unfähig zu singen.«
»Das ist nicht wahr! Du befleckst meine Vergangenheit. Ich war ein Pandolfo, von dem der Dichter Rasi sagte, er habe das göttliche Lächeln. Hörst du, das göttliche Lächeln!«
»Das göttliche Lächeln! Da hebst du die Arme und bist außer dir. Alle Milde des blinden Greises ist dahin, nun man an seine Eitelkeit rührt.«
»Ich habe nichts als zehn Jahre der Erinnerungen: in siebzig Jahren weiter nichts. Ich lebte so rasch. Greifst du meine Erinnerungen an, dann bin ich verloren, dann weiß ich nicht, was geschieht!«
»Ich will nicht, daß du Erinnerungen habest! Wollten doch endlich auch deines Geistes Augen erlöschen! Du warst ein Intrigant, der mir den Weg verstellte. Warst du überhaupt ein Künstler? Ich zweifle, ob ich mich nicht narren ließ.«
»Du bist grauenhaft! Der Teufel erfindet nichts Schwärzeres! Wer rettet mich vor dir!«

Die Branzilla sah, knochig aufgereckt, aus Geieraugen ihrem blinden Gatten nach. Er stieß an die Möbel; seine Hände schwankten klagend über seinem Kopfe; da flog die Tür auf.
»Was schreit ihr schon wieder? Keiner der Tage, die ich hier bin, ist ohne Geschrei vergangen. Die Nachbarn treten auf die Treppen hinaus, so laut schreit ihr. Mama, hast du ihn wieder gequält?«
Die Branzilla sagte mit flötender Stimme:
»Beunruhige dich nicht, Töchterchen! Wir unterhielten uns von der Celimena. Dein Vater hat an dem Abend nicht gehandelt, wie er es mir schuldete.«
»Ich hatte das göttliche Lächeln, sagte der Dichter Rasi!«
»Er hat mir die Rolle verdorben; ich sagte ihm nichts als die Wahrheit.«
»Sie übertrifft den Teufel! Daß du es weißt, Kind, wenn ich nicht mehr leben werde; der Teufel kommt ihr nicht gleich.«
»Werdet ihr mir erklären, um was ihr euch streitet?«
»Um Celimena, Töchterchen, die berühmte Oper des Maestro Tiberini.«
»Ich hörte nie von ihr.«
»Ich war der erste Pandolfo ganz Italiens!«
»Wann war die Aufführung, von der ihr sprecht?«
»Laß mich denken ... neunundfünfzig.«
»Das sind vierzig Jahre! Ihr streitet euch in eurem Alter; du bringst Papa von Sinnen; ihr schreit, daß draußen ein Auflauf entsteht: und alles um Dinge, die vor vierzig Jahren waren! Von denen keiner außer euch mehr weiß! Die Hände, die euch damals Beifall klatschten, sind bald alle vermodert; wollt ihr nun nicht Ruhe geben? Wahrhaftig: etwas Liebenswertes ist's um die Kunst!«
Die Tochter nahm den Alten beim Arm.
»Draußen stehen deine alten Freunde, Papa. Sie getrauen sich nicht herein, aus Furcht vor Mama. Geh mit ihnen ins Wirtshaus; da ist Geld – und bleibe nur dort, bis ich dich zurück-

hole. Wenn ich dich zurückhole, armer Alter, wird der Wein dich lustig gemacht haben.«

»Ich fürchte, Tochter, daß kein Wein mehr mich lustig macht.«

Die Tochter kehrte zurück, die Hände auf den Hüften. Die Branzilla erwartete sie scheu.

»Schön hast du ihn zugerichtet! Hexe! Von deiner Bosheit wird man länger reden als von deiner Kunst. Jetzt duckst du dich, denn ich bin breit und rot. Den schwachen Alten aber wirst du noch zu Tode quälen. Oh! Menschlichkeit hast du nie gekannt. Was tatest du mit mir, als ich jung war; wie verdarbst du elend mein Leben! Ich liebte, und ich ward geliebt. Heute könnte ich glücklich sein. Ich könnte Kinder haben. Nun aber lebe ich allein, in Gasthauszimmern, unter Fremden. Das ist dein Werk. Ich sollte nicht heiraten, du wolltest mich nicht wie die anderen Mädchen. Als ein Monstrum wolltest du mich, als ein singendes Monstrum. Ich hasse die Kunst, die du mich lehrtest!«

»Undankbares Töchterchen! Und sie ist die berühmteste Konzertsängerin Europas!«

»Mit vierzig Jahren bin ich's endlich geworden; und ich finde nicht, daß mir mit fünftausend Francs für den Abend meine Entbehrungen bezahlt sind.«

»Mein Kind, ich sterbe zufrieden, da ich dich groß hinterlasse. Mein Name wird, mit deinem verschmolzen, länger dauern.«

»Das ist's nicht. Eifersüchtig warst du, das ist's.«

»Ich habe große Laster«, sagte die Branzilla und senkte schief den Kopf. »Ich werde wohl auch dieses haben. Aber glaubst du, Tochter, daß ich böse bin, weil es mir gut geht? Es geht mir nicht gut; es ist mir niemals gut gegangen; und auch mir sind meine Entbehrungen nicht bezahlt worden. Ich denke jetzt manchmal des Fürsten Dario Rupa, eines jungen Mannes, der, als ich selbst ganz jung war, für mich starb. Richtiger wär's vielleicht, zu sagen, daß ich ihn tötete. Soll ich dir etwas Schreckliches gestehen? Ich wünsche mir jetzt oft, ich hätte ihn damals nicht dem Hauptmann verraten, ich wäre mit ihm in den Kerker gegangen ... Glaubst du, daß ich ihm noch gefallen könnte? Ich habe noch meine Stimme. Nächsten Monat werde ich im Palazzo Doria die Gioconda singen. Wird nicht der Russe dort sein, der dich am Dienstag besuchte? Er gefiel mir; und er behandelte mich, als ob ich ihm gefiele. Wir wollen ausgehen, Töchterchen; ich möchte seidene Strümpfe kaufen.«

Da die Tochter ihr den Rücken gewandt hatte:

»Willst du nicht, ›Meine süße Liebe‹ üben, für dein Konzert? Niemand versteht es zu singen wie du.«

»Gut! Gut!« rief sie dazwischen; und nach der letzten Note: »Wir mögen böse sein, darben und uns quälen, so haben wir doch die Kunst. Ich habe dafür gesorgt, daß du sie erwarbest, und ich tat wohl daran. Du wirst die letzte sein, die von der Kunst des bel canto weiß. Wir dienten um sie acht Jahre lang. Die Heutigen lernen zwei – und nach anderen zwei sind sie kaputt. Du wirst, wie ich, noch mit siebzig singen ... Gut, gut!« rief sie wieder, mit falscher Stimme. Denn sie meinte die Tochter dabei zu überraschen, daß ihr die Töne in den Hals rutschten. Die Branzilla dachte:

›Sie ist nicht mehr wie früher. Auch mit ihr geht's also zu Ende. Ich aber habe noch meine Stimme, ich allein.‹

»... Nimm mich mit! Auch ich will ausgehn.«

Aber die Tochter stürzte wieder herein: bleich, nach vorn geworfen, mit schlotternden Fäusten. Sie erzwang sich Atem. »Er hängt dort. Papa hängt dort. Er hat sich erhängt.«

Sie schlich über die Schwelle und nebenan die Wand entlang. Die Branzilla schloß die Tür. Sie begann im Zickzack umherzuhasten: aufgescheucht, in die Enge getrieben, mit Blicken wie nach Verfolgern ... Plötzlich hielt sie an, hob die Schultern und zog sie, ausatmend, heftig herunter. Sie horchte; dann holte sie einen metallenen Kasten heraus und setzte sich davor ...

Die Tochter fuhr ins Zimmer.

»Ich habe ihn abgeschnitten; er ist tot. Du hast ihn getötet! Ach, wäre das deine letzte Tat. Ich werde nicht zufrieden sein, bevor ich dich im Irrenhaus weiß. Zu allem Segen, den deine große Kunst uns allen gebracht hat, möchte sie dich nun noch ins Irrenhaus führen!«

Die Branzilla zählte das Geld in dem Kasten.

»Ich habe nicht genug, ihn zu begraben. Warum hat er sich erhängt? Es war ihm nur ein neues Mittel, mir zur Last zu fallen.«

»Hexe! Mörderin! Ich werde dich in eine Anstalt sperren!«

»Nächsten Monat singe ich im Palazzo Doria. Ich werde in keine Anstalt gehen. Ich werde nicht durch Aufregung meiner Stimme schaden. Nächsten Monat singe ich im Palazzo Doria.«

Literaturhinweise

Ausgaben

Heinrich Mann: Ausgewählte Werke in Einzelausgaben. Hrsg. von Alfred Kantorowicz. 13 Bde. Berlin [Ost]: Aufbau-Verlag, 1951–1962. Bd. 8. 9: Novellen. 1953.

Heinrich Mann: Gesammelte Werke in Einzelausgaben. 14 Bde. Hamburg [ab 1974: Düsseldorf]: Claassen, 1958 ff. Bd. 7: Novellen. 1963.

Heinrich Mann: Gesammelte Werke. Hrsg. von der Deutschen Akademie der Künste zu Berlin. [Ab 1972: hrsg. von der Akademie der Künste der DDR.] Red.: Sigrid Anger. Berlin/Weimar: Aufbau-Verlag, 1965 ff. Bd. 16–18: Novellen. 1978.

Heinrich Mann: Werksauswahl in zehn Bänden. Düsseldorf: Claassen, 1976. [Bd. 6:] Novellen. 1976.

Forschungsliteratur

Banuls, André: Heinrich Mann. Stuttgart/Berlin/Köln/Mainz 1970.

Dittberner, Hugo: Heinrich Mann. Eine kritische Einführung in die Forschung. Frankfurt a. M. 1974.

Ebersbach, Volker: Heinrich Mann. Leben – Werk – Wirken. Frankfurt a. M. 1978.

Eilert, Heide: »Gethane Arbeit«? – Heinrich Manns Erzählung »Schauspielerin« und ihr Verhältnis zu Thomas Manns »Wälsungenblut«. In: Heinrich Mann-Jahrbuch 2. Lübeck 1984. S. 43–59.

– Das Kunstzitat in der erzählenden Dichtung. Studien zur Literatur um 1900. Stuttgart 1991.

Haupt, Jürgen: Heinrich Mann. Stuttgart 1980. (Sammlung Metzler. Bd. 189.)

Henniger-Weidmann, Brigitte: Stilkritische Betrachtungen zu Heinrich Manns artistischen Novellen »Pippo Spano« und »Die Branzilla«. Zürich 1968.

König, Hanno: Heinrich Mann. Dichter und Moralist. Tübingen 1972.

Lehnert, Herbert: Die Künstler-Bürger-Brüder. Doppelorientierung in den frühen Werken Heinrich und Thomas Manns. In: Peter Pütz

(Hrsg.): Thomas Mann und die Tradition. Frankfurt a. M. 1971. S. 14–51.

Linn, Rolf N.: Heinrich Mann's »Die Branzilla«. In: Monatshefte für deutschen Unterricht, deutsche Sprache und Literatur 50 (1958) S. 75–85.

Pütz, Peter: Kunst und Künstlerexistenz bei Nietzsche und Thomas Mann. Zum Problem des ästhetischen Perspektivismus in der Moderne. Bonn 1963.

Reiß, Gunter: Geschäftswelt und Ästhetentum in Heinrich Manns Erzählung »Schauspielerin«. Bebenhausen 1972.

Scheuer, Helmut: »Pippo Spano«. In: Interpretationen: Erzählungen des 20. Jahrhunderts. Bd. 1. Stuttgart 1996. S. 75–98.

Schröter, Klaus: Anfänge Heinrich Manns. Zu den Grundlagen seines Gesamtwerks. Stuttgart 1965.

– Heinrich Mann in Selbstzeugnissen und Bilddokumenten. Reinbek bei Hamburg 1967.

Seeba, Hinrich C.: Kritik des ästhetischen Menschen. Hermeneutik und Moral in Hofmannsthals »Der Tor und der Tod«. Bad Homburg v. d. H. 1970.

Werner, Renate: Skeptizismus, Ästhetizismus, Aktivismus. Der frühe Heinrich Mann. Düsseldorf 1972.

– Heinrich Mann. »Eine Freundschaft. Gustave Flaubert und George Sand«. Text, Materialien, Kommentar. München 1976.

Wysling, Hans: Nachwort. In: Heinrich Mann: Schauspielerin. Frankfurt a. M. 1978. S. 113–127.

Nachwort

Fast gleichzeitig mit der in der Genie-Ästhetik des 18. Jahrhunderts gründenden Neubestimmung des Künstlers als eines ›Schöpfergottes‹, der Erhöhung der Kunst in den Rang einer Religion (›Kunstreligion‹), wie sie bereits in Goethes frühem Aufsatz *Von deutscher Baukunst* (1772), umfassender noch in Wackenroders *Herzensergießungen eines kunstliebenden Klosterbruders* (1796) vollzogen werden, tritt auch das Gefahrvolle und Fragwürdige dieser neuen, eigengesetzlichen Sonderstellung des Künstlers in den Blick, wird der Preis deutlich, der für die mühsam erstrittene Autonomie der Kunst zu zahlen ist: Goethe läßt in *Torquato Tasso* (1790) den Dichter in seinem Verlangen nach politisch-sozialer Wirkungsmöglichkeit scheitern und an der schmerzlich empfundenen »Disproportion des Talents mit dem Leben«[1] zerbrechen; Wackenroders Kapellmeister Josef Berglinger klagt, am Ziel seiner Berufswünsche angelangt: »Was ist die Kunst so seltsam und sonderbar! Hat sie denn nur für mich allein so geheimnisvolle Kraft und ist für alle andre Menschen nur Belustigung der Sinne und angenehmer Zeitvertreib? [. . .] Ist es nicht die unglückseligste Idee, diese Kunst zu seinem ganzen Zweck und Hauptgeschäft zu machen [. . .]?«[2]

Zwei Momente sind es vor allem, die diese verschärft ins Bewußtsein tretende Künstlerproblematik bestimmen: zum einen die rasch wachsende Kluft zwischen dem ›genialen‹, zu neuem Selbstbewußtsein und Selbstverständnis gelangten Künstler und einem ›dilettantischen‹, kunstunverständigen Publikum, dessen Schätzung und Beifall ihm gleichwohl vitale Notwendigkeit sind, zum andern der gesteigerte

1 Goethe im Gespräch mit Caroline Herder, in einem Brief von ihr an ihren Mann, März 1789, überliefert (Hans Gerhard Gräf, *Goethe über seine Dichtung*, Tl. 2,4, Frankfurt a. M. 1908, Nachdr. Darmstadt 1968, S. 309).

2 Wilhelm Heinrich Wackenroder / Ludwig Tieck, *Herzensergießungen eines kunstliebenden Klosterbruders*, Stuttgart 1979 [u. ö.] (Reclams Universal-Bibliothek, Nr. 7860 [2]), S. 119.

Kunstanspruch selbst, der spezialisiertes Artistentum auf Kosten einer harmonisch ausgewogenen Vielseitigkeit verlangt. Geniales Künstlertum kann so in die Nähe des Pathologischen, ja des Wahnsinns rücken. Dies hat vor allem E. T. A. Hoffmann an zahlreichen Künstlergestalten – vom Ritter Gluck über den Kapellmeister Johannes Kreisler bis zu Berthold in der Erzählung *Die Jesuiterkirche in G.* (1816) – vor Augen geführt. Indem Hoffmann schließlich in der Figur des genialen, aber einem pathologischen Trieb unterworfenen Goldschmieds Cardillac (*Das Fräulein von Scuderi*, 1819) Künstlertum und Kriminalität sich einander bedingen ließ, stigmatisierte er den Künstler bereits als ›outlaw‹, stellte er seine genuine Asozialität heraus. Gleich ihm erkannte auch Clemens Brentano das Pathologische eines zu einseitig und ausschließlich geübten Artistentums und demonstrierte in der Erzählung *Vom braven Kasperl und dem schönen Annerl* (1816) diese Gefährdung mit einem drastischen Gleichnis. »[. . .] es ist auch wirklich ein verdächtiges Ding um einen Dichter von Profession, der es nicht nur nebenher ist«, so läßt er hier den Ich-Erzähler sinnieren. »Man kann sehr leicht zu ihm sagen: ›Mein Herr, ein jeder Mensch hat, wie Hirn, Herz, Magen, Milz, Leber und dergleichen, auch eine Poesie im Leibe; wer aber eines dieser Glieder überfüttert, verfüttert oder mästet und es über alle andre hinüber treibt, ja es gar zum Erwerbzweig macht, der muß sich schämen vor seinem ganzen übrigen Menschen. Einer, der von der Poesie lebt, hat das Gleichgewicht verloren, und eine übergroße Gänseleber, sie mag noch so gut schmecken, setzt doch immer eine kranke Gans voraus.«[3]

Bei den führenden französischen Schriftstellern des 19. Jahrhunderts, die in vieler Hinsicht das Erbe der deutschen Romantiker antraten,[4] nimmt die Thematisierung der Isola-

3 Clemens Brentano, *Werke*, Bd. 2, hrsg. von Friedhelm Kemp, München 1963, S. 782.

4 Vgl. Werner Vordtriede, *Novalis und die französischen Symbolisten*, Stuttgart 1963.

tion und Lebensferne des Künstlers bei gleichzeitigem Exklusivitätsanspruch immer zugespitztere Formen an: von Alfred de Vignys Roman *Stello* (1832), der den Dichter in jedem politischen System scheitern sieht, über den elitären Form- und Schönheitskult der Parnassiens und den fanatischen Haß auf die bêtise bourgeoise bei Flaubert und Baudelaire bis zu jener Gruppe der poètes maudits[5], denen bürgerliche Verfemtheit Bedrohung und Auszeichnung zugleich bedeutet. Zum Sinnbild des im Leben strauchelnden Artisten wird dabei Baudelaires »Albatros« aus den *Fleurs du Mal* (1857): jener majestätische Vogel, den eben die riesenhaften Schwingen eines »Königs des Azur« daran hindern, sich auf festem Boden behende fortzubewegen: »Le Poëte est semblable au prince des nuées / Qui hante la tempête et se rit de l'archer; / Exilé sur le sol au milieu des huées, / Ses ailes de géant l'empêchent de marcher.«[6] Der dandyhafte Ästhetizismus Oscar Wildes und seiner Anhänger im spätviktorianischen England, das rigide Kunst-Priestertum Stefan Georges und seines Kreises bezeichnen nur weitere Ausfächerungen und Spielarten dieses grundlegenden Antagonismus von ›Künstler‹ und ›Bürger‹, von Leben und Kunst.

In der deutschen Literatur der Jahrhundertwende haben vor allem die Brüder Heinrich und Thomas Mann, in ständiger und intensiver Auseinandersetzung mit der ›Artisten-Metaphysik‹ Friedrich Nietzsches, diese Kunst-Leben-Problematik in immer neuen Abwandlungen gestaltet. Dabei war der ältere Bruder Heinrich (1871–1950) der große Anreger und Wegbereiter, auch in der Vermittlung der französischen Tradition.

5 Unter dem Titel *Les poètes maudits* gab 1884 Paul Verlaine eine Sammlung zeitgenössischer Dichterporträts heraus.

6 »Und jenem Wolkenfürsten gleicht der Dichter, / Der Schützen narrte, der den Sturm bezwang; / Hinabverbannt zu johlendem Gelichter, / Behindern Riesenschwingen seinen Gang.« (Übers. von Monika Fahrenbach-Wachendorff; Charles Baudelaire, *Fleurs du Mal / Die Blumen des Bösen*, Frz./Dt., Stuttgart 1980 [u. ö.], Reclams Universal-Bibliothek, Nr. 9973 [6], S. 17.)

Heinrich Mann war nach seinem ersten, von Paul Bourgets Schriften zum culte du moi und zum dilettantisme beeinflußten Roman *In einer Familie* (1894) zunächst mit zwei Novellensammlungen hervorgetreten (*Das Wunderbare und andere Novellen*, 1897; *Ein Verbrechen und andere Geschichten*, 1898), bis er mit dem satirischen Roman *Im Schlaraffenland. Ein Roman unter feinen Leuten* (1900), in dem er die »Pöbelherrschaft des Geldes« zu demaskieren suchte, einen ersten breiteren Publikumserfolg erzielte. Doch der »landläufigen Bürger satt«, wie er an seinen Verleger schrieb,[7] wandte er sich in den folgenden Jahren einem ganz andersartigen, in Dalmatien und Italien angesiedelten Projekt zu. Es entstand eines seiner Meisterwerke: *Die Göttinnen oder die drei Romane der Herzogin von Assy* (1903), eine Trilogie, in der er zwar den Kunst- und Schönheitsrausch der Violante von Assy, die souveräne Ausstrahlung einer starken und freien Persönlichkeit mit bewundernder Einfühlung evozierte, nicht aber einem »Ruchlosigkeits-Ästhetizismus«, einer »hysterischen Renaissance« das Wort redete, wie es ihm der Bruder Thomas in den *Betrachtungen eines Unpolitischen* (1918) gehässig vorwarf.[8] Ganz im Gegenteil werden bereits hier, viel schärfer indessen in dem unmittelbar anschließenden Roman *Die Jagd nach Liebe* (1903), die Verfechter eines solchen ›Renaissancismus‹ aus dekadenter Schwäche kritisch, ja parodistisch bloßgestellt.

Im Frühling 1903 unterbrach Heinrich Mann die Arbeit an der *Jagd nach Liebe*, um während eines längeren Aufenthalts in Florenz eine seiner bedeutendsten Erzählungen niederzuschreiben: *Pippo Spano*. Zusammen mit den beiden anderen im hier vorliegenden Band vereinigten Künstlernovellen ist sie Zeugnis für die sich bei Heinrich Mann in diesen Jahren krisenhaft zuspitzende Auseinandersetzung mit dem Ästheti-

7 Brief an Albert Langen vom 2. Dezember 1900 (*Heinrich Mann 1871–1950. Werk und Leben in Dokumenten und Bildern*, Berlin/Leipzig 1971, S. 88).

8 Thomas Mann, *Das essayistische Werk*, hrsg. von Hans Bürgin, Bd. 4, Frankfurt a. M. / Hamburg 1968, S. 404 und passim.

zismus-Problem. Dabei wird die Wende in seinem Schaffen, die der große Essay von 1905, *Eine Freundschaft. Gustave Flaubert und George Sand*, markiert,[9] gerade in der Abfolge der drei Erzählungen mit ihren jeweils unterschiedlichen Akzentuierungen der gleichen Grundproblematik manifest.

In der Novelle *Pippo Spano*, die zuerst 1905 in dem Band *Flöten und Dolche* erschien, entwickelt Mann die Kunst-Leben-Problematik an der Figur des Tragödiendichters Mario Malvolto. Dieser trägt deutliche Züge Gabriele d'Annunzios, verkörpert jenen in der Literatur des Fin de siècle immer wieder dargestellten Typ des überreflektierten, lebensschwachen décadent, der, wie Claudio in Hofmannsthals *Der Tor und der Tod* (1894), sich »so an Künstliches verloren« hat, daß er von jedem »vollern Sein« nur ein »hohles Bild« davonträgt.[10] Unfähig »auf immer zu einem echten Gefühl, zu einer redlichen Hingabe«, ist auch ihm die Welt »nur Stoff«, »um Sätze daraus zu formen« (S. 26). So entstehen seine Werke nicht aus Überfülle und Kraft, sondern – und so hatte auch Nietzsche den décadence-Künstler charakterisiert – nur aus dem Willen zu ihr (S. 10). Ein Leistungsethiker, wie später Gustav Aschenbach in Thomas Manns *Tod in Venedig* (1913), muß er sich sein Werk in mühsamer Selbstkasteiung, von »schwarzen Ängsten« gequält, abringen, bezahlt er für eine seiner »Seiten, worin das Leben rauscht mit reichem Blut, halbe Tage seelischen Jammers und hygienischer Übungen« (S. 9).
Doch gerade dieser »schmächtige« Dichter sehnt sich nach der Kraft und Lebensintensität jener ›Übermenschen‹ der Renaissance, nach den »Starken«, »den Condottieri des Lebens, die in einer einzigen Stunde ihr ganzes Leben verschlingen und glücklich sterben« (S. 27). So wird ihm der

9 Vgl. Renate Werner, *Skeptizismus, Ästhetizismus, Aktivismus. Der frühe Heinrich Mann*, Düsseldorf 1972, S. 134 ff. und S. 163 ff.
10 Hugo von Hofmannsthal, *Gedichte und Lyrische Dramen*, hrsg. von Herbert Steiner, Frankfurt a. M. 1963, S. 203 f.

Türkenbezwinger Philippus Hispanus Wunsch- und Leitbild, sein »Gewissen«, sein »Zwang zur Größe« (S. 14). Gleich diesem versteht er sich als »stählernen Daseinskämpfer« (S. 9), spricht martialisch von den »Siegen« und Eroberungen seiner Schriftstellerkarriere. Das überlebensgroße Gemälde des Condottiere über seinem Schreibtisch – eine Kopie des Freskos von Andrea del Castagno (um 1450) im Refektorium von Sant' Apollonia in Florenz (s. Abb. S. 170) – kann in seiner Einbildungskraft nachgerade Züge eines Lebenden annehmen, wenn er sich mit ihm in fiktive Gespräche einläßt, bei all seinen Handlungen und Entschlüssen die mutmaßlichen Reaktionen dieses seines Über-Ich ängstlich miteinkalkuliert oder das gefürchtete höhnische Lächeln in die gemalten Gesichtszüge hineinprojiziert.

Da Malvolto zur ›Ernährung‹ seiner Kunst das Leben aussaugt, den Menschen in sich ›abdankt‹ und zum Komödianten wird (S. 36), der sich in Empfindungen hineinschwindelt, um sie darstellen zu können (S. 26), hat er – ein fataler Zirkelschluß – allein in der Kunst das Mittel, an jener »üppigeren und jäheren Welt«, an jener Kraft teilzuhaben, nach der er sich sehnt. Sie soll ihm, so postuliert er, »ein zweites, mächtigeres Leben schaffen« (S. 15). Selber »kein Mensch« (S. 26), muß er in andere, in »schöne, starke Menschen [. . .] eindringen« (ebd.), »fremde Schönheiten erleben, fremde Schmerzen« (S. 15); er erweist sich auch in diesem Lebensentwurf als getreuer Adept Friedrich Nietzsches, der den Künstler und sein Talent als »Vampyr« diagnostiziert hatte.[11]

Als das ›Wunder‹, geschieht, Gemma Cantoggi ihm wie ein

11 So heißt es in einem der Aphorismen aus dem *Nachlaß der Achtzigerjahre*: »Künstler sind *nicht* die Menschen der *großen* Leidenschaft, [. . .] es fehlt ihnen die Scham vor sich selber (sie sehen sich zu, *indem* sie leben; [. . .]) und es fehlt ihnen auch die Scham vor der großen Leidenschaft (sie beuten sie als Artisten aus). Zweitens aber ihr Vampyr, ihr Talent, mißgönnt ihnen meist solche Verschwendung von Kraft, welche Leidenschaft heißt. – Mit einem Talent ist man auch das Opfer seines Talents: man lebt unter dem Vampyrismus seines Talents.« (Friedrich Nietzsche, *Werke in drei Bänden*, hrsg. von Karl Schlechta, Bd. 3, München [5]1966, S. 622 f.)

PHILIPPVS HISPANVS DESCOLARIS

Geschöpf Pippo Spanos im Mondlicht gegenübertritt und ihre rückhaltlose Leidenschaft bekennt, scheint sich ihm das schöne, starke Leben indessen unvermittelt, ohne ›Künstlichkeit‹ darzubieten. Zwar bleiben auch im Rausch der sinnlichen Liebesbeglückung Selbstkritik und Selbstzweifel noch wach (»›Jetzt glaubst du, Komödiant. Und morgen früh wird deine Sorge sein, was wohl mit dieser Minute der Gläubigkeit künstlerisch anzufangen ist‹«, S. 23), schließlich aber vermeint er doch, von der Geliebten in das »Heiligtum des Lebens« ›gerettet‹ zu werden (ebd.). Gleichwohl muß er schnell vor dem illusionären Anspruch verzweifeln, es einem »der Künstler von früher« gleichtun zu können, »die zwei Frauen gleichzeitig vollauf befriedigten, eine auf der Leinwand ihrer Staffelei und eine auf der ihres Bettes« (S. 28). *Er* kehrt aus »Sekunden eines Lebens ohne Schranken« »wie aus Jahren voll Kraft und Verschwendung mit Bitterkeit zurück« (S. 32), fühlt sich der »ständigen Kampfbereitschaft« Pippo Spanos, den er mit Gemma im Bunde glaubt, schon bald nicht mehr gewachsen und bezahlt das genossene Sinnenglück überdies mit beschämender und quälender Unproduktivität. Daß indessen auch seine Liebesleidenschaft zu Gemma, das Bewußtsein, zum ersten Mal »ohne Vorbehalt« zu lieben, nur Komödie, ein unentschuldbarer »Irrtum« war (S. 48), wird ihm erst in der Reaktion auf die äußerste Konsequenz dieser Liebesbindung bewußt, auf Gemmas Forderung nach dem gemeinsamen Liebestod. Er versagt kläglich dem vollen dionysischen Leben gegenüber, das auch den Tod mit einschließt; Gemmas Ermordung gerät zur tragikomischen Farce, er selbst wird, durch das grausam-überlegene Lächeln Pippo Spanos gerichtet, als »steckengebliebener Komödiant« entlarvt.

Die Schlußszene der Novelle als eine realistisch gemeinte monströse Zerfleischungsszene zu interpretieren,[12] heißt

12 Vgl. die abwertende Darstellung der Novelle von Dieter Borchmeyer in: Viktor Žmegač (Hrsg.), *Geschichte der deutschen Literatur vom 18. Jahrhundert bis zur Gegenwart*, Bd. 2,2, Königstein i. Ts. 1980, S. 367.

allerdings den mythologisch-zeichenhaften Bezug der geschilderten Vorgänge verkennen. Behutsam und unaufdringlich, doch unmißverständlich genug, wird Gemma von Anfang an mit den Attributen der Aphrodite-Persephone, der Venus-Libitina ausgestattet, jener antiken Liebesgöttin, die Leben und Tod zugleich bringt, somit den dionysischen Lebensbegriff, jenen Grundwert der Jahrhundertwende, am vollgültigsten repräsentiert. Malvolto erfährt sie als blütenhafte Naturgottheit, die mit der blühenden Sommerlandschaft eins wird: »Jetzt lebte in den Hainen sie [...]! Im Bach spielten ihre Glieder.« (S. 30.) Ihr Reich ist – wie dasjenige der Aphrodite – der üppig-rotblühende Garten, in dem sie sich mit Malvolto vereinigt. Entzückt nennt Malvolto sie bei dem »Namen, den er plötzlich für sie wußte: Santa Venere« (S. 32), und gegen Ende der Erzählung erscheint sie ihm in ihrer unbekleideten Schönheit wie die Venus auf dem berühmten Gemälde Botticellis: »Sie hatte rosige Umrisse, und ihre Formen verschleierte eine durchgoldete Dämmerung. Sie war eine kostbare Muschel; ihr Haar, das sich auflöste, schlug um sie her wie Algen.« (S. 35.)

Die Überlagerung des Aphrodite/Venus- mit dem Persephone-Mythos[13] wird durch den genau kalkulierten Bezug auf den Jahreszeitenwechsel erzielt: im Frühling, mit dem Erwachen der Natur, trägt Gemma Malvolto ihre Liebe an, auf der Höhe des Jahres, »Mitte Juni«, erfährt er sie als die Inkarnation der Liebesgöttin, die ihn in ihr »gewalttätiges Reich« hineinzieht (S. 31), mit Einbruch des Herbstes – »Der Sommer war zu Ende, ein kühler Hauch kam aus dem Garten, die tote Zypresse ragte ohne ihre Schleier von Glyzinen, entblößt und drohend« (S. 40) – drängt sie auf den gemeinsamen Liebestod.

Wie sorgfältig Heinrich Mann hier motiviert, zeigt sich bis ins unauffällige Detail: Wenn etwa das künftige Liebesglück

13 Vgl. auch Hans Wanner, *Individualität, Identität und Rolle. Das frühe Werk Heinrich Manns und Thomas Manns Erzählungen »Gladius Dei« und »Der Tod in Venedig«*, München 1976, S. 173 ff.

Malvoltos mit Gemma beschworen wird und es dabei heißt: »Welche neuen Seligkeiten erschlossen sich nun! Durch viele märchenhaft reiche Tage sahen sie auf einmal hindurch, wie durch lange grüne Lauben mit Sonnengold durchsprenkelt; und bis tief in die schwarz-marmornen Galerien ihrer künftigen Nächte gleißten Wonnen« (S. 32), so verweisen auch diese Metaphern und Vergleiche auf den Aphrodite-Adonis-Mythos. Die »goldene« Liebesgöttin vermählt sich mit Adonis in kunstvoll erbauten »grünenden Laubgewölben«, wie es bei Theokrit heißt;[14] dementsprechend konnotiert der ›schwarze Marmor‹ Grabgewölbe und Katafalk und läßt somit den Tod des Adonis, der im Herbst in Persephones Reich zurückkehren muß, mitassoziieren.
Innerhalb dieses mythologischen Verweisungszusammenhanges erscheint es deshalb völlig konsequent, wenn Gemma als die Inkarnation dionysischer Lebensfülle Malvolto den gemeinsamen Tod abverlangt. Das Skandalon indiskreter Photographien ist nur der banal-zufällige Anlaß: Malvolto und Gemma hatten, wie es heißt, »beide von jeher gewußt, daß nach ihren Umarmungen nichts mehr übrig sein werde als Sterben. In ihrer Liebe war der Tod von Anfang an mit eingeschlossen« (S. 41). Gleichwohl liegt Malvoltos Schuld letztlich nicht in seiner Feigheit, sondern in der selbstbetrügerischen Vorspiegelung, aus der »steilen Einsamkeit der Kunst« (S. 36) ausbrechen und an der rauschhaften Unmittelbarkeit dionysischer Lebensfülle teilhaben zu können. Die Selbsttäuschung läßt ihn zweifach schuldig werden: an der Kunst, der er abtrünnig wird, am Leben, dem er nicht gewachsen ist.

Auch die Erzählung *Schauspielerin* – 1904/05 entstanden und in Buchform erstmals 1910 in der Novellensammlung *Das Herz* erschienen – schließt mit der Feststellung der Hauptfigur Leonie, sie sei eine »Komödiantin«. Die Schauspielerin spricht diese Worte indessen mit »Wehmut und Stolz«, ihr

14 Vgl. Heinz Gockel, »Venus-Libitina. Mythologische Anmerkungen zu Mörikes Peregrina-Zyklus«, in: *Wirkendes Wort* 1 (1974) S. 49 ff.

bietet die Kunst in Gestalt des neu belebten »Spieltriebs« »Sicherheit«, Rettung vor den Wirrnissen des Lebens, denen auch sie zu unterliegen drohte.
Wie bei der ehrgeizigen, doch nur mäßig begabten Schauspielerin Ute Ende in *Die Jagd nach Liebe* hatte Heinrich Mann bekanntlich auch bei der Konzeption dieser Erzählung die schöne, von ihm sehr geliebte Schwester Carla vor Augen. Als diese nach dem Scheitern ihrer Schauspielerkarriere aus Mangel an ›Theaterblut‹ und nach einer unglücklichen Liebesbeziehung 1910 Selbstmord beging, setzte er ihr mit dem dreiaktigen Drama *Schauspielerin* ein weiteres ›Denkmal‹.[15]
Gleich der schönen Ute Ende will auch Leonie sich in nonnenhafter Askese für die Kunst »rein und stark« erhalten und erklärt dem sie liebenden Vetter schroff: ihren Körper könne sie »keinem geben«, solange sie lebe, »nicht« (S. 70). Wenn sie sich schließlich trotz aller forschen, anderslautenden Parolen in einer heftigen Leidenschaft verzehrt und entnervt und damit die im Vergleich mit der abstoßend frigiden Ute Ende sympathischere, menschlichere Gestalt ist, so wählt sie sich, von einem unbewußten Instinkt geleitet, nicht von ungefähr den fremdartigen Außenseiter, der überdies, wie sich später herausstellt, ihre Reinheit zu verletzen gar nicht imstande ist.
Auch Harry Rothaus ist ein décadent, ein Spätgeborener wie Claude Marehn (*Die Jagd nach Liebe*) und Mario Malvolto. Aber er ist nicht nur das »Endergebnis generationenlanger bürgerlicher Anstrengungen«[16], auf ihm, dem »Getreidejuden«, »der den Ästheten mimt« (S. 66), lastet das Stigma einer durch Jahrtausende heimatlosen und verfolgten Rasse und erzeugt die »Trauer seines müden Blutes« (S. 76). Wie Thomas Mann in *Wälsungenblut* erzielt Heinrich Mann hier eine Potenzierung des décadence-Themas durch die Kon-

15 Vgl. Alfred Kantorowicz, »Nachwort«, in: Heinrich Mann, *Ausgewählte Werke in Einzelausgaben*, hrsg. von A. K., Bd. 9, Berlin 1953, S. 387.
16 Heinrich Mann, *Die Jagd nach Liebe*, Düsseldorf 1976, S. 440.

tamination mit der jüdischen Problematik, so daß der Bruder ihm mit Blick auf seine eigene spätere Erzählung schreiben konnte, er habe »gewissermaßen gethane Arbeit gethan«.[17] Wie bei den Aarenholds so sind auch bei Harry Rothaus Erfolgsstreben und Erwähltheitsanspruch, Reinheitsbedürfnis und aggressive Abwehrhaltung die charakteristischen Symptome der jüdischen Außenseiterposition. Und wenn Leonie die kulturelle Verfeinerung des jüdischen décadent scharfsichtig aus seiner Notwehrsituation, aus der psychischen Spannung des Außenseiters herleitet, der »nirgends als ganz unverfänglich durchkommt«, so liefert ihre Analyse zugleich auch den Schlüssel für den scharfzüngigen Witz und die erbarmungslose Kritik der Aarenhold-Zwillinge in Thomas Manns Erzählung: »Da alle ihn in Zweifel ziehen«, so verteidigt sie Rothaus, »fängt er an, es selbst zu tun, und wird noch fremder und einsamer. Er zersetzt sich, er pflegt ruhelos seinen Geist. Glaubt nur nicht, ihr wäret so gebildet wie er! Wenn ihr gebildet seid, ist es Liebhaberei. Er aber ist es aus Zwang, seiner Selbstbehauptung wegen. Haltet euch erst für so fragwürdig, wie er ist, dann werdet ihr erfahren, was Kultur ist.« (S. 72.)

Hier wie in *Wälsungenblut* ist es das »Brandmal« der »seltsamen Herkunft«, das auch die ›heikle‹ sexuelle Thematik der Erzählung motiviert. Zunächst zwar rechtfertigt Rothaus sein asketisches Ideal einer reinen »Geschwisterliebe«, mit dessen Propagierung er Leonie wiederholt um »Schonung« bittet, aus seinem elitären, aristokratischen Selbstverständnis und stellt sich den ägyptischen Pharaonen an die Seite: »Aber, wissen Sie vielleicht das vom König von Ägypten? Ein sehr einsames Individuum. Er berührte nie die Leiber der Frem-

17 Im Brief vom 17. Januar 1906 heißt es über das neue Buch des Bruders: »Ich hatte es damals in Zeitungsausschnitten nur unvollkommen gelesen; nun zeigt mir die nähere Bekanntschaft, daß ich, wie Du mir schon zarthin andeutetest, mit *Wälsungenblut* gewissermaßen gethane Arbeit gethan habe [...]« (*Thomas Mann / Heinrich Mann: Briefwechsel. 1900 bis 1949*, hrsg. von Hans Wysling, Frankfurt a. M. 1975, S. 45).

den; er konnte nur eine heiraten: seine Schwester.« (S. 97.) Aber so wie in *Wälsungenblut* der Geschwisterinzest zur schadenfrohen Rache an dem blonden ›Goy‹ von Beckerath wird, so gibt schließlich auch Rothaus als entscheidenden Grund für seine rätselhafte Sexualhemmung die Feindschaft gegen die fremde Rasse an. Er denke sich das Haar der fremden Frauen zurückgestrichen, bekennt er Leonie gegenüber, »und sehe dann die Gesichter ihrer männlichen Verwandten. Der weibliche Reiz ist ein beseitigter Trug; die fremde Familie tritt darunter hervor, lauter [...] lauernde, ewig feindliche Züge; der fremde Geist verrät sich, giftig oder fade ... Ich bringe es nicht fertig, die Töchter und Schwestern der andern zu lieben!« (S. 74 f.)

Analog zu *Pippo Spano* haben auch in dieser Erzählung bestimmte Kunstwerke die Funktion, die Hauptfiguren durch Spiegelung oder Kontrastierung schärfer zu konturieren. Die Statue in der Basilika St. Gereon in Köln etwa, zu der Leonie aus Liebe zu Rothaus mehrfach pilgert – wohl eine Marienskulptur des ›weichen Stils‹ –, bietet Rothaus die Möglichkeit, seine narzißtische Berührungsangst ästhetisch zu verbrämen, Leonie zur Madonna zu überhöhen, um sie nicht begehren, nicht »Selbstverrat an Nacht und Schmutz« (S. 76) begehen zu müssen. In diesem Kontext kann er von Leonies »Madonnenhand« sprechen, die man »nur mit anbetenden Lippen berühren« dürfe (S. 80). In der seelischen Not dieser verquälten Liebesbeziehung sucht auch Leonie in der Kunst eine Identifizierungsmöglichkeit. Der Gestalt der Hero in Grillparzers Trauerspiel *Des Meeres und der Liebe Wellen* fühlt sie sich schon durch das gemeinsame ›Priestertum‹ verbunden; aus dem großen Monolog des 3. Aufzugs vermeint sie den Klang ihrer eigenen Leidenschaft herauszuhören. Doch indem sie sich die unerwartete Gewalt ihrer Empfindungen vor der Folie von Heros Schicksal zu vergegenwärtigen sucht, muß sie sich gerade angesichts von Heros »Liebeswahnsinn« beschämt die eigene Schwäche und Halbheit eingestehen (»Ah, das ist's, dafür bin ich zu sehr Bürgermädchen. Nichts Ganzes – ich nicht, nicht Komödiantin, nicht Familientochter. Verpfuscht«, S. 94); und wenn sich ihr »brütender Blick« auf die »dunklen Wellen« richtet, »die gegen Leanders Leiche brandeten« (ebd.), so wird durch den Verweis auf das todesmutige Wagnis, mit dem Leander seine Liebe zu Hero bezeugt, ein weiteres Gegenbild heraufbeschworen: Wie in *Pippo Spano* erscheint das Für-einander-Sterbenkönnen als Maßstab unbedingter Liebe, dem gegenüber das neurotische Verhalten von Rothaus, seine Skrupel, Ausflüchte, Entschuldigungen und Verweigerungen um so kläglicher wirken müssen.

Der zwingendste und quälendste Gegenentwurf zu ihrem eigenen Liebesunglück und ihrer Lebensschwäche ersteht ihr jedoch aus Giacomo Puccinis Oper *La Bohème*, aus jenem »Schwall« »großer südländischer Liebesmusik« (S. 110), den der vitale Tenor Whitman in einem kleinen Hotelsalon wie auf einer Bühne zu gestalten versteht. Für Heinrich Mann war Puccinis Musik der Widerhall starker, ungebrochener Leidenschaft. Über seine erste Begegnung mit ihr, im November 1900 bei Florenz, schrieb er noch im Rückblick, nach fast 50 Jahren: »Damit keine Banalität fehlte, war es ein Leierkasten, der mich mit dem Maestro Puccini bekannt machte. Solange hatte ich weder von seiner Existenz erfahren noch die *Bohème* gehört. – Die wenigen Takte, die ein Wind mir zutrug, veranlaßten mich, von meinem Tram abzuspringen. Ich stand und ließ mich entzücken [...]. Dies meine erste Begegnung mit einem vollkommenen Darsteller des leidenschaftlichen Lebensgefühls jener Tage: seinem Schmelz, Aufschwung, Todesverlangen.«[18] Whitmans Gesangskunst beschwört das »Glück«, das der Krankheit Mimis und dem »mit Träumen verkleideten Elend« Rodolfos entschlüpft »wie ein Schmetterling seiner grauen Hülle« (S. 110). Daß in Puccinis Oper sich dieses unirdische und doch so natürliche Glück gegen alle Widerstände entfalten kann, sich ihr selbst

18 Heinrich Mann, *Ein Zeitalter wird besichtigt*, Reinbek bei Hamburg 1976, S. 197.

aber, greifbar nahe, immer wieder entzogen hat, ruft in Leonie jenen aggressiven Affekt hervor, der ihre abfällige Kommentierung bestimmt. »Ekelhaft« und »verlogen« ist ihr, dem Wortlaut entgegen, nicht die Musik Puccinis, sondern die Illusion einer Erfüllung, die ihr versagt geblieben ist und die sie in ihrer »verbitterten Sehnsucht« (S. 111) als lügenhaftes Gaukelspiel abqualifizieren muß. Doch noch in anderer Hinsicht wird diese Musikdarbietung ihr zum schmerzlichen Gegenerlebnis. Der erfolgsgewisse Sänger Whitman repräsentiert genau jenen Kontrasttyp zu ihrem eigenen mühsamen, zäh-verbissen erkämpften Künstlertum, wie ihn auch Ute Ende in Gestalt der leidenschaftlich liebenden und zugleich auf der Bühne erfolgreicheren Gilda Franchini erfahren muß. *Sein* Gesang ist nicht die Frucht quälender Selbstkasteiung, sondern entspringt der ungebrochenen »Freude am Dasein«: »Er hatte getrunken und geraucht, soviel er mochte; nun ließ er seine Stimme hergeben, was man wollte, seiner Unerschöpflichkeit sicher und strahlend vom Genuß [...].« (S. 110.) Und auch mit der anschließenden »komischen und brutalen Werbung« um Leonie stellt er nicht nur eine weitere Kontrastfigur zu Rothaus dar, sondern macht ihr auch die eigene Gebrochenheit und Lebensschwäche bewußt.

Wenn Leonie sich schließlich durch das erneute Studium ihrer Bühnenrollen aus ihrer Lebensmisere zu retten sucht, so kann kein Zweifel an dem Surrogatcharakter dieser Kunstausübung bestehen. Zwar bewirkt der Bühnenschmerz eine gewisse Distanzierung von der belastenden Wirklichkeit, andererseits läßt gerade das wiedererwachte Komödiantentum Leonie den Ernst ihrer Leidenschaft in Frage stellen. Die Lähmung und Zerstörung spontanen Empfindens durch das Bedürfnis nach Selbstbespiegelung und Selbstverdoppelung, wie es Leonie am Schluß der Erzählung beherrscht, bezeugen nochmals ihre geheime Verwandtschaft mit dem müden, gebrochenen décadent Rothaus. Über das Tertium comparationis dekadenter Lebensferne und Lebensschwäche konvergieren somit in Manns Erzählung Juden- und Künstlerproblematik ebenso wie in der Akzentuierung ›fragwürdigen‹ Außenseitertums. Leonie repräsentiert wie Mario Malvolto den Künstlertypus, dessen Kunst aus der »Verarmung des Lebens« entspringt, dem sie Palliativ und Ersatzbefriedigung, ja »Rache am Leben« ist.[19]

Die extremste Position im Rahmen seiner Auseinandersetzung mit dem Ästhetizismus-Problem bezog Mann schließlich in der 1906 entstandenen Erzählung *Die Branzilla* (zusammen mit der Novelle *Der Tyrann* 1908 erstmals in Buchform unter dem Titel *Die Bösen* publiziert). In diesem Werk hat vor allem der große Flaubert-Essay von 1905 mit seiner Gegenüberstellung von zweckfreier und engagierter Kunst nachhaltige Spuren hinterlassen: Das l'art pour l'art-Postulat, Vollkommenheit der Form und Kultivierung höchster, ›idealer‹ Schönheit, für die der bel canto-Gesang der Branzilla steht, fallen hier unter das Verdikt der äußersten Lebensfeindlichkeit und des Immoralismus.
Wie Flaubert hat die Branzilla ihr Leben dem Kunst-Gott, dem allein ihr Herz gehört, dem unablässigen Streben nach dem Vollkommenen geweiht; wie der asketische Romancier kasteit sie sich, unterwirft sich klösterlichen Riten im Dienst der Kunst: »[. . .] ich lebte fern von den Freuden der Welt, hatte keinen Teil an den flüchtigen Lüsten der Menschen und arbeitete in der Zucht des Herrn für die Ewigkeit.« (S. 135.) Dieser strenge, kompromißlose Dienst am ›Heiligen‹ und Vollkommenen rechtfertigt in ihren Augen die schändlichsten Verbrechen: den Verrat ihres Gönners Dario Rupa, die Vergiftung einer die Kunst ›schändenden‹ Rivalin, die grausame Härte gegen ihren erblindeten Mann, mit der sie diesen in den Selbstmord treibt. Ihre engelhafte Stimme nährt sich aus einer teuflischen Seele; ihr abstoßender Charakter und

19 Nietzsche hatte in »Nietzsche contra Wagner« über die »an der *Verarmung* des Lebens Leidenden« geschrieben, »die Betäubung von Kunst und Philosophie verlangen«: »Die Rache am Leben selbst – die wollüstigste Art Rausch für solche Verarmte!« (F. N., *Werke*, Bd. 2, S. 1047.)

ihre abscheulichen Handlungen tauchen auch die vollkommene Schönheit ihres Gesanges in ein fragwürdiges Licht. Der Wert ihrer absolut gesetzten Kunstausübung erscheint indessen nicht nur durch ihren tyrannischen Egoismus in Zweifel gezogen, stärker noch wird er durch das Gegenbild eines aus der Überfülle schöpfenden Künstlers relativiert: Dem Tenor Cavazzaro ist – wie Gilda Franchini oder Carlo Whitman – vollkommene Kunst ohne Selbstkasteiung und Lebensverzicht möglich. Ganz im Gegenteil fühlt er sich immer, auch wenn er auf der Bühne steht und singt, »mitten im Leben« (S. 147). Doch nicht nur auf die Leichtigkeit und Spontaneität der Kunstausübung kam es Heinrich Mann bei der Porträtierung dieser antipodischen Künstlerfigur an. So wie er im Flaubert-Essay dem rigiden, menschenverachtenden Kunst-Priestertum Flauberts die Kunst der George Sand entgegengehalten hatte, die sich ›Menschenbeglückung‹ zum Ziel setzt und sich mit dem Leben »verbündet«,[20] so läßt er auch Cavazzaro dem sterilen, tödlichen ›Kunst-Heiligtum‹ der Branzilla gegenüber eine demütigere Kunst, eine Kunst ›für die Straße‹ propagieren: »Deine Kunst scheint mir so heilig wie der Tod. Ich singe den Leuten; mir ist, als sänge ich auf der Straße; meine Stimme sei eine unter vielen und verwehe in sonniger Luft. [...] Ich singe, wo man will. Ich darf freigebig sein: was kostet's mich! Da, in meiner Kehle, nimmt das Kapital nie ab.« (S. 148.)
Trotz seiner Lebensverbundenheit ist auch er, wie die Branzilla mit Neid und Haß einräumen muß, ein »Freund des Vollkommenen«, ein außergewöhnlicher Künstler, den Gott »höher vielleicht weihte« als sie selbst (S. 150). Nur diese Einsicht sowie ihre bedingungslose Unterwerfung unter den

20 Heinrich Mann läßt hier Flaubert über die Kunst George Sands reflektieren: »Die Kunst, die ihm Absehen und Enthaltung vom Leben ist, kalte Herrschaft über das Leben, unerbittlich gegen die Menschheit, deren letzter Richter sie ist, und gegen den Künstler, den sie erschöpft: hier zeigt sie sich verbündet mit dem Leben, gütig gegen alle, leicht für den, der sie übt.« (H. M., *Essays*, Hamburg 1960, S. 111.)

›heiligen‹ Willen einer despotischen Kunst, ›»die Gott selbst ist«‹ (S. 154), nicht aber Gewissensskrupel oder Mitgefühl halten sie von einem weiteren Giftmord, dem an dem eigenen Mann, zurück. Cavazzaro hat demnach das »Leben [...] und die Kunst obendrein« (S. 150); dafür aber ist seine Stimme dem biologischen Verfall unterworfen, während sich die Unnatur der Branzilla gerade darin bezeugt, daß sie mit siebzig Jahren noch über eine jugendliche Stimme gebieten kann. Dieser letzte Beweis ihrer ›Gotterwähltheit‹ steigert ihre Hybris und Monomanie bis zum Irrsinn: ihre triumphierenden Schlußworte: »Nächsten Monat singe ich im Palazzo Doria« (S. 161), klingen wie ein Kriegsruf. – Hellsichtig wie wenige hat Heinrich Mann die Affinität des ästhetizistischen Totalitätsanspruchs zu Machtrausch und Terror erkannt und damit eine der Wurzeln des Faschismus bloßgelegt.

In der *Branzilla* erscheint die Technik der aussparenden, sprunghaften, ganz auf die Perspektive der Hauptfigur ausgerichteten Erzählweise *Pippo Spano* gegenüber noch gesteigert und vervollkommnet. In äußerster Raffung und Verdichtung beschränkt sich die Erzählung auf die entscheidenden Lebensstationen der Sängerin, die übergangslos aufeinander folgen; Ortswechsel und zeitliche Fixierung können zumeist nur aus indirekten Hinweisen erschlossen werden. Die auffällige Reduktion des Erzählerkommentars und das Vorherrschen der direkten Rede nähern die Erzählung der dramatischen Gestaltungsweise an (entsprechend waren bei der Erzählung *Der Tyrann* nur geringfügige Korrekturen nötig, um sie zu einem Einakter umzuformen). In den großen Monologen der Branzilla sind auch die Repliken ihrer jeweiligen Dialogpartner ausgespart, so daß sämtliche Vorgänge aus ihren Reaktionen und Antworten rekonstruiert werden müssen.

Das provozierend Raffinierte und Ungewohnte dieser Erzähltechnik, die dem Leser ein hohes Maß an Eigenaktivität abverlangt, ist wohl einer der Gründe für die zahlreichen, bis in die Gegenwart reichenden Fehldeutungen und Mißverständnisse der Werke Heinrich Manns als ›Bekenntnisdichtung‹, als ›Verherrlichungen‹ eines ruchlosen Ästhetizismus, als Zeugnisse einer »trunkenen immoralistischen Hingabe ans Starke, Große und Pompös-Schöne« oder als ›erotomanischer Kitsch‹.[21] Für Gottfried Benn als dem Repräsentanten der expressionistischen Generation war indessen gerade die virtuose Artistik dieses Werks Anlaß, es als »die erregendste Dichtung der Zeit« und ihren Autor als den »Meister, der uns alle schuf«, zu feiern.[22]

Heide Eilert

21 Vgl. vor allem Walther Rehm, »Der Renaissancekult um 1900 und seine Überwindung« (1929), in: W. R., *Der Dichter und die neue Einsamkeit. Aufsätze zur Literatur um 1900*, Göttingen 1969, S. 62 ff., sowie Borchmeyer in: Žmegač (Hrsg.), *Geschichte der deutschen Literatur*, Bd. 2,2, S. 365. – Eine stringente Widerlegung solcher Fehlurteile durch die subtile Analyse der spezifischen Erzähltechnik Manns findet sich bei Werner, *Skeptizismus*, S. 153 ff.

22 Gottfried Benn, *Gesammelte Werke in acht Bänden*, hrsg. von Dieter Wellershoff, Bd. 4, München 1975, S. 980 f.

Inhalt